# 아버지는 맞아도 싸요

이홍사 소설집

이홍사(이종률)
1960년 경북 구미에서 태어난 이홍사는
예술평론에 「깎아놓은 아리랑」
문학동네에 「태옥이가 탑으로 나오지 않는 이유」
문학과 사회에 「괄호에 대하여」가 선정되며 작품 활동을 시작했다.
중앙대 예술대학원과 2002년 「아버지의 열쇠」로 '인티즌 문학상'을 수상했다.
창작집 「잘난배꼽」과
소설집 「高」가 있다.

# 아버지는 맞아도 싸요

2003년  9월 30일 발행
2003년 10월  2일 1쇄


지 은 이 / **이홍사**
펴 낸 이 / **윤현호**
펴 낸 곳 / **뿌리출판사**
홈페이지 / **www.rootgo.com** / E-mail : rootgo@dreamwiz.com
주     소 / 서울시 성동구 성수 2가 3동 317-10 2층 우편번호 / 133-835
전     화 / (代)2247-1115, 466-4516, 팩 스 / 466-4517
출판등록 / 서울시 등록(카) 제 1-551호 1987.11.23



값 / 8000원
ISBN 89-85622-38-2

# 아버지는 맞아도 싸요

이홍사 소설집

뿌리출판사

# 차 례

바쁜 사람일수록 짬이 많다고 했다.

그래서인지 내 주머니 속에는 언제나 부스러기로 변한 시간들이 있다. 가끔씩 주머니에 손을 넣어 나에게 할애된 시간들을 은밀히 만지곤 한다.

생은 유한하다면 그 시간의 부스러기들은 분명 덤이다.

누구나 그런 생각을 할 것이다. 일회성과 유한성으로 국한된 인간의 존재의 초조해지는 마음을 그 덤으로 얻어지는 시간들이 달래 준다고.

하지만 유독 나는 그 덤을 즐기는 편이다.

가끔은 주머니 속의 시간들을 색동실로 꿰어본다.

하나씩, 구슬을 꿰듯이 엮어낸 것이 여기에 실리는 단편들이다. 결국 나의 소설들은 자투리 시간들을 엮어 놓은 비가시적인 조형물이다.

인간은 자신이 지니지 못한 것을 동경하게 된다.

나도 예외일 수가 없다.

대인은 살고 소인은 쓴다고 했던가. 그 아포리즘에 대입한다면 소인배의 행위에 지나지 않겠지만 글로 그려가기 위한 상상은 우리가 지니지 못한 사유와 내가 경험하지 못한 리얼리티를 체득하게 해준다. 그 체득이 바로 내가 지닌 삶의 본질이자 덤으로 얻어지는 해방구이다. 부디 독자들이 들락거리며, 활자로나마 간접경험의 통로가 되었으면 하는 바람이다. 상상하지 않고 쓰지 않으며, 단지 살아가는 모양새로써 타인에게 길을 일러주는 대인을 만나면 나는 숙연해지리라.

2003년 9월 끝날

이 홍 사

# 너희가 부처의 보폭을 아느냐

아버지는 지금쯤 비아그라를 드셨을까?

꽁지머리가 얘기하던 탐진치, 그 심오한 불가의 영역을 더듬던 내 뇌리는 기어이 그 한 알의 비아그라에 주파수를 맞추고 있었다. 여태 아궁이 앞에 마주 앉아 탐진치에 대해서 거품을 물던 꽁지머리가 가마솥에 데울 물을 가지러 간 사이, 편지봉투에 담아 아버지 방의 문갑 위에 슬쩍 얹어둔 한 알의 비아그라를 더듬었다.

여섯 시 이십 분.

아버지가 비아그라를 드시기에는 아직 이른 시간일 게다.

길을 떠나도 늘상 지고 다니던 그 무엇이 있었다.

절을 나서는 중의 등허리에 붙은 바랑처럼, 길을 나설 때마다 내 등짝 어디쯤 붙어 있는 그것은 가끔씩 목을 옥죄고 가슴을 답답하게 만들곤 했다.

아내에게 툭 털어놓고 상의할 수도 없고 아버지께 가능하겠냐고 여쭐 수도 없는 그 짠한 무엇이 있긴 한데, 하여간 오늘은 걸망처럼 지고 다니던 그 무엇을 벗었노라고 누차 속으로 되뇌고 새김질하여 최면 비슷한 것을 걸어두어서 싹 잊고 있다고 생각했지만 나는 결국 그 비아그라로부터 자유롭지 못한 것이다.

말을 이렇게 빙빙 돌리는 건 나의 방식이 아니다. 단칼에 푸욱 쑤셔 말하자면 나는 아버지를 오입시켜 드리지 못해 환장한 놈이고, 오늘이 생신이니까 일흔을 딱 일년 앞둔 나의 아버지는 오늘 뜻하지 않은 오입을 하기로 되어 있는 날이다. 아니, 뜻하지 않은 오입을 하시게끔 되어 있는 날이다.

내가 쥐고 앉은 리모컨으로 모든 채널을 그렇게 맞추어 놓았다. 정례 씨는 나의 그런 계획을 듣고 효도 중에서 으뜸이라고 했지만 효도는 둘째치고 내가 아버지의 우울증으로부터 자유롭고 싶은 것이다. 그렇다. 나의 자유를 위해 아버지는 오늘밤 오입을 하셔야 하는 것이다.


산중의 밤은 일찍 찾아온다.

사위에 어둠이 조금씩 깔리자 아궁이 속의 숯이 더욱 붉게 보이기 시작했다. 나는 깔고 앉은 톱밥과 대팻밥을 한 줌 집어 아궁이 깊숙이 던져 넣었다. 장작의 열기는 이내 톱밥으로 옮겨 붙어 불꽃을 일구고 있었다.

지금쯤 상주에서 진석이가 기다리고 있을 것이다.

녀석이 학원 강의를 끝낼 동안, 무료한 시간을 때울 겸, 잠시 다녀오겠다고 맘을 먹고 말도 없이 찾은 중궁암인데 나는 생각지도 못한 곳에서 걸음을 지체하고 있는 것이다.

중궁암 아래에 이런 오두막집이 있었다는 걸 미처 알지 못했다. 중궁암이 있는 이 골짜기는 두어 차례 와본 적이 있지만 이 오두막은 본 적이 없었다. 집의 형체나 구조로 보아 최근에 지어진 집은 아니고 옛날부터 있던 집을 조금 보수하여 들어앉은 것이다. 하긴, 무성했던 여름 아카시아와 더불어 오두막에 울타리 삼아 쳐진 뽕나무와 대나무에 가려서 눈길이 머물지 못했을 수도 있는 것이고, 또 중궁암을 보듬고 있는 노악산의 자태에 눈을 빼앗겨 무심히 흘려버렸을 수도 있었겠지만 삽짝 어귀에 서 있는 목장승은 지나가는 눈길로 그냥 흘려버릴 수 있는 물건이 아니었다. 적어도 내 눈에는 예사롭지가 않다는 얘기다.

이 오두막 삽짝에는 대문이 없었다. 대신, 일곱 살짜리 머슴애의 키만한 목장승 하나가 삽짝에 서서 지나치게 큰 눈알을 굴리며 서 있었다. 세월의 더께가 내려앉지 못한 근작이지만 남장사 입구의 돌장승과 크기와 모양새, 웃는 모습까지 그대로 옮겨온 것이다. 한눈에 보아도 보통 솜씨는 아니다. 투박하면서 친근한 모양새와 욕심이 없어 보이는 미소, 머리통이 지나치게 커서 익살스런 균형미, 남장사 입구의 석장승과 흡사했다. 돌의 재질이 나무로 바뀌지 않았다면 남장사 입구의 장승을 업어다 놓은 것이라 착각을 일으킬 정도였다.

그 장승이 나를 삽짝 안으로 불러 넣은 것이다.

그렇다. 장승과 눈을 맞추다가 큰 눈을 부라리며 잠시 쉬어 가라는 친근한 눈빛을 읽었다. 나무로 만든 눈동자의 눈빛을 읽었다니 가당치도 않지만 나는 과장되게 팔을 벌려 장승을 한 번 보듬어 주고 삽짝을 들어섰다.

삽짝을 들어서서야 오두막은 조각가가 작업을 위해 구입한 집이란 걸 알 수가 있었다. 작은 마당과 뜨락에는 온통 깎다가 둔 장승과 괴목을 이용한 목각들이 널려 있었다. 주인인 듯한 사내가 마당 귀퉁이 작업대로 돌아서서 사포질을 하고 있었고 작업대 다리에 덜미가 묶인 검정 강아지 한 마리가 삽짝을 들어선 길손을 향해 짖고 있었다.

웬 꽁지머리?

마당으로 들어섰을 때 꽁지머리의 사내는 헐렁한 청바지에 티셔츠를 걸친 채 통나무로 깎아 만든 거북이의 등을 사포로 문지르고 있었다. 한눈에 보아도 자기 작품에 대해서 고집스런 데가 있는 작자란 것을 알 수가 있었다. 좀 기이한 모양새를 하고 있는 예술가들이란 대부분 그렇다. 독창성에는 완벽할지라도 공감대 형성에는 젬병인 경우가 허다하다. 그런 작자에게 먹혀 들어가는,

듣기 좋은 인사법을 나는 분명히 알고 있었다.

작품들이 참 좋습니다.

내가 뜨락과 마당의 목각들을 찬찬히 훑어보는 사이, 건성으로 인사를 받은 꽁지머리는 작업대 밑 에어컴프의 밸브를 열어 자신의 바짓가랑이와 머리에 묻은 나뭇조각과 먼지를 날리고는 아궁이 앞에 자리를 잡았다. 내가 비집고 앉을 자리를 비워두고.

군불을 지피며 나눈 꽁지머리와의 대화는 아궁이 속의 마른 장작에 붙은 불처럼 쉽게 타올랐다.


아내의 전화를 재차 받은 건 중궁암으로 오르는 산길이었다.

겨우 두 사람이 비켜가기에도 빠듯할 정도의 좁은 길이었고 산사로 오르는 길이라기보다는 등산로라고 해야 마땅할 정도의 급경사 길이었다. 당연히 숨은 턱까지 차 올라 헉헉거리며 뒷주머니의 휴대전화를 받았다.

오늘이 아버님 생신인데 정말 그래도 되는 거예요?

안성까지 가서 닷새 연수를 받았으니 예산으로 옮겨 앉은 친정에 가서 하룻밤 자고 오라고 두어 시간 전, 상주로 향하는 핸들을 잡고 통화를 했는데 무엇이 미심쩍은지 꼬치꼬치 물고 늘어지는 것이었다.

아하! 괜찮다니까, 자꾸 그러네? 어제 숙경이가 김 서방하고 와서 자구 갔구 아침에 미역국을 자셨다니까, 맘 푹 놓고 하룻밤 자구 와! 날씨가 추워지는데 장모님께 스웨터라도 하나 사 드리고…….

아가씨야 딸자식이고, 나는 며느린데 이러다가 아버님한테 미운 털 박히는 거 아닌가 몰러…….

허 거 참, 되게 말 많네, 아버지도 자유가 필요한 거야. 자네가 시집살이하는 게 아니라 아버지를 구속하고 있다는 생각은 해본 적이 없나? 아버지의 생신 선물로 자유를 드리는 거라구.

당신은 무슨 말을 그렇게 해? 내가 뭘 아버님을 구속한다구?

입장을 뒤집어 생각해 보라구. 우리 이쁜 며느리가 밥상 차려놓고 기다릴 텐데, 일찍 들어가지 않으면 직장생활을 하는 우리 며느리가 자지 않고 기다릴 텐데, 그런 마음이 항상 아버지를 구속하고 있을지도 모르잖어.

이 양반이 웃기는 소릴 하고 계셔! 아버지의 자유를 빙자해서 당신 딴 짓 하려는 거 아냐?

내가 딴 짓거리 할 게 뭐가 있어?

어떻게 알어? 옛날 애인을 만난다거나, 아니면 다른 데 가서 바람을 피운다거나, 하여튼, 닷새를 못 봤는데 나 보고 싶어하는 눈치가 아니잖어?

내가 그랬나? 하여튼 이 여편네가 눈치는 빨라가지구, 오늘은 옛날 애인도 만나야 되구, 바람도 피워야 하니까, 그리 알구 자고 오라구!

됐어, 됐구! 아버님께서 서운한 맘을 가지시면 그건 순전히 당신 책임이야. 알았지?

아내의 전화는 그렇게 끊겼다. 일단 아내는 안심이다. 예산에 도착한 모양인데 맘이 바뀌더라도 대구까지 오늘 내려오기에는 시간이 턱없이 부족한 것이다. 어차피 아버지는 서운한 맘을 가지실 리가 없다. 일주일간의 연수라고 했으니 아버진 아내의 연수가 토요일에 끝나는 줄로 알고 계시니까.


꽁지머리.

이런 산중에서 말동무가 그리웠던 탓도 무시할 수는 없겠지만 꽁지머리는 자신의 생각을 입술 안에 가둘 줄 아는 과묵한 인물은 결코 아니었다. 덕분에 처음 만나는 인물이었지만 참으로 많은 얘기들이 진지하게 오갔다.

중궁암에서 내려오던 길이라는 얘기 끝에 골목에 서 있는 목장승의 얘기가 나왔고 그 끝을 물고 나도 잘 모르는 탐진치를 들먹였다. 우리는 벌써 한 시간 가까이 아궁이 앞에서 장작을 지피며 얘기를 주고받았다. 탐진치에 대한 얘기는 내 입에서 먼저 풀었지만 꽁지머리가 늘 이야기를 하는 쪽이었고 나는 듣는 쪽이었다.

마흔이 가까워 오는 나이, 나이로는 나와 엇비슷해 보이는 꽁지머리의 사내. 상주에서 진석이가 기다리고 있을 터이지만 들을수록 기이하게 여겨지는 그의 말들이 호기로워 선뜻 자리를 털지 못하고 있었다.

꽁지머리는 한 양동이의 물을 길어와 익숙한 손놀림으로 가마솥에 붓고 뒤란으로 돌아가더니 통나무로 깎아 만든 작은 함지박에 생고구마 네댓 개를 담아왔다. 나의 눈길은 고구마보다 그것을 담아온 함지박에 머물고 있었다.

이것도 직접 만든 것입니까?

끌 자국이 선명하여 조금 투박해 보이는 통나무 함지박을 손으로 쓸어보면서 물었다.

이거 장승을 깎다가 남은 대추나문데 자투리라도 버리기가 아까워 이런 것들을 만들어 쓰지요. 목질이 야물기로는 이만한 게 없거든요.

아궁이의 사위어 가는 장작 숯에 고구마를 얹으며 꽁지머리가 대답을 했고 나는 인사투로 지극히 환경 친화적이라는 찬사를 잊지 않았다.

노릇하게 익어 가는 고구마를 뒤적이며 꽁지머리의 이야기는 자연스레 탐진치로 이어졌다. 한마디로 요약해서, 모든 욕망을 버리면 세상이 달라져 보인다는 말을 주워 섬기던 꽁지머리의 말을 내가 잘랐다.

듣다 보니, 불교에 조예가 상당히 깊어 보입니다.

그래요? 제 법명이 만공입니다. 법랍은 겨우 기어다니는 두 살이지요.

이게 무슨 소린가? 그럼 이 마주 앉은 작자가 중이란 말인가? 내가 아는 한, 법명이야 계를 받은 속인도 가질 수가 있지만 법랍이란 승으로 출가한 나이를 말하는 것이거늘, 그렇다면 꽁지머리는 출가를 한 승려란 얘긴데 어디를 봐도 전혀 중 같아 보이지는 않는 것이었다. 목덜미까지 길러 뒤로 불끈 동여맨 꽁지머리하며 경을 외기는커녕, 헐렁한 티셔츠에 청바지를 걸치고 목각을 깎는데 법랍이라니 가당찮은 일이다.

그럼 출가한 승려란 말씀입니까?

꽁지머리는 놀라는 내 말에 아궁이의 뜨거운 고구마를 꺼내고는 반을 분질러 내 앞으로 건네며 아무렇지도 않다는 듯이 말했다.

출가란 게 따로 있나요? 속세와 연을 끊으면 그게 출가지요.

어지간히 질긴 선문답이란 생각이 퍼뜩 들었다. 무슨 얘긴지 모르겠지만 불교를 잘못 이해하면 땡추가 되기 십상이라는 생각과 이 작자도 까딱하다간, 아니 이미 불교의 심오한 텃밭에 땡추의 씨앗을 뿌린 작자가 아닌가 의심이 갔다.

만공이라구? 꽁지머리는 분명히 자신의 법명이 만공이라고 했다. 만공은 경허선사의 제자로서 수덕사에서 비구니 일엽과 법회를 키워낸 구 척 거구의 선사다. 내가 아는 바로는 청산리전투로 유명한 김좌진 장군이 청년시절에 만공을 찾아가 힘 겨루기를 요청해 팔씨름으로 받아주었는데 팽팽한 대립에 한나절을 소요하다가 김좌진 청년이 '선사님, 제가 졌습니다' 며 삼배를 올리자 '이긴 사람이 없으니 진 사람도 없다' 라고 말하며 '평상심이 도' 라는 법어를 남긴 선사다.

그러고 보니 만공선사와 저 꽁지머리가 닮은 게 전혀 없는 것도 아니다. 만공선사도 참선 때면 삼 년이고 사 년이고 머리를 길러서 유발선사로 불리기도 한 기인이니까.

속세와 연을 끊는 게 출가다? 지극히 맞는 말이고, 생각해 보니 그 정도의 선문답이라면 풀이하기에 질긴 것이 아니라 나도 그 정도의 선문답쯤은 꼬아서 뱉을 수가 있다.

바로 오늘 아침에 회원으로 가입되어 있는 사이버카페에 들어가서 선문답을 남기지 않았던가. 너희가 부처의 보폭을 아느냐고.

그 카페는 회원이 겨우 오십여 명 남짓한 독서 동아리의 모임이고 대부분 얼굴을 알고 있는 사이다. 게시판에 누군가 글을 올리면 동문서답을 하더라도 그 의도를 단박에 알아차리는 지극히 익명성이 얕은 사이버 공간이다. 나는 필요에 의해서 게시판에 글을 올렸다. 혹시라도 저녁에 어느 작자가 집으로 나를 찾는 전화라도

넣을지 모른다는 노파심에서 전화 차단 프로그램을 깔아둘 필요
가 있다는 판단이었다. 어느 술 취한 작자가 '한잔을 걸치고 나니
울컥, 행님이 보고즈브 죽었으니 술값을 거머쥐고 붕알에 요령소
리 나도록 뛰어 오라' 는 전화가 오밤중에 걸려와 아버지의 밤이
안녕하시지 못한다면 그건 순전히 치밀하지 못했던 나의 실수에
해당되는 것이고 그 실수는 곧 불효로 연결되는 것이다. 하여, 카
페 게시판에 다음과 같은 글을 남겨두었다.


〔 낼이 토욜이다. 나 시방 어디를 가고저 한다.
아무도 따르지 말라.
부처의 보폭으로 물과 바람과 대오를 맞추고 싶을 뿐이다.
살구꽃 가루만 뿌려주어도 저 혼자 키들거리는 범부들아!
꽃내음을 맡는 꽃나비를 쫓지 마라.
앞으로 사흘간, 나의 도반은 그저 흐르는 물과 스치는 바람소리
일 뿐이다.
그대들은 숏다리. 어찌 부처의 보폭을 알겠는고? 〕


말문이 막히면 그런 선문답 같은, 씨잘데 없는 글을 가끔씩 올
리던 나였으니 동아리 회원들은 내가 그저 어디론가 떠난다는 것
으로 이해할 것이고 최소한 사흘은 집으로 전화를 넣지 않을 것이

다. 그건 그렇고 꽁지머리가 법랍으로 두 살이라니, 믿을 수가 없는 일이다. 그렇다면 이 오두막은 절 집이 되는 셈인데. 가려운 곳은 긁지 않고 못 배기는 인물이 바로 내가 아니던가. 나는 기어이 걸고 넘어졌다.

그럼 제가 지금 조각가의 작업실이 아니라 경내에 들어와 있는 겁니까?

일체유심조라고 했지요. 모든 것이 맘먹기에 달린 겁니다.

아무리 그래도 그렇지, 법랍으로 두 살이라면 지금 한창 공부할 때가 아닌가요?

내가 그렇게 걸고 넘어진 것은 도를 통한 척하는 땡추들의 시건방이 그대에게도 묻어 있다는 말의 다른 표현이었다.

도를 챙기기에 급급한 것도 탐욕 가운데 하나지요. 평상심이 바로 도입니다.

만공의 법어가 아니던가. 어찌 들어보면 꽁지머리가 이미 도를 통한 것 같기도 한데 그 말을 듣고 보니 할 말이 궁해졌다.

일찍 찾아든 산골의 어둠은 오두막을 완연히 감싸 안았다. 차를 세워둔 남장사 주차장까지 더듬고 내려가야 할 자갈길이 은근히 걱정되었지만 아궁이에 눈길을 준 채 쥐고 있던 고구마를 삼키고서야 말문을 열었다.

이 년 만에 어떻게 평상심이 도라는 걸 깨치셨습니까? 다른 선

사들은 제가 알기로는 면벽 십 년이라야 깨칠 수 있는 법문인 듯
싶은데요.

처사님도 오늘 하루만 하면 반은 깨치시게 됩니다.

말 같지도 않은 소리에 나는 히죽 웃고 말았다.

하룻밤에 반을 깨치다니 그건 도저히 말이 되지 않는 땡추의 법
문인 것이다. 하룻밤 사이에 어떻게 도를 깨치나? 만약 하룻밤 사
이에 도를 반을 깨칠 수가 있다면 이 세상에 도인이 아닌 사람이
몇이나 되겠는가? 하긴 아버지는 오늘 하룻밤에 반을 깨칠 수도
있겠다. 세상이 아직은 살 만한 곳이라는 깨달음에 대하여. 그러
고 보니 꽁지머리의 말도 영판 틀린 말이라고는 할 수가 없다.

꽁지머리의 뒷말을 귓전으로 흘려들으며 나는 아버지의 흰머리
를 떠올렸다.

아버지, 긴장되는 순간이 있으면 드시라구요.

편지봉투에 담은 한 알의 약을 아버지의 방, 텔레비전 옆의 문
갑 위에 슬쩍 얹어 두고 돌아설 때, 얕은 낮잠에서 깨신 아버지가
흰 머리칼을 쓸어 넘기며 등산복으로 바꿔입은 나와 문갑 위의 봉
투를 번갈아 보셨다. 아버지의 눈길에서 그게 무엇이냐? 그리고
어디 가려고? 하는 두 가지의 물음을 넘겨짚었던가.

저어…… 지금 상주에 가려고요. 진석이와 내일 새벽에 산행을
하기로 했는데…… 아무래도 오늘은 상주에서 자야 할 것 같습니

다. 그 사람은 내일 연수를 마치니까, 아무래도 저녁은 아버지가 찾아서 드셔야겠어요. 밥은 전기밥솥에 있구요 냉장고에 곰국이 있으니 가스 레인지에 데워서…….

묻지도 않는 말을 주절거리며 미주알고주알 챙기는 말문을 아버지는 한마디로 잘랐다.

알았다. 대충 하고 댕겨오너라.

그리고 아버지, 저 약은 긴장되는 순간이 있으면 드시라구요. 신경안정젭니다. 맘이 울렁거릴 때 자시면 착 가라앉을 겁니다.

방문을 나서며 우울증으로 인해 현저히 말수가 적어진 아버지께 약에 대해서 다시 언질을 박아 두었다. 물론 아버지가 깨지 않으셨다면 상주로 향하는 차 안에서 전화로 전할 말이었지만 아버지가 깨어나신 참에 약의 효능과 복용법에 대해서도 털어놓은 것이다.

그 사람. 아내를 두고 '그 사람'이라고 명명했다. 아버지 앞에서 아내를 지칭할 호칭이 마땅찮았다. 하여, 나는 '그 사람'이라고 명명하고 있지만 그게 또 아버지의 심기를 불편하게 했는지도 모른다. 당연히 아버지 앞에서는 '누구 에미'라고 당신의 며느리를 가리켜야 할 터이지만 애석하게도 '그 사람'은 '누구 에미'라고 불러줄 당신의 손주, '누구'를 잉태하지 못하고 있는 것이다.

꼭 집어 말씀하신 적은 없지만 아버지는 손주를 기다리는 눈치였다. 지나가는 소리로 밥상머리에서 누구 손주는 이번에 어느 대학 정치외교과에 붙었다더라 하고 말씀하시면 아내는 그저 고개를 떨굴 뿐이다. 벌써 결혼 구 년째이다. 아내의 직장생활로 아버지는 우리가 피임을 하고 있는 줄로 알고 계시겠지만 그건 결코 아니다.

마음을 열고 몸을 열어야지!

나를 받아들이는 아내의 몸이 어딘가 모르게 폐쇄되었다는 걸 느끼면서 아내에게 마음까지 열어줄 것을 종용하곤 했다. 그러나 아내는 마음은 고사하고 열어주고 있던 몸까지 여미며 말하는 것이다.

조용조용히 하세요. 아버님 방까지 다 들려요.

나는 번번이 종족번식에 실패하면서 방음처리가 제대로 되지 않은, 업자가 날림으로 지은 한옥이 못마땅했다. 이삼 년 후부터 방사 중에는 언제나 텔레비전이나 시디의 볼륨을 높여두고 치렀지만 아내의 마음이 열리지 않기는 마찬가지였다.

평소에 잘 듣지도 않던 음악을 켜두면 아버님께서 이상하게 생각하실 거 아녜요?

성은 신성한 거야! 드러낼 수 있는 떳떳한 거라구.

그래도 바로 건넌방에서 아버님은 혼자 주무시는데 미안하잖아.

집에서는 도저히 안 되겠다는 심정이 굳어지자 나는 밖에서 하나를 만들어 오자는 심산으로 부부동반 계모임이나 영화를 보고 난 뒤에는 호텔이나 교외의 모텔로 아내의 손을 잡아끌었다. 그래도 폐쇄된 듯한 아내의 관로에 소식이 없기는 매일반이었다.

땅심이 시원찮은가? 외풍이 심하다는 이유를 빙자하여 한옥을 처분하고 아파트로 옮길 때 나는 빈 아파트의 문을 닫아걸고 괜히 헛기침을 해대며 아파트라는 물건이 방음에 대해서 얼마나 완벽한가 그것부터 살폈다.

확실히 방과 방 사이의 방음은 아파트가 월등했지만 종족번식에는 크게 기여하지 못했고 오히려 아버지의 행동반경만 축소시키는 꼴이 되었다. 그래도 대신동의 한옥에 살 적에는 주위에 친구분들도 많고 나다니실 데가 더러 있었건만 아파트의 경로당이란 아버지께서 지닌 노인 우울증을 해소하는 데 크게 도움이 되질 못하고 집에서 비디오나 한의서로 끼니와 끼니 사이를 이으시곤 하는 것이었다.

귓전에 흘려듣던 꽁지머리의 말을 내가 비웃었던가. 꽁지머리는 정색을 하며 자세를 고쳐 앉았다.

하룻밤에 반을 깨친다는 일이 결코 웃을 일만은 아니고, 무욕입니다. 욕심을 버리면 반은 깨친 겁니다. 욕심이란 본성이지만 하룻밤에 버릴 수도 있지요. 하룻밤 사이에 세상을 버릴 수도 있는데 까짓, 욕심인들 못 버립니까?

그렇게만 된다면 도를 깨치지 못할 사람이 누가 있겠습니까?

나는 주머니의 담배를 꺼내 꽁지머리에게 권하면서 물었고 꽁지머리는 자신이 출가했다고 했음에도 담배를 사양하는 일 없이 받아서 아궁이의 장작 숯에 불을 붙여 한 모금 빨고는 담배 연기와 함께 듣기에 솔깃한 말을 뱉었다.

말 난 김에, 처사님이 한번 시험해 보시렵니까? 심장이 조금 강해야 하는 일이지만…….

심장이 조금 강해야 한다? 무슨 엽기적인 일인지 모르지만 구미가 동하는 것이었다.

어떻게 하는 건데요?

한번 죽었다가 깨어나는 겁니다. 죽음이 별거 아니라는 생각이 들면서도 숨을 쉰다는 게 얼마나 고마운 일인지 모릅니다. 깨어나면 그 다음 생은 완전히 덤으로 여겨져 욕심을 버리게 되지요.

꽁지머리는 담배를 꽂은 손으로 뒤란의 대숲을 가리키며 말을 이었다.

저 대나무 밭에 제가 파둔 토굴이 있습니다. 그 토굴 안에는 제 손으로 직접 깎아 만든 목관木棺이 있습니다. 그 안에서 하룻밤을 자는 거지요. 웬만한 호텔 침대보다는 푸근할 거고 내일 아침이면 세상이 달라져 보일 겁니다. 아마도 무욕의 경지에 다다를 걸요?

그러면 내일부터 저도 법랍으로 나이를 계산해도 되는 겁니까?

욕심을 얼마나 버리나 깨우치는 걸 봐서요.

만약 못 깨어나고 영원히 잠이 들면 어떡하죠?

농담 반 진담 반으로 물었는데 꽁지머리는 그런 질문이야 수도 없이 받았다는 듯이 태연히 대답했다.

열반하신 줄 알고 토굴을 내려앉혀 드리겠습니다. 덤으로, 비록 나무지만 묘비 하나를 깎아 세워 드리지요. 저게 제 주특기가 아닙니까?

꽁지머리가 가리킨 처마 밑과 봉당의 벽에는 돋을새김으로 된 현판이 몇 개나 걸려 있었다. 절간의 기둥에 걸려 있을 법한 흘림체의 현판들이었다. 작업대 다리에 묶여 있다가 풀려난 강아지가 낯이 익었는지 꼬리를 살래살래 흔들며 아궁이 앞으로 다가오고 있었다. 제 주인과 한동안 대화를 나누는 걸 보았음인지 적대감을 누르고 꼬리까지 살랑거리고 있는 것이다. 나는 고구마 껍질을 강아지에게 던져 주었다.

색다른 경험이다. 상주에서 학원강의를 끝내고 기다리고 있을 진석이가 맘에 걸렸지만 나는 그러겠노라고 흔쾌히 대답하면서 한 가지 토를 달았다.

열반에 들기 전에 전화를 한 통화 해도 되겠지요? 유언을 해야 할 거 아닙니까?

꽁지머리는 고개를 끄덕이며 웃었다.

나는 자리를 털고 삽짝으로 나와 목장승의 면상에 허리를 기대
고 섰다. 그리고 휴대폰에 저장되어 있는 정례 씨의 핸드폰 번호
를 찾아 통화버튼을 눌렀다.

신호음이 서너 번 간 다음에 호출했던 상대의 목소리가 무선으
로 날아왔다.

정례 씨! 저…… 효자놈입니다. 지금 가시는 길입니까?

아! 효자님. 아니 효자놈께서는 걱정 마시라니까 자꾸 전활 하
고 그러능교? 지금 택시에서 막 내렸어요.

정례 씨의 목소리와 함께 도심의 분주한 차량의 소음이 날아들
었다.

아니, 걱정이 되어서…… 황실 아파트 107동 304호입니다. 실
수하시지 말라고…….

걱정 마시라니까요, 쪽지에 적어서 찾아가는 겁니다. 그건 그렇
고 어르신 출타하신 건 아니겠지요?

아, 걱정 마세요. 제가 이곳으로 오면서 혹시 저녁에 손님이 오
실지 모른다고 집 비우지 마시라고 전활 드렸어요. 그리고 내일
아버지 얼굴빛을 봐서…… 단골이 될지도 모르는 일이니까 고객
관리 잘 하세요.

호탕한 내 웃음에 정례 씨는 사십대 초반의 걸걸한 목소리로 토
를 달았다.

적선 삼아 효자놈을 한 번 봐드리려고 했는데 참말로 걱정되네요. 수틀리면 오늘밤에 어르신을 아주 보내드리는 수가 있어요.

내가 조정해 놓은 리모컨에 의해서 모두들 잘 움직이고 있는 것이다.

정례. 저 정도의 여자라면 충분히 해낼 수 있는 일이다. 그 여자를 찍은 것은 지난 여름이었다. 그날은 고등학교 동기들 중에서 나를 포함하여 대구에 적을 두고 있는 여덟 명의 계모임이 있는 날이었다.

그날따라 부부동반으로 모인 동기는 단 한 명도 없었다. 딱히 정기모임이 아니더라도 끼리끼리 더러 만나는 동기들이라 술이 과하면 아내들을 불러 거리낌없이, 이 차를 한 다음에 아내로 하여금 대리운전을 시키는 작자들이 더러 있는 모임인데 약속이나 한 듯이 단 한 명도 부인을 대동한 작자가 없는 날이었다. 갈비집에서 계모임을 마치고 두세 명이 빠졌지만 우리가 이 차를 거쳐 삼 차로 찾은 곳은 가요방이었다.

누군가가 사내들만이 붕알을 흔들면서 놀기가 맹숭하다는 말로 주인을 불러 서너 명의 여자를 불러달라고 청했는데 정례 씨가 그곳에 끼어 온 것이다. 어디서 어떻게 조달했는지 여자들은 한결같이 우리들보다 나이가 많아 보였다. 한눈에 보아도 우리들보다 나이가 일고여덟 살은 많아 보이는 정례 씨가 그날 밤 나의 파트너였고 분위기를 살리자며 짧은 치마를 가장 먼저 걷어올린 여자 또한 정례 씨였다.

나는 눈을 의심했다. 그녀는 이미 팬티를 입지 않은 알궁둥이였던 것이다. 그녀의 나잇살을 속일 수 없는 알궁둥이를 힐끔거리며 그녀가 살리고자 했던 분위기는 고사하고 나는 오히려 더욱 침울한 분위기 속으로 빠져들었다. 취중이었지만 그녀의 알궁둥이를 관망한다는 것이 죄책감으로 이어졌고 아버지에게도 그런 분위기를 만끽할 수 있는 자유를 드리고 싶어진 것이다.

나는 슬그머니 그 방을 빠져나왔다. 그러고는 가요방 계산대 앞의 소파에 앉아 담배를 피워 물고 어머니와 사별하신 지 십일 년이 지난 아버지의 외로움투성이였을 밤을 떠올렸다. 아버지의 외로움, 그것이 그날 밤 나에겐 이기지 못할 무게로 실리고 있었다.

담배를 다 피우고서도 한동안 그곳에 앉아 있었다. 그 방으로 들어가더라도 쉽게 분위기에 희석되지 못할 것 같은 예감으로 빨리 술자리가 끝나기만을 기다리며 눈을 지그시 감고 앉아 있었다.

왜? 안 들어오세요?

들어오지 않는 파트너를 찾아 나선 정례 씨가 내 팔을 흔들고 있었다.

잠깐, 얘기 좀 할까요?

나는 정례 씨를 올려다보며 그렇게 말하고는 그녀가 주저하는 사이 비어 있는 다른 방으로 그녀를 밀어 넣었다. 내 마음만큼이나 조도가 낮은 그 방에서 가슴을 짓누르고 있던 것들을 솔직하게 덜어 보였다. 혼자 계시는 아버지가 맘에 걸려 분위기에 편승되지 못하겠다고.

간단하잖아요? 아버지를 가끔씩 오입시켜 드리세요. 효도 중에 으뜸이 아닌가요.

정말 간단한 대답이었다.

오입이란 말이 그렇게 신선하게 들리기는 처음이었고 그렇게 얘기하면 오입이란 말이 효도라는 단어와 나란히 앉을 수도 있다는 사실에 나는 저으기 놀랐다. 정례 씨의 말처럼 간단하긴 한데 상대를 어떻게 구한단 말인가?

사면 되잖아요? 저한테 연락하세요. 제가 구해 드리죠. 정 안 되면 내가 대신 뛰어도 되구.

그녀의 전화번호까지 받아든 나는 유쾌해질 수가 있었다. 그날 밤 정례 씨는 나를 두고 '이상한 곳까지 챙기는 못돼먹은 효자놈'이라고 친구들 앞에서 명명했다.

그렇다. 나는 못돼먹은 효자놈인 것이다.

그 못돼먹은 효자놈은 정례 씨와 서너 번의 통화를 한 적이 있었고 오늘 오전, 컴퓨터 앞에 앉아 정례 씨의 계좌로 얼마의 금액을 쳐 넣고 엔터키를 눌렀다.

뒤란을 돌아서자 대밭으로 난 오솔길이 있었다.

드리워진 대나무를 제치며 손전등을 든 꽁지머리가 앞장을 섰고 내 뒤에는 검정 강아지가 따랐다. 사람이 그리웠던 탓인지 산골 강아지는 자꾸만 내 바짓가랑이를 물고 늘어졌다. 오솔길로 드리워진 대나무 줄기를 제치며 얕은 언덕을 이삼십 미터 올라가자 대나무밭 가운데 서너 평 정도의 평평한 공간이 있었고 바로 앞에 어깨 높이가 되는 둔덕에 토굴을 파 놓았다. 꽁지머리가 손전등 불빛으로 비춰준 곳은 겨우 두세 명이 비좁게 들어앉을 만한 장방형의 공간, 토굴이라기보다는 얼기설기 얽힌 대나무 뿌리를 지붕삼아 그 아래 목관을 넣어놓은 것이라고 해야 마땅할 만한 것이었다.

섬뜩했다. 꽁지머리가 손전등 불빛으로 휘휘 비춰준 목관은 상당히 두꺼운 나무로 만들어져 있었고 뚜껑에는 불교를 상징하는 '만' 자가 새겨져 있었다. 뚜껑을 열면 안에서 뭔가가 튀어나올 것만 같은 기괴한 기분이 들었다. 꽁지머리는 손전등을 내려놓고 주저 없이 목관의 뚜껑을 열었다. 목관 안에는 붉은 계통의 방석, 석장이 깔려 있었다.

괜한 만용을 부린 게 아닌가, 정말이지 저 속에 누우면 다시는 못 일어날 것 같은 아득한 기분이 들었고 꽁지머리는 나의 기분을 아는지 모르는지 내가 들어서기 좋게 조금 비껴서면서 말했다.

입적하시지요.

나는 조금 망설였다.

모든 것은 마음먹기에 달린 겁니다. 어서 열반하시지요.

망설이는 나를 돌아보며 꽁지머리가 빨리 죽으라고 재촉했다. 일이 이쯤 되면 빠져나갈 방법이 없는 것이다. 심호흡으로 숨을 고르고는 신발을 가지런히 벗고 관 속으로 들어섰다. 으스스하면서도 싫지 않은, 참으로 묘한 기분이었다.

머리를 이쪽으로…….

관 속에 들어서기는 했지만 어떻게 누울지 몰라 엉거주춤 서 있는 나를 보며 꽁지머리는 머리를 밖을 향하게 누우라고 했다. 꽁지머리가 시키는 대로 방향을 잡고 반듯하게 누웠다. 누워보니 관은 내 어깨넓이에 꽉 끼이는 것이다. 손은 자연스레 배꼽 위에 포개지게 되어 있었다. 호텔의 침대보다는 못하지만 바닥에 방석을 깔아두어서 그리 불편하지는 않을 것 같았다.

관 속에 누운 내 눈에 천장의 얼기설기 얽힌 대나무 뿌리가 보였다. 토굴이 무너지더라도 압사하지 않을 만큼의 무게가 그곳에 실려 있었다.

설마, 관 뚜껑에 못질하는 건 아니실 테죠?

아래서부터 관 뚜껑을 주욱 밀어 올리는 꽁지머리를 향해 마지막으로 한 말이다.

걱정 마세요. 이 강아지 상좌가 처사님을 지켜줄 겁니다.

힐끔 고개를 돌려 관 밖을 보니 따라온 검정 강아지가 토굴 옆에 점잖게 앉아 뚜껑이 닫히는 광경을 지켜보고 있다.

강아지 상좌를 옆에 두고 나는 열반에 드는 것이다.

누워보니 염려했던 만큼 기분이 나쁘진 않았다. 짙은 어둠을 두고 누가 관 속 같은 어둠이라고 비유했던가, 아마 그도 관 속에 누워보았으리라. 뚜껑이 닫힌 관 속은 정말 관 속 같은 어둠이었다. 한 치의 앞도 볼 수 없는 이 지독한 어둠 속에서 나의 육신은 삶과 격리되어 무욕의 경지에 다다를 것이다. 정말이지 그렇게만 된다면…….


띠깜이라고 했다.

인도네시아의 자카르타에서 남쪽으로 150마일 떨어진 망망대해 작은 섬, 순전히 고래 잡이에 의존하며 살아가는 라마넬라라는 작은 섬마을이 있다. 고래 기름으로 불을 밝히고, 고래 뼈로 집을 짓고, 고래고기를 주식으로 삼는, 순전히 죽은 고래와 인간이 공존하는 마을이다. 고래를 탐지하고 쫓는 최신장비는 고사하고 기관도 없이 노를 젓는 낡은 목선과 밧줄이 달린 작살에 의존하는 재래적인 포경방법에 있어서 띠깜이란 바로 향유고래의 목을 향해 배에서 뛰어내리며 체중으로 작살을 고래의 목에 내리꽂는 작살수를 일컫는 말이다.

내가 왜 관 속에 누워 느닷없이 띠깜을 떠올렸을까?

나는 텔레비전의 무슨 다큐멘터리에서 그 띠깜을 본 적이 있다. 사투와도 버금가는 행위로 작살을 고래의 목에 꽂은 띠깜은 고래가 힘이 빠져 늘어질 때까지 한나절이고 하루고 작살 끝에 매달린 밧줄에 끌려 다니는 것이다.

하필이면 그렇게 위험하고 재래적인 방법으로 고래를 잡을까? 내 궁금증에 답해 주듯이 인도양의 강렬한 햇살과 바닷바람에 그을린 어깨를 지닌 띠깜은 건강한 치아를 드러내며 강단 있는 말을 했다.

고래가 생성되는 만큼만 잡아야지, 최신장비로 남획하면 고래의 씨가 말라 생태계가 위협받을 겁니다. 그게 우리의 죽음이지요. 욕심을 버리는 게 우리가 사는 방법입니다.

띠깜의 말에 무릎을 쳤다. 중생이 어찌 부처의 보폭을 헤아리랴.

띠깜을 생각하며 배꼽 위에 얹힌 손에 힘을 주었다.

배꼽으로부터 전해 오는 온기가 손바닥에 느껴졌다. 죽는다는 게 결국은 별게 아니라 탯줄의 흉터인 배꼽에 손을 포개는 것이 아닐까? 그래서 돌아간다는 말이 생긴 게 아닌가 하는 의문이 문득 들었다. 혹시 이것 또한 깨달음인지 모르지.

죽음은 결국 모태로 돌아간다. 육신의 명은 유한한 것이다. 그렇다. 내가 지금 이대로 눈을 감는다고 크게 두려울 것이 없는 듯하다. 누군가 죽은 나의 가죽을 벗겨 그 가죽에다가 생을 살아가는 지도를 그려도 좋겠다.

어쩌면 이것이 탐진치를 벗는 길인지도 모르겠다.

갑갑해서 못 견디겠으면 언제든지 나와서 자신의 방으로 오라고 꽁지머리가 말했지만 아직은 일어설 생각이 없다. 차츰 관 속이 푸근해진다.

까딱하다간, 여기에서 잠이 들 수도 있겠다.

오늘밤 나는 목관이라는, 이 무욕의 자궁 속에서 또 다른 세계가 있음을 깨우칠 것이고 나의 아버지는 또 다른 자궁 속에서 또 다른 경지의 세계가 있음을 깨우칠 것이다.

잠이 덮쳐온다.

관 밖에서 강아지 상좌가 나의 열반을 지키고 있을까?

지금쯤 상주에서 눈이 빠지게 기다리고 있을 녀석이 왜 오지 않았느냐고 역정을 내더라도 나는 호탕한 웃음에 장난기를 섞어 말할 것이다.

너희가 부처의 보폭을 아느냐고.

그러나저러나, 모든 장치는 설정해 놓았는데

아버진 지금쯤 비아그라를 드셨을까?

# 하늘 당나귀

정말로

새들은 주둥이를 날개 깃에 묻어놓고 잠이 드는가.

강둑 너머 백사장 위, 석양이 물든 하늘가로 날아가는 한 마리의 왜가리를 본다. 저 왜가리도 주둥이를 제 날개 깃에 묻을 자리를 찾아 날아가고 있는 것인가. 석양은 지독히도 붉다. 석양이 아름답다는 것만으로도 나는 서글퍼진다. 시선은 왜가리가 날아간 하늘가에 한동안 박혀 있다가 내 발등 위에 조용히 떨구어진다.

나는 며칠째 말을 않고 있다.

한문 선생께서 즐겨 쓰는 '내 언어가 좌표를 잃었다'는 표현이 이럴 경우에 쓰는 말인 모양이다. 틀림없이 내 언어는 좌표를 잃은 것이다. 숙희가 집을 나가면서부터 미주알고주알 얘기를 받아줄 상대가 없어진 것이고 침묵으로 일관된 일상을 유지하다가 급기야 점점 말수를 잃어가고 있는 것이다. 숙희가 집을 나간 이유에 대해서, 숙희의 반쪽으로 태어나 홀로 남겨진, 나의 가슴 시림에 대하여, 누군가에게 털어놓으면 후련하련만 속내를 받아줄 친구가 없다. 그렇다. 친구가 없는 것이다.

소철이 녀석조차도 내가 친구가 없다고 생각한다는 사실을 모를 것이다. 하긴 녀석들은 모두가 게임에 코를 박고 있으니 그런 생각을 할 겨를도 없을 것이다.

게임을 하는 녀석들을 옆에서 가만히 보면 저마다 지닌 유리상자에 스스로 갇혀 있다는 느낌을 지울 수가 없다. 투명한 단절감. 언젠가 녀석들을 보다가 떠올린 말이다. 나에게 있어서 친구들은 언제나 벽이 없는 것처럼 투명하게 눈앞에 있지만 다가서려면 아득한 단절감을 느낀다. 꼭 유리상자에 갇힌다는 기분이 아니더라도 나는 컴퓨터 게임에 별 흥미를 느끼지 못한다. 녀석들이 밤을 새워가며 시디나 인터넷 게임에 푹 빠져 있는 동안, 블록 쌓기 두어 번 하면 금세 싫증을 느끼고, 어쩌다가 연결된 채팅에서도 워낙에 늦은 독수리 타법으로 서너 마디만 하면 할 말이 슬슬 궁해지는 것이니 번번이 익명의 상대가 슬그머니 자리를 거두게 마련이다. 야동 사이트에 들어가려면 성인 인정을 받아야 하는데 내 나이, 성인으로 인증이 되기까지 아직 석 달이나 남았다. 그렇다고 내가 야동 사이트에 못 들어간다고 넘겨짚으면 그건 실수다.

아버지의 주민번호나 승강장에서 주운 주민등록등본에 찍힌 낯모를 할머니의 이름과 주민번호를 도용해서 몇 번 들어가 보았지만 그 물건도 나의 구미를 확 당겨주질 못했다. 녀석들 모두가 인터넷 중독자가 되어버린 이 시대에 컴퓨터마저도 나를 휘어잡지 못하는 걸 보면 소철이 녀석의 말마따나 컴퓨터의 지배능력이 부족하거나, 돼지털시대라고 운운하는 이 21세기에 내가 천연기념물이거나, 둘 중의 하나가 분명하다.

어쩌면 친구가 없다고 말하는 자체도 잘못된 것인지 모른다.

지금 친구가 나를 부르고 있지 않은가. 집 뒤의 철탑 위에서 새끼 까치가 나를 부르고 있다. 어쩌면 나를 부르는 것이 아니라 새 우깡을 부르는 건지도 모른다. 그렇다면 저 녀석도 소철이와 마찬가지로 나의 친구는 아니다. 하지만 내 얘기를 들어줄 상대가 없다. 철탑 위에서 '임금님의 귀는 당나귀의 귀' 라고 외칠 수는 없는 노릇이고 보면 까치야 어떻게 생각하든지 오늘밤은 저 녀석을 상대로 하소연과 흡사한 말들을 마구 토해서 답답한 가슴을 비울 것이다. 그리고 고백 끝에 한 가지를 꼭 물어볼 것이다.

정말로, 새들은 부리가 아닌, 주둥이를 날개 깃에 묻어놓고 잠이 드는가에 대해서.


"나 인간 임도술이, 너그들만 없었다면 틀림없이 중이 되었을끼라."

술에 취하면 어김없이 되새기는 나의 아버지 '인간 임도술' 씨의 말이다.

여기에서 말하는 '너그들'이란 얘기할 바도 없이 나와 숙희를 지칭하는 말이거니와 그 말을 뱉을 때 아버지의 표정은 자신이 자식을 부양하는 거룩한 소임에 발목이 잡힌 노예라는 투가 역력하다 못해 비장해 보일 지경이었다. 어릴 적부터 죽 들어온 말이지만 나는 그 말을 들으면서 중이 되었을 아버지의 모습을 상상하곤 했다. 애석하게도 빈약하기만 한 내 상상 속에서도 아버지의 모습은 가사장삼은 걸쳤지만 목탁 대신에 술병을 들고 있는 우스꽝스런 땡추의 모습이었다.

자칭, 월남스키부대 출신이라는 아버지는 어젯밤에도 어김없이 술에 취했고, 술만 취하면 뱉어내는 그 말, 또한 어김없이 아버지의 입술을 통해 흘러나왔다. 아버지의 말을 분석하면 달라진 게 영판 없는 것도 아니다. 숙희가 집을 나간 뒤부터 아버지의 입버릇에 변화가 일었다. 그건 '너그들'이라는 복수에서 '니가'라는 단수로의 변화뿐만이 아니라 '음지의 나무가 곧게 자란다는데……'라는 한탄조의 말을 덧붙이곤 했다. 없는 집 자식이 일찍 철이 드는데 유독 우리 집은 그렇지 않다는 비탄에 젖은 말이었다. 아버지의 푸념이 비탄에 절어버리더라도 규격화된 소수의 엘리트를 만드는 데 들러리를 서고 싶은 생각은 없다. 딱 잘라 말해 공부는 내 취미도 특기도 될 수가 없다는 말이다.

숙희처럼 집을 나가 버리고 싶을 때가 없는 건 아니다. 그렇지만 나조차 집을 나가 버리면 아버진 누구를 잡고, 중이 되지 못하고 부양 가족에게 발목이 잡혀 절룩거리는 자신의 신세를 한탄할 것인가. 푸념을 들어줄 사람마저도 없다면 아버지의 생은 얼마나 적막하고 서글프겠는가? 입이 간지러운 소리지만, 아버지의 푸념을 생각해서라도 음지의 나무로 뿌리를 내려야 할 일이다.

당숙의 소유로 되어 있는 이 농막에서 살기 시작한 지가 벌써 육 년째다.

아버지는 내가 열아홉이 되도록 집 한 칸을 장만하지 못한 것이다. 그 점만은 아버지의 입에 붙어 있는 '중'과 엄청 닮았다. 중노릇 삼십 년을 해봐야 자신의 집 한 칸이 없겠지만 아버지가 집 한 칸을 지니지 못하는 것과는 살짝 비켜가는 성질의 것이다. 혹 아버지께서 우리를 곧게 자랄 음지의 나무로 키우기 위해서 집 한 칸을 장만할 여력을 포기한 것인데 우리가 그 큰 뜻을 읽지 못하는 게 아닐까. 그런 상상을 해보지만 생각만으로도 씁쓸해지는 일이다.

장마철이면 바짝 긴장하고 있다가, 결국 한두 번은 대피를 해야 하는 강변의 허술한 농막. 말하자면 그게 우리 집이다. 옛날에는 과수원의 관리사와 창고로 쓰던 것인데 사과나무를 뽑고 관리사를 개조해서 이사를 들어왔다. 지금이야 넓은 우엉 밭으로 변했지만 탱자나무 울타리가 아직까지 땅의 구획을 긋고 있어 누가 보더라도 이 땅은 예전에 과수원이었음을 넉넉히 읽어낼 수가 있다. 어쨌거나, 철탑에 맞물린 무허가 관리사로 이사해·들어오면서부터 동네 사람들은 나를 두고, 철탑이 마치 우리의 소유나 되듯이 '철탑 집' 아들이라고 부르고 있다.

철탑 집. 비록 우리의 소유는 아니지만 나는 이 집이 좋다.

막연히 좋다는 표현이 좀 무책임한가? 다시 말해, 나는 이 집이 지닌 구조상의 특성과 지형지물을 충분히 이용하고 있다. 집 뒤, 둑 너머에 흐르는 낙동강과 백사장 그리고 둑에 서 있는 송전탑까지 모든 게 나의 욕구를 충족시키는 데 소재로 이용하는 것이다. 특히 송전탑은, 우습게 들릴지 모르지만 내가 세상을 읽어내는 유일한 창구이자 내 유일한 친구 까치와 소통할 수 있는 카페가 된다. 인터넷 게임에서는 맛볼 수 없는 스릴 만점의 천상 카페.

하늘을 맛보지 않은 사람은 절대 하늘을 훔치지 않는다.

말이 되는 소리인지는 모르지만 내가 만들어낸 말이다. 위에서 내려다보는 맛은, 정말이지 괜찮다. 그렇다. 모든 풍경은 발 아래 깔고 봐야지 제대로 보이는 법이다. 사람들은 이 재미를 만끽하기 위해 남을 끌어내리고 자꾸만 위로 오르려고 발버둥을 치는지도 모르겠다.

거듭된 얘기지만, 아이들이 게임방이나 자기 골방에서 공부를 가장하고 모니터 속에 존재하는 광활한 전장을 종횡무진 하거나, 동영상의 체위를 게슴츠레한 눈으로 훑으면서 수음을 일삼는 밤마다 나는 송전탑에 올라간다.

얼마나 오르내렸는지 순전히 내 손길과 발길이 닿은 송전탑의 철제 부위에 녹이 나기는커녕, 오히려 반지르르하게 윤기가 날 정도이고 또 골목을 통해서 축구장의 몇 배나 되는 넓이로 쳐진 울타리를 빙 돌아가는 노고를 덜기 위해서 아예 송전탑 쪽으로 울타리에 기어서 겨우 빠져나갈 만한 구멍마저 뚫어 놓았다.

잎이 유난히 더디게 돋는 탱자나무, 그 가시만 앙상하던 가지가 이제 막 잎을 내밀기 시작했다. 잎이 무성해지면 내가 밑동을 잘라 울타리에 구멍을 만들어놓은 탱자나무는 아버지의 눈에 뜨일 것이다. 다른 데는 무성하게 잎이 돋지만 그곳은 앙상하게 말라버릴 테니까.

봄날인가 싶더니 해의 꼬리는 하루가 다르게 길어지고 있다.

이미 돌아와 절룩거리는 걸음으로 우엉 밭 가를 얼쩡거려야 할 아버지가 보이질 않는다. 씨를 넣기 위해 강 건너에서 트럭에 실려온 아주머니들의 시시콜콜한 수다 통신을 접하며 새참으로 가져온 막걸리 통을 기웃거릴 아버지가 아직 보이지 않는 걸 보면 오늘도 어김없이 문성리 앞 삼거리에서 취할 것이고 늘 잔업으로 늦는 어머니는 어둠을 밟고 돌아와서 얼굴이 불콰한 아버지께 '임도술'이가 아니라 '임또술'이냐고 잔소리를 늘어놓을 것이다. 하지만 그건 우리를 둘러싼 탱자나무 울타리 안의 사소한 일상이므로 나의 귀는 거부감 없이 그런 소리들을 매끄럽게 받아들였다가 매끄럽게 뱉어내는 데 길들여져 있다.

숙희가 집을 나가고 나서부터 아버지를 상대로 하는 어머니의 잔소리는 조금 길어진 듯하다. 하지만 숙희를 직접 들먹이진 않는다. 그건 아버지도 마찬가지였다. 숙희에 대해 직접적인 거론이 너무 없어서, 어쩌면 숙희는 애초부터 이 집에서 존재하지 않는 식구였고 오랫동안 사로잡힌 내 환상 속의 가상 인물인지도 모른다는 생각이 들 정도다. 식구들에게서 자꾸 잊혀져 가는데 숙희는 영 돌아올 기미가 보이질 않는다.

며칠 전, 경인지역 어디에선가 경찰서장 집의 개가 집을 나갔다. 파출소와 경찰초소에서 좀 색다른 비상을 걸어 개새끼의 사진이 큼직하게 찍힌 전단지를 뿌리며 개새끼를 찾는다고 개처럼 혀를 내문 경찰들이 개처럼 헐떡거리고 있다지만 숙희는 그 누구도 애써 찾고 있는 것이 아니다. 하긴 숙희는 그 귀한 개새끼와 달리 집으로 오고자 하는 의욕이 있으면서 돌아오지 못하는 것이 아닐 터이니까 당연한지도 모른다. 하지만 숙희가 개보다 못한 존재로 전락되어 있다는 개 같은 나의 기분을 떨칠 수가 없다.

들판 건너 문성리 뒷산에 지겹도록 걸려 있던 해가 꼬리를 감추자 우엉 밭에 줄지어 앉아 잡풀을 뽑던 강 건너의 아주머니들이 일제히 일어나 무거운 엉덩이를 털고 있다. 그 광경을 보며 담배와 새끼 까치에게 줄 새우깡을 챙겨 바지춤에 찔러 넣고 탱자나무 울타리의 개구멍으로 나는 몸을 말아서 밀어 넣는다. 울타리의 개구멍을 빠져나와 제방과 울타리 사이에 우뚝 선 나는, 숙희로 인해 우울해진 기분을 추스르며 어둑해지기를 기다리다가 그 글귀를 다시 읽어본다. 언제부터인가 우리 집 뒷담벼락에 파란색 스프레이로 씌어진 두 줄의 글귀가 있었다.

남주시

발년

삐뚤삐뚤하지만 거침없이 씌어진, 벽면 한쪽 모서리를 차지하는 커다란 글씨였다. 의미를 파악한 지금 생각하면 참으로 봐줄 만한 작품이다.

우엉 밭 너머 뒷집에 사는 용호 녀석의 소행이 분명하지만 그게 대체 무슨 뜻인지 내 아둔한 머리로 해석하기까지는 꽤나 긴 시간이 필요했었다. 남주시가 어디인지 도통 알 길이 없고 발년은 또 무언가?

발행, 발간, 발포, 발차, 발령, 지랄발광까지는 알겠는데 발년은 무슨 뜻인가? 정말이지 난해하기 짝이 없는 고사성어였다. 한 해를 시작한다는 뜻인가? 나는 도통 알 수 없는 그 뜻을 헤아리기 위해 남주시 발년, 남주시 발년이라고 속으로 수차 중얼거리다가 손바닥으로 이마를 치고는 머리를 끄덕였다. 붙여서 중얼거려 보니 남주시는 어느 도시를 얘기하는 것이 아니라 어떤 인물을 지칭할 확률이 짙은 것이었다.

남주가 누구인지, 그게 용호가 쓴 글씨라는 것을 확인한 것은 며칠 전이었다.

잔뜩, 벼르고 있던 참인데 학교에서 돌아오는 용호를 방죽 위에서 만난 것이다.

그때는 담배가 떨어져 자전거를 끌고 담배포로 나가던 참이었다. 늘상 아버지의 방 장롱 위에 보루로 사다 놓은 아버지의 디스를 슬쩍해서 피우곤 했지만 어제따라 눈치 없는 아버지가 그것도 바닥을 냈기에 어쩔 수 없이 자전거를 끌고 나선 길이었다.

책가방을 메고 긴 방죽으로 걸어 들어오는, 무료함을 달래기 위해 들고 있는 신발주머니를 한쪽 발로 툭툭 차며 들어오는 용호를 불러 세우고는 자전거에 걸터앉은 채 물었다.

너, 혹시 아나? 남주가 누구고?

울 엄만데…… 왜? 남주, 최남주가 울 엄마라니까,

녀석이 도리어 안달이 나서 물고 늘어졌다.

최남주, 우엉 밭 너머에 사는 용호 엄마. 우엉 밭에서 접할 수 있는 수다 통신의 믿거나 말거나 정보에 의하면 그녀는 밤마다 노래방을 뛴다는 거였다. 어떻게 노래방을 뛰는지는 알 수 없지만, 그 재미가 청하농장의 돈사에서 일하는 용호 아버지와 어떻게 비교가 되냐면서 쑥덕거리는 수다 통신의 분위기로 미루어 노래방 도우미가 별로 자랑거리가 아니라는 것만 어렴풋이 짐작할 수가 있었다.

혀엉 왜 그러는데? 최남주, 아니, 우리 엄마가 왜?

안달이 나서 물고 늘어지는 녀석을 내려다보며 한참 뜸을 들이다가 녀석의 이마에 꿀밤을 툭 먹였다. 영문도 모르고 맞은 녀석의 눈초리가 내 눈빛과 마주치자 뭔가 찔리는 구석이 있는지 녀석은 머리를 숙였다.

나는 그때를 놓치지 않고 녀석에게 제의를 했다.

집에 아빠가 담배 사다 놓은 거 있냐? 그거 한 갑 갖다 주면 안 이를게.

형아, 도대체 뭘 이른다는 거야?

너 임마! 담벼락에 너그 엄마 욕을 써 놨잖아? 왜 그랬어?

형이 어떻게 알았어? 기아 자전거 21단짜리…… 그거 안 사주잖아…….

녀석은 그렇게 핑계를 흐려놓고 책가방을 길바닥에 팽개치고 제 집으로 달음박질쳐서 순순히 담배를 가져오는 걸로 합의에 부응하였고 나는 녀석의 비밀을 덮어주는 것으로 담뱃집까지 가는 다리품을 덜었다. 녀석에게 담배를 건네받으면서, 잠시 숙희를 생각했다. 가령, 우리 집 담벼락이나 숙희의 책상에 '괜찮다. 잠이 드는 새처럼 내 주둥이를 날개에 묻는다' 라고 써 둔다는 건 좀 억지스런 부분이 있는 거고, 그냥 비밀로 덮어두겠다는 낌새만 보였더라면, 어땠을까. 그래도 집을 나갔을까.

생각의 꼬리는 기어이 숙희 쪽으로 기울어져 허물어진다.

정확하게 숙희는 나의 3분 누나다. 그러나 한 번도 그녀를 두고 누나라고 불러본 적이 없다. 하지만 숙희는 나에게 누나 역할을 톡톡히 했다. 어디에서 돈이 생겼는지 내가 주문도 하지 않은 DVD를 들고 올 때도 있었고 티셔츠와 운동화는 물론이거니와 언제부턴가 담배가 떨어졌다 싶으면 제가 피우던 것이라도 책상서랍에 슬쩍 집어넣어 두곤 했다. 언젠가 소철이 녀석이 집에 놀러 왔다가 책상서랍에 들어 있던 담배의 제공자를 눈치채고는 '너희 누나 끝내준다' 고 엄지를 추켜세우며 숙희를 화제로 삼았지만 녀석은 숙희와 내가 쌍둥이란 사실을 모른다. 하긴, 숙희는 고등학교를 나보다 한 해 먼저 졸업하고 전문대를 다니고 있었고 나는 초등학교 일 학년을 다니다가 입원하는 바람에 그 이듬해에 재입학을 했으니깐 표면적으로는 한 살 터울의 남매로 보이기가 십상이다.

숙희는 카드 빚에 몰려 집을 나간 것이다.

최소한 어머니가 알고 있는 가출이유는 그것이다. 그러나 나는 그게 가출의 결정적인 이유가 아닌 걸 알고 있다. 카드 빚이 연체되기 시작한 건 숙희가 집을 나가고 난 다음의 일이다. 그날 내가 철탑에 올라가지 않았다면, 내가 둑 너머 강변에서 벌어지는 그 광경을 목격하지 않았다면, 아니 삼거리주유소에 불을 지르겠다고 일주일간 무단결석을 하며 문성리에서 얼쩡거리지 않았다면 숙희는 그냥 집에 눌러 있었을지도 모른다.

지난 가을. 그 사건은 아무리 우연이라 할지라도 목격하지 말았어야 했다. 시월의 달빛이 뿌연 초저녁이었다. 아버지는 어김없이 술에 취해 잠이 들었고 어머니는 잔업으로 열 시가 넘어야 돌아오게 되어 있는 밤이었다. 철탑 위에 올라간 나는 세상의 모든 풍경을 발 아래 깔고 조악한 세상을 내려다보며 둑 너머에 서 있는 승용차에 잔뜩 신경을 세우고 있었다. 강가에 차가 있다면 그 부근에 누가 있다는 말인데 그게 자꾸 신경을 건드리는 것이었다. 그때 어둠에 발달된 내 눈에 포착된 것은 철탑에서 그리 멀지 않은, 달빛에 버드나무가 듬성듬성 서 있는 그림 같은 백사장에서 벌어지는 그림 같은 광경이었다. 버드나무 숲 그늘이 나체의 여자 하나를 뱉어냈다. 그 뒤에 또 바지춤을 감싸쥔 사내 하나가 백사장으로 뛰쳐나온 것이다. 사내는 그늘로 숨어든 여체를 쫓고 있었다. 눈을 뗄 수가 없는 그 광경은 내 열아홉 호기심을 자극하기에 충분한 요소를 두루 갖추고 있었다. 헌데 그 벗은 여자가 숙희였고 뒤따르던 남자가 삼거리주유소 사장이란 것을 알아차린 것은 내가 슬금슬금 철탑을 내려와서 강둑 아래 버드나무 그늘로 숨어 들어서였다.

숙희라는 사실을 알았을 때 문득 떠오른 말이 도화살이었다.

언젠가 숙희에게 들었던 그 말이 불쑥 떠오른 거였다. 숙희는 분명히 자신의 몸뚱이에 도화살이 끼어 있다고 했다. 처음에 그 말을 들었을 때, 그 야릇한 말이 무슨 뜻을 지니고 있는지 몰랐다. 언젠가 숙희가 목욕하는 걸 엿보다가 들켜버린 날. 내 방에서 두근거리는 가슴을 억누르고 있을 때, 그럴 줄 알았다는 듯이 숙희는 속옷만 걸친 채 수건으로 머리카락을 말아 쥐고 내 방으로 건너와 태연하게 말했다. 자신이 지닌 도화살은 내 몫이라고 했다. 언제가 될지는 모르지만 나를 통해서 풀어야 한다고. 전생에서부터 그렇게 연이 지워져 있다고, 대나무가 꽂힌 보살 집에서나 들을 수 있는 말을 숙희는 아무렇지도 않게 했다. 그 도화살이 나를 환장하게 만들었다. 저렇게 풀어야만 하는 운명적인 것인가.

딱히, 그 도화살이 아니더라도 그 사건을 목격한 이상 내 안에서 이글거리는 배신감을 어떻게 수습해야 할지 몰랐다. 숙희는 나의 반쪽, 그 이상도 그 이하도 아니었는데…… 그늘에 아무렇게나

널브러진 숙희의 옷가지를 챙겨서 둑으로 올라섰지만 내 속에서
발화된 불씨는 이미 걷잡을 수 없는 불꽃을 일으키고 있었고 짐승
의 소리로 그 불을 토해야만 했다. 결국 거칠게 둑을 내려가 주유
소 사장의 것일 성싶은, 승용차의 유리를 돌로 깨고 그 안에 숙희
의 옷가지를 찢어발겨서 던져 넣고 내 속에 있는 불길을 그리로
옮겨 붙였다.

사이렌을 울리며 소방차가 시내 쪽으로 통하는 강둑 위에 모습
을 드러냈을 때 나는 넓게 펼쳐진 가을들판을 가로질러 문성리의
삼거리주유소를 향하고 있었고 그날 밤 소방차는 또 한 번 출동해
야 하는 수고를 감내해야만 했다. 삼거리주유소 앞에 서 있던 탱
크로리에서 불길이 치솟았기 때문이다.

나중에 안 사실이지만, 그때 숙희는 세 장의 카드로 돌려 막기
에 힘이 부치다가 결국에는 판매대 위에 도화살이 끼었다는 자신
의 몸을 얹어놓고 있었다. 숙희에 대한 얘기라면, 이쯤에서 내 주
둥이도 날개 깃에 묻어야 한다.


지상으로부터 40미터 위에 있는 나만의 카페.

석양에 물들어 홍조를 띠고 있는 그것은 쳐다보는 것만으로도
살짝 소름이 돋을 정도로 나를 전율케 하는 위치에 있다. 비루해
보이는 인간들이 우글거리는, 이 권태로운 땅으로부터 격리된 공

간에 나는 까치와 더불어 '천상 카페'를 만들어 두고 있었다. 카페라고 거창하게 이야기하지만 사실은 겨우 엉덩이를 붙이고 걸터앉을 수 있는 전력공사 직원들의 작업발판에 불과하다. 하지만 저곳은 환상의 카페다. 저곳에 올라앉으면 나는 인간이 아닌 새가 될 수도 있고 구름이 되는 것도 가능하며 달빛이 되어 저 강물에 풍덩 몸을 담그기도 한다. 그러다가도 가끔은 인간으로 돌아와 발아래 펼쳐진 인간의 세상을 향해 오줌줄기를 날리기도 하고 고압선 사이로 흘러가는 달빛과 눈이 맞으면 야릇한 흥분에 젖어 수음을 하기도 한다.

카페에 앉으면 머리 위의 까치집이 바로 손에 닿는다. 내려다보면 아찔하고 오줌보가 선득해지는 쾌감을 즐기며 주머니 속의 새우깡을 까치집에 집어넣곤 한다. 이제 부화한 지 두어 달 되는 새끼 까치는 아무런 경계 없이 새우깡을 쪼아먹는 데 길들여져 있고 멀리서 보고 있을 어미 까치 또한 나에게만은 적의를 품지 않는 것이다.

철탑 위에서 벌써 새끼 까치의 울음이 들려오고 있다.

녀석! 벌써 주머니에 들어 있는 새우깡의 냄새를 맡았나 보다.

까치의 울음을 신호로 삼아 철탑으로 다가가 앵글을 손으로 잡는다. 그리고 내 안으로부터 들려오는 소리를 듣는다. 두근두근 심장의 박동소리다. 심장의 박동에 맞춰 두근거리는 그 설렘, 언제나 그랬고 나는 이제 그 설렘조차 즐기곤 한다. 주위는 이미 어둠이 밀려들고 있다. 언제 왔는지 뒷집 고양이가 고개를 꺾고 철탑을 타고 올라가는 나를 부러워 죽겠다는 듯이 쳐다보고 있다. 녀석은 임신한 게 분명하다. 이제 머지않아 새끼 고양이까지 이 강변에 우글거리게 될 것이다. 두어 칸 올라가다가 고양이의 면상을 향해 입 안에 가득 고인 침을 떨군다. 녀석은 순발력 있게 고개를 돌려 피한다. 녀석의 순발력은 따라잡을 수 없지만 표면이 매끄러운 철탑에 관한 한 나는 고양이보다 발달된 발바닥을 지니고 있다. 머리 높이의 철제를 손으로 잡고 발은 대각선으로 걸쳐놓은 앵글을 딛고 한 칸씩 오를 때마다 고양이의 고개 각도는 조금씩 수직을 향하게 된다.

철탑을 오르기 시작한 건 벌써 오 년 전인 중학교 이 학년 때였다. 용접공이던 아버지가 골프 클럽 공사장에서 설치하던 철탑에서 떨어지고 난 다음이었다. 신의 피조물인 인간, 그 인간이 철제 빔을 상대로 한 발바닥의 마찰계수, 뭐 이런 따위를 생각하며 체험 삼아 오르내리던 시절이었다. 지금 생각하면 아버지도 어지간히 무딘 용접공이었나 보다. 월남스키부대 출신이라고 큰소리치던 아버지가 어떻게 작업 중에 추락할 수가 있으며, 또 떨어졌다손 치더라도 겨우 삼 미터 높이에서 발목의 인대가 절단될 수가 있는지 사십 미터의 철탑에 앉아서 생각을 해보면 이해가 되지 않는다.

아버지는 다리를 절게 되면서 사고가 났던 그 골프연습장에서 시설관리와 보수의 일을 하고 계신다. 어떨 때 보면 아버지는 그 사고를 다행스런 재앙으로 생각하는 듯하다. 그때 얼마간의 치료비와 함께 그 자리를 보장한다는 약속을 받아내고 합의를 한 것이다. 지금 내가 이곳에 올라가는 게 아버지의 눈에 띄게 된다면 아마도 약값이 꽤 나올 것이다. 장애등급을 받을 정도로 추락을 경험한 아버지의 발바닥과 내 발바닥을 동일선상에 놓고 볼 것이니까.

강 건너 산업도로를 달리는 차들의 지붕이 보이는 곳에 오를 때까지 고양이는 고개를 꺾고 쳐다보고 있다. 조금만 더 올라가면 고양이의 면상도 어둠에 묻힐 것이다. 나는 발 아래 까마득히 내려다보이는 고양이의 면상에 뜨거운 오줌줄기를 날리고 싶은 충동을 느낀다. 유독 저 얼룩고양이에게만 까닭 모를 적의를 느끼는 걸까. 생각해 보니 저 고양이가 반지를 물어간 것이 아닐까.

그 반지는 숙희의 것이다.

숙희가 집을 나가던 날 책상 위에 빼놓고 간 반지였다. 나는 18K 합금인 그 반지를 늘 바지주머니에 넣고 다니며 만지작거렸다. 반지를 만지고 있으면 혼자라는 마음에 다소 위로가 되곤 했는데 언젠가 내가 실수를 한 것이다. 주머니에 든 새우깡 한 줌을

까치먹이로 주면서 새우깡 사이에 반지가 섞여 들어간 걸 뒤늦게
파악하고는 오밤중에 철탑으로 올라가 까치집을 뒤졌지만 새끼
까치의 깃털뿐이었다. 틀림없이 어미 까치가 보금자리에 흘러 들
어온, 성분을 알 수 없는 금속성물질을 가뿐하게 물어서 집 밖으
로 떨구었을 것이라는 생각에 다음날 한나절 동안 철탑 아래 풀섶
을 샅샅이 뒤졌다. 헛수고였다. 반지는 어디에도 없었다. 궁리 끝
에 십 원짜리 동전을 까치집에 넣어놓고 내려와 어미 까치가 날아
들기만을 기다리고 있었다. 보금자리를 찾아온 어미 까치는 어김
없이 동전을 물어 집 밖으로 떨구었다. 동전이 떨어진 부근을 다
시 뒤졌지만 반지는 없었다. 나는 철사로 반지모양의 링을 만들어
다시 18층 높이와 버금가는 그곳까지 올라가 까치집에 넣어두었
다. 어미 까치는 귀찮다는 듯이 그걸 물어서 집 밖으로 떨구었다.
반지는 찾지 못했다. 내가 찾아낸 건, 보금자리에 흘러 들어온 금
속성물질은 물고 날아가지 않고 바로 집 밖으로 떨군다는 까치의
습성뿐이었다. 어쩌면 반지를 물어다 집 밖으로 버렸을 적에 철탑
아래 있던 고양이가 반지를 물고 가다가 어디에서 흘렸을 수도 있
다. 아니면 저 영악한 것이 비싼 것이라고 삼켰을 수도 있는 것이
고, 만약 그런 경우라면 나는 저 임신한 고양이의 뱃속을 해부해
야 하는 것이다. 아니, 저 정도의 만삭이면 해부가 아니라 제왕절
개라고 해야 하는 게 아닌가. 꼬물거리는 새끼고양이 사이에서 꺼

내드는 피묻은 반지, 상상만으로도 끔찍하다.

고개를 설레설레 흔드는 사이 마지막 발판이 손에 잡힌다.

까치집이 가까워지자 녀석은 더욱 성화를 부린다. 한 번도 쉬지 않고 사십 미터를 오르다 보면 팔다리가 후들거리게 마련이다. 위로는 십오만 사천 볼트의 고압이 민감한 내 몸뚱이를 타고 저릿하게 흐르고, 발 아래를 내려다보면 현기증이 일 정도로 까마득하다.

까치집 바로 아래 내가 엉덩이를 붙일 수 있는 카페에 도착해서야 나는 버릇처럼 주머니를 뒤져 담배를 빼어 문다. 호흡을 고르며 빨아들이는 담배연기는 폐부의 깊은 곳까지 자극한다.

새끼 까치는 내가 느긋하게 담배를 다 피울 때까지 기다려주지 않고 생난리를 피운다. 주머니 속의 새우깡 한 줌을 까치집에 집어넣는다. 거짓말처럼 조용해지게 마련이다. 녀석이 새우깡을 쪼아먹는 동안 담배를 마저 피우고는 고양이가 있을 까마득한 어둠 아래로 담뱃불을 떨군다. 호기심 많은 녀석이 허공에서 내려앉는 담뱃불에 달려든다면 수염이 온전치 못할 게다.

까치야!

새우깡에 정신이 팔린 까치를 부르는 내 목소리가 어딘지 모르게 어색하다.

위에서 보면 강둑 아래 납작하게 엎디어 있는 우리 집에 불이

밝혀진다. 아마도 아버지가 들어오면서 거실과 붙은 주방에 불을 켰나 보다. 다른 날에 비해서 일찍 불이 켜지는 걸 보면 오늘은 아버지와 같이 마시던 상대가 아버질 무시했다거나 상대의 주머니가 비어 있을 확률이 높은 것이다. 항상 그랬던 것처럼.

까치야!

헛기침으로 목을 가다듬고 조용한 목소리로 다시 까치를 불러본다. 녀석은 새우깡을 먹다가 말고 고개를 들어 나를 넘겨다본다. 나는 그 시선을 놓치지 않고 눈맞춤을 하고는 곧바로 말을 이어간다. 까치가 내처 바라봐 줄 일도 없고, 듣는다고 알아들을 리 만무하지만 나는 까치와의 대화로 위장된 독백을 이어간다.

내가 오늘 너에게 고백할 게 있는데 들어줘야 돼.

내가 며칠 만에 입을 여는 거야. 물론 들어줄 인간도 없기는 하지만 인간이라는 종족에게만은 절대 하고 싶지 않은 얘기거든, 너 어젯밤에 봤냐? 저 아래 물푸레나무 옆의 백사장에 내가 있는 걸.

달빛이 꽤나 밝았는데 못 보았던 모양이지?

대답이 있을 리 없다. 까치 새끼는 새우깡을 쪼아먹든가 아니면 강 건너 먼 하늘을 보며 어미 까치를 기다리고 있을지도 모른다. 그러나 나의 독백은 이미 까치를 대상으로 하지 않고 그냥 밤하늘을 떠도는 말의 파편에 불과할 뿐이다.

대답이 없는 걸 보니 못 봤던 모양이구나. 내가 어젯밤에 결국은 역사를 일궈냈다는 거 아니겠니?

네가 부화되기도 전의 일이라 너는 모를 테지만, 나는 강에 대한 아픈 기억이 있어. 이곳에 올라와 저쪽 강변을 보면 그때의 일이 자꾸 환상처럼 떠오른다는 거 아니겠니, 숙희로 인해 아니, 삼거리주유소 사장으로 인해 껄끄러운 기억을 갈아엎을 필요가 있기에 일을 저질렀어. 궁금하지? 뭔 일인지.

어제 일곱 번째로 그 소녀를 겁탈했다는 거야. 너 지금 놀라고 있는 거니? 녀석! 여섯 번은 상상으로만 행한 거야. 머리가 긴 그 소녀가 가끔씩 자전거를 타고 강둑으로 다니는 걸 너도 본 적이 있지? 참 많은 갈등을 느꼈다. 그 애가 자전거를 타고 지나갈 때면 강으로 끌고 가고 싶은 충동을 잠재우기가 힘들었어. 그런 날은 기어이 일을 저지르곤 했던 거야. 물론 내 방에 누워서 이루어지는 상상 속의 겁탈이었지. 근데 너 겁탈이 뭔지 아니? 모르더라도 그냥 들어. 내가 담에 말해 줄 테니까.

어제는 실행에 옮겼다. 맘속으로 도사리며 헤아리고 있었다, 럭키 세븐을. 내가 실수할 수가 있겠니? 상상 속의 예행연습이었지만 치밀했기에 한 치의 오차도 없었던 거야. 그런데 생각지도 못한 일이 터진 거야. 내가 겁탈하고 있는 대상은 소녀가 아니라 숙희라는 생각을 내내 지울 수가 없었어. 어제 그 현장이 바로 저기 저 버드나무 뒤에 보이는 백사장이었지. 달무리에 비치는 백사장은 소녀의 살결처럼 희었다. 흰 목덜미를 보다가 눈을 감으면 소녀의 얼굴에 숙희가 겹쳐지는 거야. 지금 숙희의 도화살을 풀어주고 있는 행위라고 생각하다가 정신이 번쩍 들더라구.

일을 마치고 바지춤을 추스르며 소녀의 머리맡에 놓인 꽃을 집어 모래밭에 누운 채 달무리를 바라보는 소녀의 코끝에 살짝 갖다 댔다. 난데없이 모래밭에 무슨 꽃이냐구? 사실 방죽을 내려서면서 그 꽃을 꺾을 때까지도, 허벅지게 피어 있는 꽃이 솔직히 무슨 꽃인지 몰랐어. 방죽을 따라 불어오는 저녁바람에 날리는 향이 좋아 나도 모르게 한 줌을 꺾어 들었을 뿐이야.

어머 싸리꽃이네!

일을 치르는 동안, 꼼짝 못하게 허리 밑으로 깔아놓은 손을 빼면 어김없이 따귀로 올라올 줄 알았던, 모래처럼 흰 손으로 소녀는 꽃을 받아 들었지. 정말이지 뜻밖이더라. 무릎 밑으로 내려온 속옷을 올리는 일도, 허리춤까지 들춰 올라간 치마를 내리는 것도 잊은 채 소녀는 금세 꽃의 향기에 취해 있었지.

거듭 얘기하지만, 나는 어제 낙동강 가에서 일곱 번째로 그 소녀를 겁탈했다.

그래. 모든 것은 싸리꽃 때문이었어.

꽃에 대해서 눈여겨본 적이 없지만 싸리꽃이 방죽 위에 그렇게 흐드러지게 피는 줄을 몰랐고 또 싸리꽃의 향기가 소녀를 그렇게 달랠 줄은 미처 몰랐어. 정말이지 행운의 숫자는 럭키 세븐이 분명한 모양이야.

잠깐, 나 담배 한 대 더 피우고, 까치야! 너는 담배연기가 싫지? 나는 말이야 이렇게 높은 곳에 올라오면 꼭 담배가 피우고 싶어지는 거 있지. 왜 그럴까 궁금하지? 그것부터 말해 줄까? 중학교 3학년 때였어. 생각해 보면 그날은 재수 옴 붙은 날이었어. 아침에 지각을 해서 체육선생한테 엄청 터지고 하교 길에 학교부근 문방구 뒤에서 담배를 피우다가 학생주임한테 걸린 거야. 다시 학교로 끌려가서 얻어터진 곳이 운동장의 교단이었다. 꼴사납게 그 높은 곳에 꿇어앉아 1학년들이 보는 앞에서 맞는데 오기가 생기더라구. 언젠가 학교를 그만두게 되면 교단 위에 서서 선생들이 보는 앞에서 담배를 피워야지, 하는 그런 오기 말이야. 그 다음부터 높은 데만 올라가면 담배가 피우고 싶어지는 거야.

그건 그렇고 아까 내가 싸리꽃이라고 했지. 그게 싸리꽃이 아니더라. 그게 싸리나무 꽃이 아니란 걸 오늘 알았어. 어젯밤에 소녀를 보내고 방죽 위의 꽃을 한 줌 꺾어다가 마당의 세숫대야에 담가두었는데 '흔해 빠진 조팝꽃을 뭐가 이쁘다고 꺾어다 놨어' 퉁명스런 말을 뱉으면서 아버지는 그 꽃을 퇴비더미 위로 휙 버리더라구. 그래 그건 싸리꽃이 아니라 조팝나무 꽃이었어.

어젯밤에도 강에는 스산한 바람이 불고 있었지. 달빛에 소녀의 표정을 살펴보았어. 불과 몇 분 전에 겁탈을 당한 소녀의 표정이라고 믿기 어려울 정도로 평온한 표정이었어. 어때? 놀랍지? 어쩌면 내가 겁탈한 것이 소녀가 아니라 조팝꽃이 아니었을까 의심이 들 정도였다니까. 소녀와 조팝꽃, 그리고 백사장과 달무리는 참으로 잘 어울리는 흰색들이었어.

까치야! 야! 이 까치 새끼야!

지금 내 말을 듣고 있는 거니? 올 여름에 저 백사장에 홍수가 지나가면 지난밤의 흔적도 말끔히 지워질 거야. 그렇지? 모래밭에 남은 흔적뿐이 아니라 내 기억에 남은 흔적마저도 지워져 완전범죄가 성립될 거야. 맞지? 그렇지?

그런데 맘이 왜 이리 무거운 거니?

일을 치르고는 그 소녀의 눈길을 쳐다볼 수가 없더라구. 너무 맑았어. 그 소녀가 너 누군지 모르지? 놀라지 마라. 그 소녀는 바로 저 들판 건너 삼거리주유소의 큰딸이야. 처음에는 숙희를 가지고 놀아난 그 애 아버지에 대한 복수요, 응징이라고 생각했는데 그 애의 눈빛을 보니 그게 아니더라구. 어젯밤 일은 도화살이 낀 숙희의 사건과는 분명히 성분이 다른 거였어. 다르다는 걸 안 것은 애석하게도 일을 치른 다음이었어. 자성의 질감은 무던히 껄끄러웠지만 패자부활전이 있을 수 있는 일이 아니잖아? 그 애에게 결국 미안하다는 말은 하질 못했어. 옷을 올려주고 둑 위에까지 데려와서 보냈는데 그 애가 손에 쥐고 있던 조팝꽃 향기를 맡으면서 비실비실 웃는 거야. 웃을 수 있는 상황이 아니잖어? 나는 검지를 세워 머리통에 빙글빙글 돌리면서 맛이 갔냐고 물었는데 그래도 비실비실 웃더라. 조팝꽃 향기에 그렇게 취할 수도 있는 거냐구? 자전거를 타지 않고 끌고 가면서, 자꾸만 뒤돌아보는데 영 개운치가 않더라구, 잠깐, 까치야! 근데 저게 뭐냐? 저 차 말이야. 경찰 차 맞지? 저 차가, 저 짭새들이 왜 우리 집으로 들어가는 거야?

순찰차 한 대가 울타리를 돌아 마당으로 들어섰다. 나의 시선은 순찰차가 비추는 라이트불빛을 따라 원을 그린다. 순찰차가 멈추어 서고 두 명의 경찰이 마당에 내려선다. 뒤이어 순찰차의 뒷문이 열리고 사내가 내려선다. 시선에 힘을 주어 마당에서 일어나는 동태를 파악한다. 뒤에서 내리는 사내는 벗겨진 머리통으로 보아 아마도 주유소의 사장인 것 같다. 마당에 불이 켜지고 아버지가 마당으로 나오는 게 보인다. 절뚝거리는 게 아니라 조금 비틀거리는 모양새로 미루어 아버지는 또 취한 게 분명하다. 자전거를 타고 오신 아버지가 음주운전에 단속되는 것은 아닐 거라고 생각하니 손아귀에 힘이 스르르 풀어지고 진땀이 밴다. 도대체 우리 집에 경찰 차가 들어올 일이 무어란 말인가? 생각하니 귀에 별안간

이명이 울린다.

아버지는 오랜만에 양순한 태도로 고개를 주억거리며 뭔지 모를 경찰의 이야기에 귀를 기울이고 있다. 나는 그들이 주고받는 이야기를 듣고 싶지만 들리지 않는다. 당나귀처럼 귀를 세워보지만 들리지 않는다.

어제 그 애가 정말 실성을 해버린 것인가. 지난밤의 충격을 모두 흡수하기에 그 애의 여린 감성은 용량부족이었고 결국 에러가 난 것인가. 하여, 간간이 떠오르는 기억의 토막을 비실비실 웃으면서 흘리며 다녔고 그걸 근거로 경찰들이 찾아든 것이다?

불행하지만, 충분히 있을 수 있는 일이다.

자전거를 끌고 둑길을 비실비실 웃으면서 가던 그 애를 기억하며 눈길을 하늘로 준다. 밤새들은 별빛을 좌표로 삼아 날아가는 것일까? 내 눈 높이에서 어둠을 헤치고 한 마리의 새가 날아간다. 저 새는 오늘밤 어디에서 제 주둥이를 날개 깃에 묻을 것인가? 내 눈과 일치하는 높이? 그렇다면 새는 정확히 지상으로부터 사십 미터 위를 날고 있는 것이다. 왜가리? 아니면 재두루미?

이 급박한 순간에 새에게는 아무런 의미도 없는, 그저 인간이 지어서 제멋대로 부르는 새의 이름을 찾고 있다니, 내 머리는 왜 이렇게 산만한 것인가. 비단 나뿐이 아니라 인간의 두뇌는 한심할 정도로 틈이 많은가 보다. 지금 이 따위를 운운할 상황이 아니지 않은가. 하여튼 인간의 머리란……

귀를 기울여 보지만 마당에서 두런두런 들려오는 소리는 무슨 소린지 도무지 알아들을 수가 없다. 허공에 눈길을 주고 귀만 쫑긋 세우고 있는 나를 보고, 커다란 날개를 너울거리며 강을 가로질러 날아가던 새가 나에게 이름을 지어 붙인다면 하늘 당나귀쯤으로 명명하지 않을까. 그렇다. 하늘 당나귀. 적당한 이름이다. 하늘 당나귀는 귀를 세운 채 허공에 박혀 있던 눈길을 거두어 다시 마당에 펼쳐놓는다.

아버지가 경찰의 이야기를 듣다가 돌아서서 내 방의 문을 여는 것이 보인다. 그 뒤에 경찰 한 명이 방문 앞에서 기웃거리는 것까지 보인다.

천수야아!

아버지는 손나발을 만들어 둑 너머의 허공을 향해 악을 쓴다. 아버지는 내가 철탑 위에 붙어 있다는 사실을 알 턱이 없다.

천수야아! 이 자식, 너 이리 좀 와봐. 어디 있는 겨!

아버지의 손나발에는 울분이 섞인 더 큰 소리가 흘러나오고 있다. 올곧게 크지 못하는 음지의 나무를 찾는 아버지의 목소리에 놀란 건 내가 아니라 머리 위의 까치였다. 별안간 새끼 까치가 풀썩풀썩 날갯짓을 하며 깍깍대기 시작하는 것이다. 아서라, 이렇게 난리를 치다간 어둠으로 은폐된 하늘 당나귀가 노출되기 십상이다. 까치의 입을 막기 위해 화들짝, 일어서며 까치집으로 팔을 뻗는 순간, 휘청거리며 진땀으로 범벅이 된 손발이 미끄러져 몸은 어둠 속으로 내동댕이쳐진 것이다.

하늘 당나귀의 몸은 결코 별빛을 좌표로 날지 못하는데, 햇살을 스스로 찾아 곧게 자라야 할 음지의 나무를 찾는, 술기운에 절은 아버지의 음성은 고스란히 귀에 박히고 있다.

이 자식아 어디 있는 겨? 천수야아!

하늘 당나귀, 아니 나는 사각 철탑 안쪽의 어둠 속으로 빨려들면서 주둥이를 날개가 아닌 겨드랑 사이로 밀어 넣고 있다. 새들은 정말로 주둥이를 날개 깃에 묻어놓고 잠이 드는가를 물어보지도 못했는데.

# 아버지는 맞아도 싸요

　일곱 시 기차가 지나가고 있다.

　김천에서 동대구까지 가는 세 칸짜리 통근차는 어김없이 이 시간이면 집 뒤로 펼쳐진 배 밭 너머 아카시아 숲 사이로 지나간다. '간다' 는 말은 내가 잘 쓰지 않는 표현이지만 저 기차는 '간다' 라고 표현할 수밖에 없다. '간다' 라는 말의 어감은 어쩐지 내가 쓸쓸히 남겨진다는 의미를 내포하고 있는 듯해서 나는 '봄이 간다' 는 말을 '여름이 온다' 는 말로 대신하고, '가을이 간다' 는 말 대신 '겨울이 온다' 는 말을 쓴다. '온다' 는 말에는 무언가를 맞아야하는 설렘이 배어 있어서 푸근하면서 따뜻하다. 그건 그렇고, 하루에 기차가 겨우 세 번 서는 간이역은 걸어서 불과 오 분 거리에 있다. 이곳으로 이사를 온 지가 십 년이 넘었지만 나는 아직까지 저 전동차를 한 번도 타본 적이 없다. 애석하게도 내 출근시간은 항상 전동차보다 빨라 그것을 타고 아카시아 숲 사이로 펼쳐진 안개의 바다를 가로질러 출근하는, 진한 서정의 분위기를 맛본 적이 없다는 얘기다.

오늘 같은 날, 내 상상의 텃밭에서는 일곱 시 기차를 키워가고 있다. 저 일곱 시 기차만은 바다 위를 달린다는 상상을 떨칠 수가 없다. 이곳으로 이사를 오고 처음 저 기차를 보았을 때, 아카시아 숲 사이의 짙은 안개 속으로 흘러가는 것을 본 까닭인가? 기차가 지나가는 소리를 들으면 레일이 아닌 물 위를 유유히 달린다는 착각을 지울 수가 없다. 나는 언제쯤 저 기차를 타고 바다 위를 한 번 달려보게 될는지…… 기차가 지나가며 일으킨 물결의 파장에 의해서 나의 집과 내가 누운 침대마저도 흔들리는 기분, 이 잔잔한 흔들림을 느끼는 것이 얼마 만인가?

아직 취기가 풀리지 않는다. 지금은 내가 침대 위에서 뒤척이고 있을 시간이 아닌데.

이불을 걷어차고 책상 위의 담뱃갑을 집었다가 도로 제자리에 던져둔다. 그러고는 간이탁자 위의 생수통을 들어 흔들어 본다. 이미 빈 통이다.

간밤에 취한 갈증으로 페트병 하나를 다 마신 모양이다.

아직까지 뒷머리가 욱신거린다.

침대머리에 붙은 커튼을 젖히자 창 밖에서 웅성거리던 하지에 가까운 햇살이 왁자하게 밀려든다. 햇살…… 아득한 현기증을 느끼며 다시 커튼을 여며 햇살을 막아두고 이불을 꼭지까지 뒤집어

쓰고 눕는다.

거실이 이상하리만치 조용하다. 이런 날 아침이면 아내의 바가지에 경보발령이 내릴 법도 한데 금주타령으로 연일 바가지를 긁어대던 아내도 지쳐서 숫제 포기한 건가?

아니다. 고상하다 못해 거룩하기까지 한 아내의 바가지는 이제부터 시작이 될 모양이다. 안방 문이 열리고 닫히는 소리가 들린다. 그리고 곧장 거실을 가로지르는 발자국 소리가 들린다. 콩, 콩, 콩. 아내가 아니라 아이의 발소리다.

엄마! 아부지는?

준이 녀석이다. 이 집에서 가장인 아버지, 즉 나의 존재는 저렇게 부각되는 모양이다. 아내는 아직까지 거실 소파에서 새우잠을 자고 있는 것인가? 아니면 거실 바닥에 엎드린 채 여성지를 뒤적이며 아이의 물음에 내 방을 못마땅하게 턱짓으로 가리켰는지도 모르겠다. 더듬이의 촉수를 높여 거실의 동태를 더듬어 보지만 아내의 대답도, 아이의 물음도 더는 들리지 않아 명확한 분위기가 파악되지 않는다. 녀석은 아빠라는 어리광 섞인 호칭을 접어두고 아버지라고 부르고 있다. 위로 제 누나들은 거침없이 아빠라고 부르지만 녀석에게만은 나는 어김없이 아부지다. 그게 서너 살 때부터 길들여진 호칭이다.

나는 그 호칭을 훈장처럼 생각한다.

아빠라는 호칭은 어쩐지 부자간의 계단이 없는 수평적인 관계 같아 싫다. 아비는 아들을 내려다보고 아들은 제 아비를 올려다보는 계단, 참으로 적당하고 편안한 거리감. 아비와 아들 간의 거리가 절실하다는 생각을 한 적이 있다.

삼지례라고 했던가? 비둘기는 나무에 앉을 적에 제 어미가 앉은 가지에서 세 가지 아래에 앉는다는 얘기를 떠올리며 내 아들에게 계단을 만들어 나를 두고 아버지라고 불러줄 것을 결정적으로 종용한 것은 삼사 년 전의 여름이었다.

그날은 내 생애에 있어서 처음으로 보신탕이라고 명명되는 국그릇에 수저를 꽂은 날이었다. 끝내 제 주머니를 풀 것도 아니면서 거래처의 담당 김 대리가 여름 음식을 잘하는 곳을 안내하겠다며 호탕하게 잡아끄는 바람에 등 떠밀려 들어간 보신각. 그곳에서 나는 우연히 부자간에도 분명히 거래처의 갑과 을, 결국 원청의 외주담당 김 대리와 영세한 외주업자인 나처럼 오르내릴 수 없는 계단이 있어야 한다는 사실을 인식했다. 무릇 배움과 스승은 도처에 깔려 있는 법이라고 했던가? 보신탕 집에서 배운 것치고는 엄청 큰 것을 배웠다. 훗날까지도 나는 그것을 이름하여 보신각 교훈이라 칭할 것이다.

김 대리와 보신각 정원의 툇마루에 마주 앉아 수육이라고 불리는 삶은 개의 사체 한 쟁반을 시켜놓고 낮술을 따르고 있을 때 내실에서 나와 슬리퍼를 질질 끌고 주방 쪽으로 향하던 육군 병장이 있었다.

웬 병장? 보신탕 집 아들이 방금 휴가를 왔나?

내 눈길은 어깻죽지에 붙은 사단마크를 보며 그를 따르고 있었다. 그때, 국방색 양말도 벗지 않은 육군 병장이 주방입구를 향하여 내지른 소리가 내 고정관념 속의 혐오에 처발라 간신히 목구멍으로 넘기던 개고기와 함께 울컥, 걸렸다.

엄마! 아빠는 어데 갔는데?

그 목소리에 놀란 것은 김 대리와 나뿐이 아니었다. 툇마루 아래 누워 오수를 즐기던, 아무래도 그해 여름을 곱게 넘기기가 어려울 듯싶은 보신탕 집 삽살개까지도 놀란 듯했다. 아니, 이상할 것도 없다. 오랜만에 돌아온 자식이 아비 찾는 거야 당연한 이치인 걸. 헌데 그 목소리의 주인공은 유치원에서 막 돌아온 다섯 살배기가 아니라 말년휴가를 나온 보신탕 집 아들 육군 병장의 씩씩하다 못해 우렁찬 톤으로 이어졌다는 데 문제가 있는 것인가?

입 안 가득 들어 있던 개고기를 삼키지도 못하고, 뱉지도 못하며 무엇이 그토록 귀에 거슬렸을까를 짚었다. 이미 김 대리가 주워섬기던 보신탕의 기막힌 보신론 따위는 들리지 않았다. 다만 빨리 집에 가서 네 살배기 준이 녀석에게 '아빠' 대신에 '아버지'라고 불러달라고 간곡히 요구하고 싶은 생각이 간절했다.

그대의 아비가 오늘 무지하게 귀에 걸리는 소릴 들었으니 아들이여! 세 살 버릇이 여든까지 간다고, 비록 돈 버는 일은 아니지만 그렇다고 큰 돈 드는 일도 아니니 남들의 귀에 거슬리지 않는 버릇을 들이기 위해서 기꺼이 아버지라고 불러주시길 청하나이다?

아들녀석을 붙들고 그렇게 간곡한 부탁 말씀을 드리고 싶었지만 곧바로 집으로 향하지 못했다.

오후 내내 김 대리의 덫에 걸려, 무력할 수밖에 없는 외주업체 운영자의 비애를 느끼며 이 차, 삼 차로 노래방까지 접대의 풀 코스를 두루 섭렵한 다음에 집으로 향했다. 그땐 이미 취기가 무르익어 누가 흥을 돋우지 않아도 기분이 좋은 상태였고 또 일상의 한 부분인 아내의 바가지쯤이야 쉽게 받아넘길 수 있다고 장담부터 해놓고는 그 쓸데없는 궁리를 하느라 보신각의 교훈은 까맣게 잊고 있었다.

현관의 벨을 누르자 준이 녀석이 총알같이 달려나왔다. 잠깐만요! 현관문 저쪽에서 고함을 지르며 콩콩, 거리는 준이 녀석의 발소리를 듣고 장난기가 발동하여 문 뒤에 살짝 숨었다가 녀석을 놀래 주려고 까꿍, 얼굴을 들이미는 순간 나는 뭘 잘못 읽어도 한참 잘못 읽었다는 걸 알았다.

에이…… 씨 오라는 통닭은 안 오고…….

이런…… 씨 뭐라구? 애들 자알 가르친다?

취기가 확 사라지는 걸 느끼며 뜨악한 눈길로 어찌할 줄 모르는 아내를 보며 내가 던진 말이었던가?

그날 저녁 아내의 바가지 같은 건 애당초 없었다. 오히려 아비란 존재는 통닭보다 늦게 귀가하든가, 아니면 통닭을 시키기 전에 집에 도착해 있어야 마땅한 법이거늘, 그 지엄한 법도를 어긴 내가 큰소리를 친 것이다. 아니 큰소리가 아니라 그건 시위였다. 시켜놓고 기다리던 통닭 한 마리보다 못한 아빠의 존재가치를 부정하며 네 살배기에게 시위를 했다. 어떠하든지 아비란 존재가 통닭한 마리에게 밀리면 안 되는 것이다. 그럼, 당연하지.

내 꼬리를 따라서 배달된 통닭을 빼앗아 냉장고 위에 얹어두고 덤으로 따라온 콜라를 따서 보라는 듯이 시원하게 한 잔을 들이켰다. 그 다음에 군침을 삼키는 아이를 꿇어앉혀 놓고 일장 훈시를 했다. 통닭이 간절한 아이가 알아들었거나 말았거나 나는 유치한 시위를 계속했다.

저는 통닭보다 아버지가 더 좋습니다. 따라 해, 아빠가 아니고 분명히 아버지야!

저는 통닭보다 아부지가 좋아요! 아니…….

다시, 더 큰 소리!

저는 통닭보다 아부지가…….

앞에 앉은 아빠일 수밖에 없는 한 인간의 얼굴과 냉장고 위의 김이 모락모락 나는 통닭을 번갈아 보며 아이는 악다구니를 질러 댔고 보다 못한 아내는 슬그머니 주방을 나갔다. 만족할 만한 목청이 터지면 인심도 좋게 냉장고 위에 얹어둔 통닭을 한 조각씩 내밀었다.

지는 통닭보다 아부지가…… 악다구니를 질러댈 때마다 아이의 입 안으로부터 날아오는 닭고기의 파편을 맞으며 늦은 시간까지 오로지 통닭을 이기기 위한 시위는 계속되었고 제 배가 차자 통닭이 시들해진 아이의 목소리에는 힘이 빠지고 있었다.

배가 찬 아이의 목소리에 힘이 빠져간다?

그건 통닭과의 한판 대결에서 패배의 신호였다. 결국은 아빠라는 존재가 통닭을 앞지를 수 없다는 열패감을 느끼며 잠이 와서 꾸벅거리는 아이에게 내가 먼저 손을 들었다. 그런데 신기한 일은 다음날 아침에 일어났다. 아이가 아빠란 말을 완전히 잊어버린 것인가? 통닭에 밀린 줄 알았던 나의 존재는 분명히 아빠에서 아부지로 승격되어 있었다. 치졸한 시위였고 보신탕 집으로부터 얻은 교훈이었지만 그때부터 줄곧 녀석의 입에선 아부지가 있을 뿐이다.

에이…… 씨 오라는 통닭은 안 오고. 아이의 말을 되새기는 사이, 잊고 있다고 생각했던 불쾌감이 장마철 먹구름처럼 덮쳐왔다.

어디까지 마시고 어떻게 들어왔는지 기억이 선명하지 않다.

왜 이럴까? 요즘 들어 술기운에 정신을 잃는 빈도가 잦아졌다. 아니다 정정하자. 술로 정신을 잃고 싶은 날이 잦아진 것이다. 벼랑 끝에 내몰린 기분을 떨칠 수 없는 날, 그런 날은 술의 힘을 빌리더라도 맑은 정신을 버리고 들어와야 견딜 수가 있는 것이다. 어제도 그런 날 중의 하루였고 유독 지독했던 하루였다.

오늘은 출근조차 하지 않고 하루를 지켜볼 참이다. 주사위는 곧 던져질 것이다. 주 거래처인 K사에 새로 생긴 경쟁업체에서 견적이 들어오는 날이다. 브라운관 뒤에 에나멜선을 감는 수가공 그리고 그 전열뭉치를 밀봉하는 것이 K사로부터 내가 따낸 외주였다. 그런데 그 양반이 명예퇴직을 하고 하필이면 이윤이 낮고 까다로운 이 일에 뛰어들었을까? 생각하니 버적, 모래를 씹은 기분이다. K사에 차장자리를 지키다가 퇴직을 했으니 비록 외주를 받더라도 전관예우는 어느 정도 있을 것이고 혹, 단가라도 치고 들어오는 날에는 내가 버티고 설 자리는 어디에 있을까?

생각하다가 나도 모르게 이불을 박차고 벌떡 일어나 앉았다. 숨이 가빠온다. 그래 여기서 흥분은 금물이다. 아직 결정난 일도 아니거늘 이럴 때일수록 침착해야 한다. 나를 가까스로 달래며 이불을 뒤집어쓴다.

어제 저녁에 만난 K사의 담당 김 대리는 벌써 십 년이 넘어선 나의 노하우를 믿는다고, 누구도 이길 수가 없다고 했다고 위로했지만 그건 어디까지나 위로일 뿐이다. 처음엔 단가를 치고 들어와 경쟁을 하다가 우리 쪽에서 슬슬 납품을 줄이면 단가를 회복시킨다? 그 정도의 힘을 지닌 상대이고 또 그 양반이 그런 전략으로 나온다면 꼬리를 사리고 누울 자리를 빨리 찾는 게 내게는 전략이 될 수도 있다.

K사를 그 양반에게 넘겨준다면 총 매출의 사십 프로가 채 되지 않는 P사만을 움켜쥐고 과연 버틸 수가 있을까? 비록 추 기사와 경리를 빼면 거의가 주부 사원이지만 스무 명이 넘는다. 이럴 줄 알았다면 설비투자라도 하지 않는 건데. 작년까지는 변두리의 쓰지 않는 농협 창고를 빌려서 공장으로 쓰다가 올 봄에 공장을 지었다. 철골로 제작된 패널식 공장이지만 그것을 담보로 얼마간의 은행융자를 지고 있으니 이자부담이 여간 큰 짐으로 여겨지지 않는다. 누울 자리부터 살펴야 하는 건데.

K사가 어려울 때 육 개월간이나 결재를 보류시켜 주고 기술개발에 동참한 공로가 이번 일에 얼마만큼의 호재로 작용하고 참작이 될는지. 배가 큰 며느리가 들어오면 개가 자주 굶는 법인데 참으로 답답한 일이다. 쥐어짜도 뾰족한 수가 나는 것도 아니고.

일단 미뤄 두고자 했던 생각의 영역에 나는 시도 때도 없이 첨벙, 발이 빠지는 것이다. 잊어버리자 일단은 잊어버리자, 그렇게 되뇌고 있지만 아득한 낭떠러지로 한없이 빨려 들어가는 듯한 아찔한 현기증을 떨칠 수가 없다.

어거지로 생각을 다스리고자 이불 속을 뒤척이다 나는 마치 앨범 속의 빛 바랜 흑백사진 같은 남루한 기억 하나를 끄집어낸다.

왜 그때의 기억이 불현듯 떠오르는 걸까?

술이 덜 깨면 이렇게 엉뚱한 데가 있는 게 인간인가 보다.

지금은 도회의 변두리가 되었지만 그때는 전기마저도 들어오지 않는 아주 시골이었다. 아버지는 그곳에서 할아버지로부터 물려받은 논농사를 어머니와 함께 지으시고 나는 그곳에서 자전거를 타고 중학을 다니고 있었다. 기억이 정확하다면 아마도 중학 1학년 때의 여름이었다. 여름 방학을 며칠 앞둔 날 아침, 물꼬를 보러 새벽에 논으로 나가신 아버지는 아이 하나를 주워 오셨다. 그 전해에 참외를 했던 고추밭 가의 원두막에 자고 있는 아이를 데려온 것이다. 남은 식구들이 햇살이 퍼지기 전에 마당에 펼쳐놓은 평상 위에서 아침을 먹고 있을 때 어깨에 삽을 멘 아버지의 뒤를 따라 어성버성한 아이 하나가 삽짝으로 들어섰다.

원두막 밑에 자고 있는 눔을 갈 데가 없을 것 같아 데불고 왔다. 아침부터 멕여라.

아버지의 말에 따라 내 또래 정도가 되는 비쩍 마르고 얼굴에 흰 버짐이 핀 아이는 식구들이 아침상을 받고 있는 평상 귀퉁이에 돌아앉아 된장에 비빈 밥을 찐 호박잎과 함께 힐끔힐끔 눈치를 봐가며 먹었다.

후딱, 내 몫의 밥그릇을 비우고 자전거 짐칸에 책가방을 묶고 있을 때 아버지는 수저질을 멈추고 조용히 나를 불러 세웠다.

저눔아가 밥을 먹거든, 니가 데불고 가서 낫질을 한번 시켜 봐라. 꼴머슴이라도 될랑가.

아버지의 말에 의해 나는 생애 최초로 누구의 인생행로를 좌지우지, 당락여부를 결정하는 시험관이 되었다. 교복을 입은 채 헛간에서 낫을 찾아들고 그 아이를 데리고 간 곳은 집 뒤의 민둥산으로 올라가는 오솔길 가였다. 그곳은 집집마다 한두 마리씩 소를 먹이는 시골동네 조무래기들이 꼴망태를 메고 이미 거쳐간 곳이라 벨 만한 풀도 없는 곳이었다. 말없이 뒤따라오는 아이에게 야릇한 우월감을 느끼며 낫을 넘겼다. 아이는 낫을 한 번도 잡아본 적이 없는 듯했다. 더구나 왼손잡이였고, 낫질이라면 숙련의 도를 넘어 노련의 경지에 이르는 내 눈에는 한없이 서툴러 보였다. 아이가 꼴머슴으로서 장차 얼마만큼의 가능성을 지니고 있는가에 대해서 옥석을 가릴 눈이야 그 당시 내게 있었겠는가만 내가 '오케이'라고 말하면 그 냄새 나는 아이와 같은 방에서 지내야 할 거라는 막연한 생각에 나는 고개를 흔들었다. 차라리 내가 꼴을 베는 게 맘보 편하지.

아이를 데리고 민둥산 입구까지 갔다오는 시간은 채 오 분도 걸리지 않았다. 아침상을 물리고 평상에 앉아 느긋하게 담배를 피우는 일상을 즐기는 아버지, 낙이라곤 오로지 그것이 전부인 듯한 아버지 앞에서 보라는 듯이 낫을 뜨락으로 툭 던지고는 자전거에 걸터앉았다. 아이는 마당으로 들어서서 담배를 피우시는 아버지와 자전거를 끌고 유유히 골목으로 나서는 나를 번갈아 보았다. 나는 뒤도 돌아보지 않고 자전거를 타고 학교로 갔고 그 아이는 할머니가 쥐어준 생감자를 두 개 쥐고 마을을 떠나갔다.

배 큰 며느리가 들어오면 개가 자주 굶는 볍이야!

그날 밤 할머니가 내게 들려준 말이었다. 아이가 떠나가고 난 뒤 바쁜 시험 때나 보충수업을 마치고 친구들과 노닥거리다 늦은 시간에 돌아와 내게 할당된 꼴을 베러 나갈 때는 가끔 그 배 큰 며느리가 아삼삼 그리워지기도 했다.

이십 년 저쪽의 기억이 문득 솟구친 이유가 뭘까?

그 아이는 지금 어떤 모습의 중년으로 늙어가고 있을까?

빛 바랜 기억들을 뒤적이고 있을 때 방문이 조용히 열린다. 그럼 그렇지, 내가 깨어난 걸 알면 이제 아내의 바가지가 시작될 것이고 나는 죽여라는 듯이 누워 있을 것이다. 꼭지까지 뒤집어쓴 이불을 여미며 숨을 죽이고 있을 때 아내가 아닌 아이의 목소리가 들렸다.

아부지 학교 다녀오겠습니다.

일곱 살짜리 준이 녀석이다. 녀석이 그렇게 불러줄 때면 풋풋한 풀내음이 난다. 어릴 적 내가 석양빛 가득한 들길 가운데로 지고 돌아오던, 꼴망태로부터 흘러나오는 싱그런 풀내음이 물씬 풍기는 것이다. 그 풀내음을 음미하기 위해 이불 밖으로 모가지를 내밀었다.

야! 준아! 아부지가 아무래도 죽을 거 같아.

고개만 꾸뻑하고는 곧장 돌아나갈 태세로 문고리를 잡은 아이를 불러 세웠다.

아부지 왜요?

역시 아이의 대답은 싱그럽다.

음…… 아부지가 너무 많이 아퍼! 여기도 아푸고 여기도 아푸고, 엄마한테 너무 많이 맞았나 봐. 호오 해줘.

아이에게 한껏 엄살을 부렸다. 팔다리를 짚어가며 아픈 척도 했다. 그러나 녀석이 입김으로 호를 해준다면 달랑 끌어안을 것이다. 그러고는 품에 안긴 아이의 볼에 입술을 대고 내음을 맡으며 모든 걸 잠시 잊으리라. 배 큰 며느리가 들어오면 개가 굶게 된다는 사실마저도.

야아! 빨리 호오 해줘야지이…… 많이 맞았단 말이야.

한껏 투정이 섞인 엄살에도 불구하고 아이의 목소리는 냉정하고 단호했다.

아부지는 맞아도 싸요!

뭐, 뭐라구? 야, 이 새끼야, 너 뭐라구 그랬어?

아버지는 맨날 맨날 술이 취하잖아요?

뭔가 잘못되어도 깊숙이 잘못되었는데 미처 내가 그것을 정리할 사이도 없이 아이는 제가 할 소리만 던져놓고 문을 나갔다.

뭐라구? 맞아도 싸다니? 누가? 내가? 아니, 아버지가? 아우, 아우! 우우우.

헉, 숨이 막혔다. 나는 짐승의 소리를 토해 내며 다시 이불을 걷어차고 앉았다. 정말이지 죽을 것만 같다. 아이의 말이 숨통을 조이고 있는 것이다.

천재시인 기형도가 89년도에 극장에서 영화를 보다 의문사했다. 그가 왜 죽었을까를 두고 말들이 많지만 나는 그가 영화에서 받아들인 시적인 감수성을 감당하지 못하고 죽었을 것이라 간주한다. 어느 장면이나 어느 멘트에서 보통사람들이 보지 못하는, 결국 죽음으로밖에 감당할 수 없는 감동이나 희열이 아니면 죽음 외에 다른 방법으로는 억제할 수 없는 분노를 얻었으리라. 그는 분명코 천재시인이었으니까. 나는 아직까지 기형도가 죽을 적에 보았던 그 영화의 제목을 모른다. 언젠가 짬이 나면 그 영화가 무엇이었던가를 알아보고 차근차근 짚어볼 참이다. 남들은 결코 보지 못하는, 그를 죽음으로까지 몰고간 감동적인 장면이 있는가를.

나는 기형도와 동갑이다. 그렇지만 천재시인이 아닌 내 눈으로 본다고 쉬 찾을 수 있을까만 지나치게 예리한 한마디는 비수가 되어 숨통을 끊게 할 수도 있다. 그렇다. 가만히 생각하니 정말 가슴이 터져 죽을 것만 같다.

아버지는 맞아도 싸다니? 이런…… 씨, 우우우우.

나도 모르는 사이 입에선 다시 짐승의 소리가 비집고 나왔다.

통닭과의 시위에서 아이와 가까스로 만들어놓은 계단, 그 계단은 모래로 만든 것만큼이나 부실했단 말인가? 내 안에서 이미 와르르 무너진 계단을 허무하게 내려다보며 다짐했다. 더욱 실하고 견고한 계단을 만들 것이라고.

이눔의 새끼, 학교 갔다오거든 보자! 내 그대를 가만두지 않으리…….

방으로부터 들려오는 짐승의 소리를 들었음인가? 아내가 가만히 방문을 열고 빼꼼히 들여다본다. 눈빛에는 웬 호들갑이냐는 투가 역력하다.

아! 저 자식이 하는 말이 글쎄, 아부지는 맞아도 싸다네. 허 그거 참.

벌써 학교로 줄행랑을 쳤는지 녀석은 꼬리도 보이지 않지만 문이 열린 틈으로 거실을 기웃거리며 아내에게 말했다. 아내는 입을 한 번 삐쭉거리고는 문을 닫고 나갔다. 옘병할…… 아이의 말에 동조한다는 뜻인가.

나는 다시 이불을 뒤집어쓰고 눕는다. 문을 쾅 소리가 나도록 닫고 나간 아내는 내가 살풋 잠이 들 무렵 다시 방문을 밀치고 들어왔다. 쟁반에 꿀물 한 잔을 받쳐들고 들어온 아내의 얼굴은 못마땅한 기운으로 덕지덕지 묻어 있었고 아내의 치맛자락에 묻어 들어온 고양이가 오랜만에 보는 주인아저씨를 곱지 않은 시선으로 올려다보고 있었다.

뭔데?

꿀물! 속 풀어야지 오늘도 또 마실 것 아니에요? 어이구 지겨워!

됐어. 놓고 나가!

아내의 얼굴을 보지 않고 조용히 말했다. 출근조차 하지 않고 눙치는 나에게 뭔가 심상찮은 낌새를 읽었던가. 아내는 꿀물을 간이탁자에 내려놓으며 조심스레 말을 걸었다.

왜 그래요? 회사에 무슨 일이 있는 거예요?

알아서 뭐 해? 아무 일도 아니야, 당신이 바가지 긁을까 봐 괜히 연막 피우는 거라구, 나가라니까?

어디 아픈 건 아니구? 술을 그렇게 퍼대는데 온전할 리가…….

괜찮다니까.

엉뚱한 사람이 성질을 내고 그래? 정말로 바가지나 확 긁을까

보다.

　내 역정에 아내는 방문을 나서며 빈정거림으로 맞장구를 쳤다. 아내는 공장 일에 대해서 아무것도 모른다. 알아봐야 도움될 일은 없고 약값만 더 들 뿐이다. 너무 몰라서 바가지로 투정을 부리거나 쓸데없는 지출이 생기면 울화통이 터지지만 아내는 모르는 게 약이다.

　넌 자식아, 왜 안 나가?

　간이탁자에 날름 올라앉은 고양이를 보고 뱉은 말이다. 녀석이 입질을 먼저 하기 전에 꿀물을 마셔야 했다. 꿀물을 들이켜고 빈 사발을 내려놓자 녀석은 기다렸다는 듯이 빈 사발을 핥기 시작했다.

　너, 일루 와봐!

　사발을 핥던 녀석이 소리 나는 쪽으로 넘어다본다. 저 자식은 그래도 이 집 대문 안에서 나보다 나은 대접을 받는다. 준이 녀석은 아이스크림을 빨다가도 나비의 몫이라고 조금 남겨오고 위로 두 딸년은 저 고양이라면 끔뻑, 죽는시늉을 한다. 온 식구들의 총애를 받지만 녀석은 나를 대하면 슬금슬금 경계의 빛을 드러낸다. 내 옆을 지나칠 때면 꼬리를 사리고 배를 조심해야 한다. 언제 발길질이 옆구리로 날아들지 모르기 때문이다. 내 발길질에 걷어차이면 멀찍이 떨어져 앉아 원망 어린 눈길을 보낸다. 야, 이 주인

놈아, 너는 도대체 전생에 나와 무슨 웬수가 졌기에 발길질이야, 못마땅하고 원망 어린 눈치를 던진다. 하지만 저 녀석과 견준다면 나의 존재는 최소한 이 집 안에서만은 밑돌아도 한참을 밑도는 위치다. 나는 원탁 위의 고양이에게 은근히 적의를 느끼지만 녀석은 둘만이 있으면 친해지리라고 기대하고 있는지도 모를 일이다. 측은한 눈으로 나를 내려보다가 꼬리를 치며 하품을 하고 앞발을 쳐들어 꿀물이 묻은 주둥이를 닦는다.

지랄 떨구 있네. 일루 와보라니까? 새끼가…….

고양이의 목덜미를 낚아챈다. 이 녀석을 손으로 만져보기는 처음이다. 나는 털이 달린 짐승이라면 딱 질색이다. 두 손으로 목을 조이는 시늉을 해본다. 모가지가 너무 가늘어 애처롭다. 털을 빼고 나면 채 한 줌이 되지 않는 가느다란 모가지를 지닌 녀석이다. 모가지를 주욱 훑어본다. 목뼈의 느낌이 마디마디 손가락에 전달된다. 만져보니 상당히 귀엽고 애처로운 데가 있는 녀석이다. 아이들이 매일 목욕을 시켜주고 향수를 뿌린 덕분인지 털도 매끄럽고 부드럽다. 머리통을 쓰다듬어 주다가 녀석을 번쩍 들어 얼굴을 본다. 코를 중심으로 양옆으로 수염이 네댓 가닥 난 것이 고양이과의 짐승이 분명하다. 원래는 애완용으로 길들여지지 않았으리라. 어디엔가 잠재울 수 없는 야성을 숨기고 있을 것이다.

고양이와 다시 눈싸움을 한다. 그러면서 고양이의 숨겨진 야성을 찾아내려고 녀석을 구석구석 살핀다. 하지만 녀석은 내 생각을 아는지 모르는지 양순하기만 하다. 한 손으로 모가지를 잡고 중지를 이용해 녀석의 머리통에 꿀밤을 툭, 먹인다. 냐옹, 그렇지. 이렇게 물리적인 힘을 가해야 반응을 보이는 게 짐승이지. 냐옹, 신음인지 아니면 야성에서 비롯된 울음인지, 모호한 소리다.

나는 고양이의 수염을 슬슬 쓰다듬는다.

봐라, 쬐끄만 녀석이 수염을 달고 있으니 건방져 보이고 잔망스러워 보이지? 수염이란 물건은 본디 어른들이 달고 다니는 거야!

그렇게 중얼거리며 집게손가락을 이용해 비교적 빳빳한 고양이의 수염 하나를 툭 뽑아낸다. 따끔했는지 녀석은 모가지를 뒤튼다. 뽑힌 수염을 재떨이에 버리고 다시 다른 수염을 잡는다. 툭, 툭, 툭, 재떨이에는 고양이 수염 네댓 가닥이 담겨진다. 냐옹, 냐옹, 한 가닥씩 뽑힐 때마다 내지른 녀석의 울음이 귀에 오롯이 남는다. 코를 중심으로 한쪽 수염이 다 뽑히고 한쪽만 남은 녀석의 꼬락서니는 볼썽사납게 변했고 녀석의 눈에 고인 눈물이 주르르 털을 타고 흘러내린다.

지금쯤 견적이 들어갔을까? 아침에 추 기사가 납품을 들어가면 뭔가 정보를 물고 나올 것이다. 아니 전혀 깡통일지도 모른다. 견적 건에 대해서는 대외비로 절대 비밀에 부쳐질 수도 있다. 아니다. 담당 김 대리에게 귀동냥으로 낌새를 얻어올지 모른다. 그렇다면 바로 휴대폰으로 보고가 될 것이다.

나도 모르게 탁자 위에 놓인 휴대폰이 켜져 있는가 확인을 한다.

내가 또 그 생각을 하고 있었구나. 자꾸만 그곳으로 향하는 나의 더듬이를 다독거리고는 다시 고양이에게 눈길을 준다.

이쪽도 마저 뽑아 주랴?

고양이에게 말을 건다. 녀석의 눈길이 애처롭다. 한 손으로 커튼을 젖히고 창문을 연다. 햇살은 동쪽으로 난 창문을 조금 비껴서서 더 이상 방 안을 파고들지 않는다.

고양이를 양손으로 잡고 뒤로 벌렁 누우며 그 탄력을 이용하여 빽슛으로 순식간에 고양이를 창 밖으로 날렸다. 그러고는 애써 창밖을 내다보지 않았다. 고양이가 다리 부러지는 거 본 적이 있는가? 녀석은 공중제비를 돌다가도 뒤뜰에 가뿐하게 착지를 할 것이다. 저 녀석이 제대로 된 고양이라면.

아침은 안 자실 거예요?

방문을 열고 아내가 물어온다. 내가 아침만 먹으면 아내는 자신의 할 일은 완전히 마쳤다는 투로 뒤도 돌아보지 않고 숙이네로 갈 것이다. 그러고는 우아하고 고상한 수다로 시간이 가는 줄 모를 것이다.

생각 없어! 맞아 죽어도 쌀 아버지가 아침은 무슨…….

여보시오. 아저씨! 말 똑바로 합시다. 아이가 맞아도 싸다고 했지, 언제 맞아 죽어도 싸다고 했어요?

그 말이나, 그 말이나. 백마궁뎅이나 흰말엉뎅이나, 그게 그거지. 뭐가 다른데?

말을 끝맺기도 전에 아내는 거실로 나가더니 아이의 공책을 쥐고 와서 코앞에 불쑥 내밀었다.

이거 읽어봐요.

뭔데?

준이 일긴데, 왜 아버지가 맞아도 싼지 소상히 적혀 있다구요.

나는 공책, 아니 아이의 일기장을 낚아챘다.

아내가 펼쳐준 곳에는 연필로 쓴 아이의 삐뚤삐뚤한 글씨가 박혀 있었다.

무슨 이야긴데?

일기장에서 눈을 거두고 아내를 올려다보았다. 내 손에서 다시 일기장을 낚아챈 아내는 아이의 일기장을 소리 내어 읽기 시작했다.

유월 칠일, 날씨 맑음, 햇빛이 말똥말똥. 우리 아버지의 취미는 술 취하기이다. 아버지는 맨날맨날 술이 취한다. 그러고는 엄마한테 매일매일 맞는다. 아버지는 술만 취하면 엄마한테 맞았다고 한다. 나는 한 번도 본 적이 없는데…… 하여튼 아버지는 맞아도 싸다. 어제는 술이 취해서 휴대폰을 한꺼번에 일곱 개를 사왔다. 정말 말도 안 된다. 역시 아버지는 문제아이다. 나는 어른이 되어도 술을 취하지 않겠다. 일기 끝.

목소리마저도 장난기를 섞어 삐뚤삐뚤한 목소리로 아내는 낭독을 했다.

그 새끼 문장력 쥑이는데…… 그건 그렇고, 야! 내가 휴대폰을 사고 싶어서 샀냐? 다 먹고살자구 하는 짓이라구!

거절하면 되죠?

이런…… 당신이 뭘 안다구 그래? 거절 못할 입장도 있잖어?

남자가 쫀쫀하게 그런 걸 거절 못하구, 무슨 큰일을 한다구……. 야, 이거 참말로 미치겠네.

주먹을 쥐고 무릎을 치는 사이 아내는 엇 뜨거라, 꼬리를 내리고 나갔다.

휴대폰. 생각하기도 싫은 물건이다. 책상 서랍에는 포장도 뜯지 않은 휴대폰이 일곱 개나 들어 있다. 물론 사고파 산 게 아니다. K사와 같은 계열의 이동통신사에서 시장 점유율을 높이기 위해 K사 사원들에게 강제로 하나씩 떠넘기는 걸 접대차원에서 받아준 것이다. 공장 아줌마들의 주민등록번호와 이름을 빌려서 가입해준 것인데 육 개월간 기본료만 내다가 해약할 물건들인 것이다. 외주제품 검사원들과 담당이 부탁하는 것인데 어떻게 피해 갈 수가 있단 말인가? 우라질…… 생각만 해도 열 받는 물건들이다.

그거 참, 괜히 사람 복장을 뒤집어놓고 난리야.

혼잣소리로 궁시렁거리며 담배를 물었다. 그러고는 담뱃불로 재떨이에 버려진 고양이 수염을 지진다. 뿌지직 소리를 내며 오그라지는 고양이 수염. 고양이 수염으로 액세서리는 만들 수가 없을까? 가령 수염을 연결하여 구슬을 꿰어 목걸이를 만든다거나, 낙타 수염으로는 분명히 무얼 만든다는 소릴 들었는데 이것으로도 실험을 해봐? 아, 낙타 눈썹이었던가? 쓸데없는 생각을 하며 고양이 수염을 태운 노린내가 방 안 가득 퍼질 때 휴대폰이 울렸다.

사장인교?

추 기사가 무슨 정보를 물고 왔을지 모른다는 기대감에 조심스레 상대를 두드렸는데 무선으로 날아든 목소리는 경우라곤 찾아볼 수 없는 중년 아줌마의 목소리였다. 잘못 걸린 전화일 수도 있다.

어디 전화하셨습니까?

사장 맞지요? 여기 병원인데요. 김팔씨 보호잡니더!

병원? 아! 예…… 요즘은 좀 어떻습니까?

어떻기는요? 와 보면 알 거 아닌교? 사람을 이 꼬라지로 만들어놓고 코빼기도 안 비치고, 언제 한번 올랑교?

죄송합니다. 요즘에 사정이 좀 그래서…… 조만간에 시간을 내

서 한번 들르겠습니다.

　알았구마. 요번에 오면 무슨 결딴을 내야지.

　전화는 그렇게 끊겼다. 아휴, 나는 주먹으로 가슴을 두드린다. 이제 서른대여섯 된 젊은 여자가 경우라고는, 정말 밑도 끝도 없다. 여편네 말마따나 내가 김팔수 씨를 그 꼬라지로 만들었나? 그 위에서 어디 내가 떠다밀었나?

　공장을 지을 때 일이다. 그날은 철골 제작을 마치고 조립식 패널을 붙이는 공정으로 넘어갔는데 김팔수 씨가 일을 한 곳은 이층 높이의 H빔 위였다. 밑에서 올려주는 패널을 받아 지붕으로 올려주는 작업을 하고 있었다. 어디에서 작업을 했건 간에 일을 마치고 내려올 땐 의당히 자기가 타고 올라간 사다리를 되짚어 내려와야지 제가 무슨 고양이띠라고 이층 높이가 넘는 그 위에서 뛰어내릴 건 뭐야? 또 모래더미 위로 뛰어내렸으면 아무 일이 없던가.

　중참 먹고 합시다! 누군가 인부들을 보고 소리쳤고 김팔수가 일을 한 곳은 그날 작업 위치에 있어서 가장 아래쪽이었다. 그게 문제였다. 빔 아래 미장으로 쓸 모래더미가 있어서 만만히 보고 김씨는 그 위로 뛰어내린 것이다. 미친 자식, 지붕으로 향하는 용접선이 제 발등에 걸린 줄도 모르고.

　나는 그 사고현장을 목격했다. 소름이 오싹 끼쳤고 원망할 사이도 없었다. 시멘트 바닥에 널브러진 놈을 주워싣고 병원으로 내달왔다. 수십 번 찍은 사진으로 판독한 결과 손목 인대파열에 개방성 복합골절, 그나마 머리를 안 다친 게 다행이라고들 했다.

생각하면 등골이 오싹해진다. 공사비를 아껴보겠다고 건축주 직영으로 시공했으니 모든 책임은 나에게 있다. 되지도 않는 산재보험에 어거지로 밀어 넣어 치료비를 충당하고 임금대장을 조금 높여 치료기간에도 급료는 보험에서 지급되게 만들어 주었다. 그리고 장애가 생기면 당연히 장애급여가 나오게 되어 있다.

그리고 뭐? 코빼기도 안 비치다니? 이런 미친…… 한 달 정도는 겨를이 없어 들르지 않았지만 찾아간 게 예닐곱 번이 넘으며 갈 때마다 간병비로 흘리고 온 금액만도 기백만 원이 넘고 내가 들를 때마다 김팔수 씨는 미안해서 몸 둘 바를 몰라한다. 헌데 코빼기도 안 비치다니…….

산재환자가 병원에 있다 보면 산재박사가 된다는 말이 있다. 여기저기 주워듣고 보상금을 뜯어내는 방법에 대해서는 도가 통한다는 얘기다. 정말 생각하면 울화통이 터지는 일이다. 경우 없는 여편네 꼬락서니 뵈기 싫어서라도 병원에 가지 않을 참이다. 저렇게 나온다면 어차피 진료가 끝나고 민사까지 넘어가서 얼굴을 붉혀야 해결될 것이다.

법대로 하라지. 아침부터 전화질을 해서 난리야. 오늘 일 되어가는 꼬락서니가 눈에 서언하구만.

말을 하면서 생각하니 기도를 해도 모자랄 이 시간에 여러 군데서 나의 심신은 할퀴어지고 있는 것이다. 곧 주사위는 던져질 것이고 추 기사가 뭔가 귀띔을 해줄 것이다. 일진 돌아가는 꼬락서니로 미루어 좋은 소식을 기대하기는 어려울 것 같은 예감이 들었다. 참으로 불길한 예감이다. 불길한 예감, 그건 걷잡을 수 없었다. 불길하다 생각하니 열불이 터져 견딜 수가 없다. 오늘은 무엇이 이토록 꼬이는가? 이불을 박차고 후다닥 방문을 나섰다.

방문이 열린 건넌방의 텔레비전에 시시콜콜한 아침드라마가 한창이다. 아내는 침대에 비스듬히 누워 텔레비전으로 눈길을 주고 있다. 모른다. 아내는 모른다. 공장을 짓다가 사람이 다쳤다는 사실을 모른다.

그래 모르는 게 약이지…… 알아봐야 도움될 일은 없고 약값만 축나는 거지. 그래! 그대라도 맘보 편하시우.

건넌방에 눈길을 거두고 주방으로 성큼 들어가 식탁 위의 사발에 받아놓은 보리차 끓인 물을 벌컥벌컥 들이켰다. 한 모금, 두 모금, 세 모금쯤 들이켰는데 뭔가 이상했다. 보리차 맛이 아니었다. 내가 마시는 건 보리차가 아니라고 인식되는 순간 목구멍으로부터 치솟는 욕지기가 걷잡을 수 없었다. 화장실 변기까지 갈 여유는 애당초 없었다.

이게 뭐야? 식용유? 식탁을 짚고 선 채 울컥, 주방바닥에 토해

놓은 이물질을 눈물이 퀭한 눈으로 내려다보며 입술을 훔치는 사이 내 방에서 전화벨이 울렸다. 아마도 추 기사일 것이다. 휴대폰을 향하여 눈물을 훔치며 급하게 돌아서는 순간, 나는 주방바닥으로 나뒹굴었다. 내가 토해 놓은, 주방바닥의 미끌거리는 식용유에 의해 나의 엉치뼈는 허공으로 솟구친 것이다. 그리고 옆구리부터 먼저 착지한 것이다.

튀김 할 건데…… 이를 어째? 하여튼 맞아도 싸요. 맞아도 싸!

어느 틈에 달려왔는지 아내가 주먹을 쥐고 기름강아지가 되어 주방바닥에 뒹굴고 있는 내 허벅지를 두드리고 있었다.

휴대폰 저쪽에서 누군가 끝없이 호명하지만 나는 받을 수가 없다.

그래, 아버지는 맞아도 싸다. 그래, 맞아도 싸단 말이다.

신음처럼 간신히 그 말을 토해 냈고 잠시 끊어졌다가 다시 휴대폰은 울리고 있었다.

삘리리. 삘리리.

젠장, 나는 일어설 수도 없는데…….

# 괄호에 대하여

시간은 존재하는 모든 것을 퇴색시키기 위해 존재한다.

– 철학과를 나온 나 –


구두코에 걷어차이는 달빛을 내려다보며 읍내의 저잣거리를 휘적휘적 걸어 들어오다 말고 문득 걸음을 멈추었다. 그러고는 혼잣소리로 뱉었다.

괄호가 있다.

뱉어낸 말이 너무 낯설었다. 나는 다시 한 번 자신의 목소리를 확인이라도 하듯이 톤을 조금 높여 되뇌었다.

존재하는 모든 것에는 괄호가 있다.

괄호? 문득 떠올린 화두였다. 속이 쓰린 새벽녘, 괄호의 의미가 쓰린 내장을 훑어내는 새벽녘의 소주처럼 뇌리에 날카롭게 박히고 있었다. 어떤 개체이든 그것을 가두고 있는 괄호가 있겠지만 인간은 그 괄호의 크기를 한계라 명명하며, 끝없이 그 괄호의 벽에 어리석게도 머리를 들이박고 있다는 데까지 생각이 미쳤다. 그리고 지금 괄호라는 미묘한 화두에 홀리고 있다는 생각까지 하게 되었고, 급기야 나를 가두고 있으면서 보이지 않는 괄호의 크기에 대하여 조급할 정도의 궁금증이 일었고 잠시 멍한 기분까지 들었다.

구두코 앞에 흩어진 달빛에서 눈을 떼고 주위를 휘휘 둘러보았다.

새벽 세 시가 가까운 시간. 가을이 달빛처럼 골목에 켜켜이 쌓이고 있었다. 길게는 서너 달 짧게는 한 달에 두어 번 다녀가는 곳이었지만 달빛처럼 스며들어 괄호란 화두로 바라보니 눈에 익은 풍경들마저도, 그리고 가을이라는 계절마저도 여지없이 괄호가 쳐져 생경스럽게 여겨졌다. 여름이 쳐놓은 괄호를 빠져나와 가을이 설정한 괄호의 행간으로 꾸역꾸역 기어 들어가는 벌레, 나는 문득 벌레가 된 느낌으로 머리를 긁적였다.

괜히 밀어버렸나? 머리통의 곡선이 까칠한 느낌으로 고스란히 손바닥에 전달되었다. 머리카락이 없는 것이다. 머리통을 이렇게 밀어버린 것은 훈련소에 들어갈 적 외에는 처음이었다. 지난밤 역 앞의 미용실에서 자동 면도기로 밀어버렸다. 그리고 모자도 없이 기차에서 내린 것이다.

달빛 너머를 기웃거렸다. 예외 없이 낮은 지붕의 집들이 오밀조

밀 저희들끼리 둘러앉아 고만고만한 괄호를 형성하고 도둑고양이처럼 찾아든, 까까머리에게 던지는 배타적인 시선을 거두지 않고 있었다. 지난 이십 년간 변한 것이라곤 안 길이 포장된 것 외에는 뚜렷이 없는 읍내의 시장통. 그 저잣거리가 자신에게 은근히 차가운 시선을 던져주고 있다는 묘한 거리감을 느끼며 괄호 안으로 발걸음을 옮겼다. 읍내 거리의 모든 사물이 액자 속의 정물처럼 정지되어 있었다. 늦은 시간까지 지속되던 취객의 흥청거림도 언제부턴가 사라지고 심지어 이따금 들릴 법한 개 짖는 소리마저도 들리지 않았다. 움직이는 것이라곤 내가 거느리고 오는, 문어 대가리 같은 그림자와 이미 기우는 달무리를 따라 흘러가는 구름뿐이었다.

시장 골목 깊숙이 들어가서 어깻죽지에 묻은 달빛을 털었다. 그리고 천하만물상이라는 아크릴의 받침이 떨어져 '천아마물사'가 되어버린 슬레이트 지붕 위의 간판을 한동안 쳐다보았다.

천하만물상. 간판이 얹힌 지붕이 오늘따라 유난히 낮아 보였다. 괄호를 화두로 던져놓은 눈에는 간판에도 어김없이 괄호가 드리워져 있었다. 괄호 속의 간판, 그게 어쩌면 아버지가 지닌 괄호일지 모른다는 생각을 하자 아버지의 괄호를 부숴 버리고 싶은 충동이 불쑥 솟구치는 걸 가까스로 억누르며 처마 그늘이 드리워진 목조 창 앞에 서서 안을 기웃거렸다.

작은 유리가 촘촘히 박힌, 70년대식 목조미닫이 너머는 달빛마
저 스미지 않고 기괴감이 도는 어둠뿐이었다. 어쩌면 누군가 부숴
버리기 전에 아버지와 어머니의 괄호는 스스로 파괴되었고 유리
너머의 어둠 속에는 아버지와 어머니의 사체가 널브러져 있을지
모른다는 뜬금없는 생각이 들었다. 상상처럼 되더라도 그게 그리
나쁠 것이 없다. 아니다 그런 생각을 하면 나쁜 놈이지. 유리 너머
의 어둠을 가볍게 두드렸다. 안에서는 기척이 없다. 조금 더 크게
문을 두드렸다. 달빛에 시계를 비춰 보았다. 2:44, 아버지는 이미
죽었거나 아니면 깊은 잠에 빠지셨나 보다. 원래부터 어머니의 잠
귀는 어둡다. 더구나 요즘 극도로 피곤하실 것이고. 내가 밥줄에
서 손을 떼고 경제의 가장자리로 밀려나자 어머니마저도 아웃사
이드로 따라나선 것인가, 눈치를 보니 요즘은 읍내에서 조금 떨어
진 외곽지역에 생긴 농공단지의 의자공장에 나가시는 모양이다.
입도 심심찮고, 너그 아부지 벌이보다 낫다야. 약값이 더 드는 일
을 왜 하느냐고 역정을 냈을 때 은근히 자랑을 빙자해서 핑계로
둘러대던 어머니가 문을 따준다는 건 기대하기 어렵다.

　조금 더 크게 문을 흔들었다. 아버지는 깨고 어머니는 깨지 않
을 만큼의 적정수준이 어디인가 가늠하기 힘들지만 조금 더 크게
문을 흔든 것은 틀림이 없었다. 그러나 기척이 없기는 마찬가지
다. 문득, 아득한 단절감을 느끼며 머리가 닿을 듯한 처마 밑을 빠

저나와 건물 옆구리로 돌아갔다. 추적추적 달빛이 묻은 발자국 소리가 따랐다. 발자국 소리를 돌려세우고 블록담의 달빛 그늘에 묻힌 함석 쪽문을 밀쳤다. 문은 잠겨 있지 않았다. 힘없이 스르르 열리는 문 안으로 들어가 달빛 아래 멈춰 섰다. 그러곤 크고 단단한 한숨을 한 움큼 토해 냈다.

빌어먹을 철학과는 나와 가지고…….

지난번에 내려왔을 적에 밥상머리에서 아버지가 울컥 토해 놓고 끝을 맺지 않은 말이었다. 그 말은 아버지의 목젖 아래서 삭고 또 삭아 가래처럼 누런 빛깔을 띤 듯했다. 아버지는 말을 끝맺지 않았으므로 그 말은 현재진행형으로 내 귀에 이명처럼 살아나는 것이다. 어쩌면 그 말은 영원히 현재진행형으로 버티다가 삭을지도 모른다. 내일 아침이면 또 숟가락을 들기가 미안할 것이다. 밥상머리에서 어머니는 또 아버지와 나의 눈치를 번갈아 보며 모든 것이 '그놈의 아이엠에프' 때문이라고, 시대를 잘못 타고난 것이라고 나를 두둔하는 변명에 숟가락보다는 입이 바쁠 것이고 아버지는 연방 헛기침을 해댈 것이다. 꼭 그 말을 하지 않더라도 서로의 눈치가 교차하는 불편하고 껄끄러운 밥상이 될 것은 틀림이 없다.

아버지의 지론에 의하면 법대를 가든지 기계학을 전공했어야 했다. 법대를 갔더라면 사법시험은 어렵더라도 대입 때 읍내에 현수막이 걸릴 정도의 머리라면 최소한 법무사는 되었을 것이고 기계과를 나왔더라면 요새 수주물량이 늘어서 잘 나간다는 선박회사에서 기계설계를 하거나, 하다못해 읍내로 들어오는 사차선 옆에 농기계대리점이라도 차렸을 거라는 것이다. 아버지는 최근에서야 기계과를 들먹였다. 조합장 둘째 명식이가 기계과를 나와서 조선회사에 취직을 하고 읍내 입구에 농기계수리점과 대리점이 생기고 아버지의 천하만물상에 가게문을 두드리는 사람이 현저하게 줄어들자 기계학이 눈에 들어온 것이다.

하긴, 철학과를 지망하겠다고 하자 지붕 위에 대나무 꽃을 일이 있냐면서 노발대발하시던 아버지였다. 철학과를 나오면 점집을 차린다거나 사주팔자를 읽어주는 철학관의 주인이 되는 게 아니라고 아버질 설득시키는 데만 한나절을 소요했어야 했다. 천편일률적으로 똑같은 공부를 하면 결코 돋보이지 못한다는 희소성의 원칙을 들먹이며 급기야 철학과에서도 잘하면 대학의 선생이 될 수도 있다는 말까지 들먹여 아버지의 판단을 지극히 철학적인 방법으로 잠시 현혹시켰지만 졸업하고 사 년이 지나도록 철학으로 밥을 낚아올 수 있는, 철학을 팔아서 밥을 사올 수 있는 장터를 찾지 못했다. 철학과 밥의 연결고리는 고사하고 철학이 뭔가? 라는 물음에 답 비슷한 변명거리조차 아직 숙지하지 못했다는 것을 생각하자 다시 한숨이 새어나왔다.

나는 뱉던 한숨을 들이켜서 나를 다독였다. 감정관리를 잘못 하다간 머리를 깎는 선에서 끝내지 못하고 결국은 두개골이 터져 허연 뇌수가 분수처럼 솟구칠지 모른다. 다시 가게로 통하는 쪽문을 밀쳤다. 혹시 아버지의 잠에 방해가 될까 우려하며 조심스럽게 밀쳤지만 문은 '끼루룩' 갈매기 울음을 토해 냈다. 문이 열림과 동시에 가게 안에 똬리를 틀고 있던 어둠이 나를 덮쳤다. 어둠 속 어디에선가 갈매기 한 마리가 날아들어 느닷없이 나의 면상을 할퀼 것같은 기분이 들었다. 가게로 들어서서 어둠에 눈이 익을 때까지 한동안 서 있었다. 가게 안에 진열된 호미와 삽 따위의 농기구와 팬벨트, 그리고 쌓아둔 시멘트 포대가 어슴푸레 윤곽을 드러내자 비로소 아버지의 코 고는 소리까지 가볍게 들렸다.

잠에 관한 한 아버지는 권위적이다. 아무도 아버지의 코골이를 억누를 수가 없는 것이다. 어떨 때 보면 아버지의 잠은 참으로 평화롭다. 베개에 머리만 닿았다 싶으면 코 고는 소리가 금세 들리는 것이다. 아무리 큰 걱정거리가 있어도 쉽게 잠들고 심지어 어머니와 사소한 일로 다투다가도 잠이 든다. 잠이 들면 그렇게 평화로울 수가 없는 것이다. 또한 잠귀는 얼마나 밝은지, 잠든 아버지 옆에서 어머니가 아버지를 힐난하는 소리를 뱉으면 금세 코골기를 멈추고 어머니의 말에 적절한 대꾸를 하는 것이다. 그럴 때면 어머니는 번번이 '엇 뜨거라 잠귀는 밝아가지구' 그렇게 궁시렁 거리고는 입을 다문다. 하여 권위적인 아버지의 잠에 억눌린 어머니의 잠은 옹색하고 남루해 보일 지경이다. 어머니의 잠자리는 언제나 방 한가운데 큰대자로 누운 아버지와 적당한 거리를 두고 모로 돌아누운 새우잠이다. 그것이 한평생의 습관으로 굳어졌다.

가볍게 코를 고는 아버지의 권위적인 잠에 금이 가지 않도록 발소리를 죽이고 아버지의 방문 앞을 지나 부엌을 건너가서 작은 방의 문을 조심스레 열었다. 그 목조미닫이도 열리면서 갈매기의 울음소리를 토해 냈다. 끼루룩.

오래된 집은 연방 갈매기 울음을 토해 낸다. 왜 그럴까? 차라리 갈매기 날개가 돋는다면 어떨까? 집이 날아갈 수 있도록 건물 양쪽에 커다란 갈매기의 날개가 돋는다면 어떨까? 어느 날부터 건물 벽체에서 조금씩 키워오던 갈매기의 허연 깃털이 갑자기 커지고 집은 날갯로 무장한다. 그리고 그 커다란 날개가 너울거리며 몇 번 날개짓을 하는 동안 집이 지상으로부터 조금씩 조금씩 들린다. 땅 속에 내리고 있던 자신의 허연 실뿌리들을 거두면서 집이 공중으로 부양한다. 그러고는 날아간다. 오늘같이 뿌연 달밤에 끼룩끼룩 갈매기의 울음을 토해 내며 집이 날아간다? 그렇다. 오래된 집은 그렇게 날아가고픈 비상의 꿈을 잠재우지 못하고 연방 갈매기의 울음소리를 토해 내는지 모른다.

목조미닫이를 잡고 날아가는 집을 상상하는 동안 입에서는 자신도 모르게 갈매기의 울음소리가 비집고 나왔다. 끼룩끼룩, 아서라, 아버지의 잠에 충격이 갈라. 아버지의 권위적인 잠을 생각하고는 화들짝 놀라 한 손으로 입을 틀어막으며 벽에 붙은 형광등 스위치를 찾았다. 스위치는 이십 년이 넘게 그 자리에 붙어 있었다. 중학을 다닐 때부터 줄곧 붙어 있던 방문 옆의 벽체, 그 자리를 고수하고 있는 것이다. 변하지 않은 것은 그뿐이 아니다. 아버지로부터 대를 물려 쓰던 앉은뱅이책상도 그 자리를 고수하고 있었고 바람벽에 붙은 벽장문과 선반 위에 얹힌 페이지마다 낙서가 가득한 교과서들도 누렇게 색깔이 변한 채 제자리를 지키고 있었다. 형광등 불빛 아래 보이는 것 중에서 변한 것이라고는 아무것도 없다. 단지 변한 게 있다면 어릴 때 휑하게 커 보이던 방이 이제 남루해 보일 정도로 작아졌다는 나의 시선뿐이다.

성큼 방으로 들어가 앉은뱅이책상 앞에 가부좌를 틀고 앉았다. 책상은 어린 날 서툰 칼질에 상처받고 공책을 통과한 컴퍼스에 찍혀 생긴 흉터들을 고스란히 간직하고 있었다. 모든 사물은 세월이 지나면 어떤 형태로든 흉터를 갖게 되는가 보다. 담배를 빼어 물고 나는 내 가슴에서 자리를 잡아가고 있는 흉터에 대해 생각했다.

어머니는 명석한 당신의 아들이 잘못 타고난 시대의 피해자라고 생각하고 있다. 그렇다, 어머니 말마따나 '이놈의 시대' 뱉어내기만 하는 이놈의 시대가 아직은 상처로 존재하지만 언젠가는 흉터가 될 것이다. 어머니가 모든 것을 시대 탓으로 돌리는 데는 이유가 있다. 나는 졸업을 하기도 전에 취업을 했다. 대학 입시 때처럼 읍내 어귀에 현수막은 걸리지 않았지만 이름만 대면 누구나 알 만큼 굵직한 그룹에 공채로 들어갔다. 그러나 연수료로 몇십만 원 받은 게 대망의 꿈을 안고 들어간 그 그룹에서 받은 급료의 전부였다. 수습사원을 위한 삼 개월의 연수기간 중, 겨우 삼 주쯤 마쳤을 때 어머니 말마따나 '아이엠애프'가 터졌고 구조조정이라며 인간들을 뱉어내기 시작했다.

 벌써 사 년이 지난 일이지만 그때의 일들을 또렷이 기억한다. 큰 그룹이라 금융대란에 대처하는 방법도 발 빨랐다. 구조조정에 들어간다면 일 순위가 수습사원인 연수생이 되는 거야 당연하지만 그렇게 빠르리라고는 생각을 못했다. 국내금융권이 혼란스러워지기 시작한 지 채 일주일이 되지 않아 연수비가 지급되었다. 그러고는 연수원장 대신 그룹의 인사차장이 직접 강단에 선 것이다. 듣고 있으면 분명히 비보인데 아랫배가 유난히 부른 인사차장은 전혀 비보를 전하는 어투를 지니지 않았다. 오히려 낭보로 들릴 수도 있는 달변을 지닌 것이었다.

 그룹의 금융사정이 극도로 미약해졌다. 이십대 일의 경쟁을 치르고 입성한 인재를 놓치기 싫다. 하지만 욕심을 부리지 않고 여러분들의 발목을 놓아주겠다. 패기를 가지고 더 혼란스러워지기 전에 다른 자리 더 좋은 자리를 확보하라. 이곳은 결코 여러분들과 같은 인재를 고집할 만한 곳이 못 된다. 그렇더라도 당 그룹에서 언제든지 인재가 필요하면 맨 먼저 수습사원인 여러분에게 연락을 하고 허락해 주신다면 기꺼이 모시겠다. 대략 그런 요지였다.

다시 모신다? 그 말을 하는 인사차장의 아랫배를 냅다 차버리고 싶은 충동을 느꼈다. 뜬금없는 약속을 믿은 바는 아니지만 개점 휴업상태로 이 년이 지나자 그 그룹은 해체가 되어 버렸고 비록 아이엠에프를 졸업했다고 하나 외채는 두 배로 부풀어 있는 것이다. 어머니가 시대를 탓하는 것도 무리는 아니다.

젊은이여! 벤처가 있다. 그 뒤에 구호처럼 날아다니던 말이었다.

미친 새끼들! 웃기고 있네, 벤처가 고용창출을 얼마나 하냐?

나도 모르게 담배연기와 함께 짜증 섞인 목소리를 뱉어냈다. 그리고 내가 뱉어낸 담배연기와 함께 날아다니는 말의 파편을 휘휘 내저으며 재떨이가 될 만한 것을 찾기 위해 책상서랍을 열었다. 그곳에는 잡동사니들로 가득했다. 미술시간에 쓰던 작은 가위와 몽당연필, 콘크리트 못, 고장난 손톱깎기, 검정색 매직, 어디의 것인지도 모를 열쇠, 다리가 부러진 컴퍼스, 클립, 그런 잡동사니들을 손버릇처럼 하나씩 만졌다.

손은 그런 잡동사니들을 만지고 있지만 지난 사 년간의 궤적과
더불어 느닷없이 삭발을 하고 달빛처럼 스며든 귀향, 그리고 하루
동안 뿌리고 온 발자국을 찬찬히 되짚었다. 이런 걸 두고 만감이
교차한다고 하던가? 어린 날 쓰던 책상 앞에 앉았기 때문인가. 아
니면 그 책상 위에 삭발한 머리통의 그림자가 비춰 있기 때문일
까. 참으로 '만감이 교차한다' 고 나는 생각했다.

　만감이 교차한다? 교장선생님의 십팔번이었다. 중학을 다닐 적
에 교장선생께선 단상에 오를 때마다 만감이 교차하지 않는 날이
없다. 전교생 중에서 누가 대외적으로 큰 상을 받아도 만감이 교
차하고 울타리 뒤에서 담배 피우던 학생이 적발되어도 만감이 교
차하고 졸업식과 입학식, 광복절과 제헌절, 운동회와 소풍을 비롯
하여 운동장 조회가 있을 때마다 만감은 교차되는 것이다. 하여
아이들은 운동장 조회를 할 적마다 교장선생님의 말을 귀담아 듣
는 것이었다. 교장선생님의 그 훌륭한 교훈보다는 만감교차가 언
제쯤 나올까를 기다리는 것이었다. 만감이 교차할 때가 되었는
데…… 만감이 왜 교차되지 않는 거지? 교장선생의 연설이 지루
해지면 아이들은 그렇게 수군거리고 담임선생들은 줄 사이를 다
니면서 수군대는 놈의 옆구리를 슬며시 찌르는 것이다. 녀석들은
운동장 조회를 두고 '만감교차' 라고 칭할 정도였다. 월요일 아침
이면 아이들은 말했다. 야! 당번 오늘 '만감교차' 하는지 알아봤

어? 야! 이 자식아, 비가 와서 오늘 '만감교차'는 안 한대! 뭐 그런 식이었다.

만감이 교차하던 아득한 그 시절에 나는 이 작은 방에서 수음을 배웠다. 아니 터득한 거였다. 새벽이면 불끈 솟아오르는 혈기를 주체하지 못하고 달래다가 터득한 거였다. 그런 날 새벽이면 유난히 크게 들려오는 아버지의 코 고는 소리에 숨을 죽이고 차라리 아버지가 죽었으면 하고 바랐다. 요즘이야 뭐, 매스컴에서 아들아 휴지는 좋은 걸로 쓰라고 공공연히 떠벌리는 그런 세상이 되었지만, 그때 수음이 끝나면 허전함과 함께 이름 모를 죄의식이 수반된다는 사실도 배웠다. 수음이 있던 다음날은 아침상이 불편했다. 왠지 아버지와 얼굴을 마주하기가 면구스러웠고 빨리 고등학생이 되어 집을 떠나 자괴감을 수반하지 않는, 좀 더 자유스러운 수음을 즐기고 싶어졌다. 고등학교에 가서는 또 터득한 바가 있다. 굉장히 죄스럽고 자괴감을 갖는 그 짓거리를 혼자서 즐기는 줄 알았지만 친구들 중에서 정직하게도, 그 짓을 탐미하지 않는 인간이 없더라는 사실을 터득한 것이다.

새벽 세 시에 가까운 시간. 어쩌다 수음을 기억의 표면으로 떠올린 것일까?

수음을 떠올리고는 생각의 고리를 배꼽 아래로 끌어내렸기 때문일까, 불쑥 B의 말이 귀에서 살아났다. 병원에서 수상한 말을 하더라구…… 자기 듣고 있는 거야? 병원에서 조직검사를 해보자고 그러대! B의 말이었다. 일주일 전쯤, 병원을 다녀왔다며 전화로 일러준 말이었다. 여기에서 말하는 병원이란 굳이 말하지 않아도 산부인과를 지칭하는 것이란 걸 안다.

나는 그 전화를 받을 적에 만화를 보고 있었다. 웃음을 빼어 물고 자취방에 엎디어 성인 삼국지, 뭐 따위 만화의 줄거리를 검색하고 있었다. 그 조직검사라는 B의 목소리에 수화기를 잡은 손에 갑자기 힘이 빠져 수화기를 떨어뜨릴 뻔했다. 조직검사? 전화를 끊고 나서도 그 말을 되뇌고 있었지만 결코 어느 부위의 조직검사인지는 묻지 않고 있었다. 묻지 않아도 그 부위는 배꼽 밑이라는 걸 안다.

B를 만난 지 십 년이 넘었다.

대학 이 학년 때 신입생 오리엔테이션에서 찍었으니 올해로 꼭 십 년 고개를 넘었다. 머리를 올리지 못했으니 아니라고 우겨도 할 말은 없지만 아직도 B는 나를 두고 자신의 반쪽이라는 착각에는 변함이 없다. 참으로 가당찮은 B다. 삼 학년을 마치고 군에 갔다오는 동안도 고무신을 거꾸로 신지 않고 열댓 번의 면회를 다녀가는 남다른 열녀기질을 보였고 나보다 일 년 늦게 들어왔지만 먼저 졸업해서 예능학원 강사로 있으면서 후배들과 함께 마시는 생맥주 집의 계산서를 쥐고 카운터로 향하는 조강지처의 면모를 보이던 B였다.

시간이란 색을 지닌 모든 것들을 퇴색시키는 힘을 지니고 있다. 그렇다. 내가 국방부의 씩씩한 밥그릇을 비우고 있을 때 처음으로 면회 와서 작고 발그레한 몸피를 열어주던 B에게 덥석 해버린 핑크빛 약속도 자꾸만 퇴색되고 있었고, 스물셋의 몸을 열어주며 부끄러움으로 발갛게 상기되던 B의 얼굴이 산부인과를 들락거리며 푸석하게 빛을 잃어갔다. 그리고 무엇이든 할 수 있다던 패기를 지닌 나의 푸른 의지마저도 비디오 비평가라는 시답잖은 이름아래 누렇게 변해 버린 것이다.

비디오 비평가? B가 지어준 별명이다.

경제력이란 이름으로 설정한 사각 링에서 코너로 몰려 코피가 터지면서 취업의 확률이 점점 묽어지자 나는 비디오를 접하게 되었다. 현명하게도 실업자가 가장 싸게 시간을 죽일 수 있는 코드에 접속하게 된 것이다. 근사하게 얘기해서 비디오를 통해 생의 본질과 직업의 연관성, 밥과 철학 그리고 비디오의 작품성, 포르노와 피카소의 예술성 그리고 대중성, 뭐 그 따위에 대해서 사유하고 인식의 깊이를 짚느라 밤과 낮이 바뀔 때쯤, 한낮에 걸려온 전화도 푸석한 목소리로 받으면 B는 탐탁잖은 목소리로 비디오 비평가라고 제멋대로 지껄였다.

B가 비디오 비평가가 피울 담배를 사들고 컴컴한 자취방을 찾

아오는 횟수가 잦아지면서 그녀의 몸도 마음도 조금씩 허물어지기 시작했다. 이상할 것도 없이 십 년을 사귀다 보면 이 년에 한 번 정도는 배가 불러온다. 그건 무슨 법칙 같은 거였다. 처음에는 실수였다. 그런 일이 발생하리라고는 상상도 하지 못한 부분이었다. 단지 밥을 구할 능력이 없음으로 인하여 결코 축복이 될 수 없는 임신이다. 제기랄, 그게 누구의 잘못인지 파악조차 하기 전에 B의 자궁 속은 가을걷이가 끝난 들판처럼 허허롭게 변했다.

첫 번째 수술에서 B는 밥을 구하진 못하지만 생물학적으로 애비가 되는 작자에게 한마디의 상의도 없었다. 당연한 수순처럼 그렇게 자궁을 비우고 술 한잔을 사 달라며 찾아와 지나가는 소리로 일러준 통보의 형식이었다. 생물학적으로 어미가 되는 B의 말을 들으며 나는 광분했다. 정말이지, 할 말이 없었으므로 광분하는 척이라도 해야만 했다. 실업은 뜻하지 않은 살인을 범한다. 어찌 들으면 철학적 용어 같은 그 말을 되뇌며 술을 마셔댔다. 물론 광분을 빙자한 폭음은 나의 몫이었고 술값은 B의 몫이었다. 위로가 필요한 B였건만 정작 그녀의 어깨를 다독여주기는커녕 엉망으로 취해 오히려 B의 부축으로 허름한 여인숙에 들었다. 잠자리에 들면서 스물여덟이 넘어서는 B의 얼굴에 푸석하게 드리워지는 바람을 얼핏 보았던가. 어쩌면 그녀가 잉태했던 것은 바람이었을지도 모른다는 의심이 들었다. 바람이라면 당연히 비워야겠지만 영악하게도 나는 그 따위 일로 성가시지 않은 것이 다행이라 여기며 안도의 숨을 쉬었다.

그 비릿한 경험을 두 번째로 했을 때 B는 서른이었다. 몸조리도 잊은 B는 나의 자취방으로 찾아와 밤을 새워 처절하게 울었다. 울어도 울어도 분이 풀리지 않는 B는 나의 뺨을 때리기 시작했다. 나는 사나이답게 피하지 않고 서른 살의 처녀, 아니 새끼를 비운 어미가 지아비의 뺨을 향하는 손찌검에 고스란히 얼굴을 들이밀고만 있었다. 비분강개라고 했던가, B의 눈에는 저주가 가득했다. 무엇을 향한 저주였던 간에 그건 내가 알 바가 아니고 단지 그 저주의 화살이 나를 향한 것이 아니기를 간절히 바라고 있었다. 손바닥이 얼얼하도록 뺨을 친 B는 나의 뺨을 어루만져 주면서 눈물 섞인 자조의 말을 토했다. 어쩌면 독설로 들릴지도 모를 말이었다.

자기 잘못이 아니야, 정말 자기 잘못이 아냐. 이 망할 조국에 대학을 사분의 일로 줄여야 했던 거야. 아니면 취직 못하는 자식은 이 년쯤 지나면 학력을 취소시키든가. 자기야 조국은 망하고 있다 그지? 그래! 그 잘난 학위, 고학력이 나라 잡는다 그지? 우리 사이도 시들고 있고…….

울분이었다. 참으로 지루한 잠복기를 거쳐 표출되는 울분이었다. 알아들을 수 없을 만큼 횡설수설하는 B의 입을 한 손으로 틀어막고 가볍게 보듬어 안았다. 참 고마웠다. 나에게 돌아올 원망을 다른 곳으로 돌릴 줄 아는 B가 참으로 복받을 여자라고 생각했다. 복받을 여자는 고학력으로 인한 부영양화? 너무 많은 영양이 정체되어 있으면 썩는다는 지극히 당연한 사실을 꼬집고 싶었던 것이다. 언젠가 B와 마주 앉아 그런 문제를 들먹인 적이 있었다. 그때가 아마도 다단계 판매에 뛰어들었다가 그만둔 직후였을 것이다. 나는 물론 사 년간 맹탕으로 비디오 비평만 한 게 아니다. 한동안 유행하던 다단계 판매와 중학생을 대상으로 학습지 방문교사도 했었다. 두 곳 다 육 개월을 넘기지 못하고 그만두었다. 이유는 구조조정이 필요하다는 것이었다. 누구를 잘라내는 구조조정이 아니라 일한 만큼의 대가, 그 분배과정에서 분명히 구조조정이 필요했던 것이다. 언놈은 앉아서 벌어오는 놈의 수익 중 몇 할을 뜯어먹는, 그 구조조정이 마땅한 분배과정을 역설했다. 가만히 듣고만 있던 B가 고학력으로 인한 부영양화를 들먹였다. 요지는 그거였다.

일자리가 없는 게 아니다. 그러나 일자리에 걸맞는 학력을 지닌 놈이 없는 세상이다. 아무리 미화시켜 말해도 환경미화원을 넘어서지 못하는 청소부 자리에 대졸자가 응시하는 세상이 되어버렸으니 고학력의 부영양화가 아니겠는가. 중학교 졸업을 최종학력으로 지닌 자를 만나기 힘든 세상이다. 국회의원은 누구를 시켜도

할 수 있다. 그러나 청소부는 아무나 하는 게 아니다. 최소한 직업을 구해야 하는 우리 세대에게는.

들고 보면 수긍이 마땅한, 뭐 그런 요지였는데 내가 너무 비약시키지 말라고, 죽어도 다단계는 못하겠다고 버럭 소릴 질러 말문을 막았기 때문인가? 그때 막힌 말문을 자궁을 비우고 속 시원히 열어 보이듯이 고학력의 적조현상을 들먹이며 울분을 분출시켰다. 그리고 간절한 소망까지 덧붙였다.

자기야! 청소부도 괜찮고, 경비원이면 또 어때? 우리 못할 짓 너무 많이 한다. 그지? 자기는 내 꿈이 뭔지 알아? 올해같이 날씨 좋은 추석머리에 나비와 토끼, 꽃사슴이 그려진 폭신한 요람에 우리 아기를 폭 싸서 안고 자기 고향에 가는 거야. 거기서 마중 나온 자기 엄마한테 아기를 안겨 주는 거! 참 소박하지? 거기다가 천오백 시시라도 우리 차가 있으면 더 좋고…… 얼마나 소박하냐? 자기 담배 맛있어? 나도 담배나 배워볼까?

울다가 지쳐 품에 안긴 B가 조용히, 그리고 띄엄띄엄 뱉은 말이었다. 참 소박하긴 한데 어렵다. 언젠가 그런 날이 오겠지. 딱히 B가 아니더라도 그런 날은 오겠지만 무엇이 B로 하여금 그토록 조급하게 만들었을까를 헤아렸다. 자궁을 비운 그때가 B의 여동생 결혼시기와 맞물려 있었다.

어쨌거나 다시는 그런 경험을 하지 말자고 배고픈 약속을 한 지가 겨우 몇 개월이 지났는데 B의 몸에 문제가 생긴 것이다. 눈에 띄게 수척해지던 B가 다시 병원을 찾은 것은 두어 달 전이었건만 배꼽 아래쪽의 문제라 자세한 것은 들은 바가 없다. 그러나 지금에 와서 조직검사라니, 왠지 불길한 느낌을 떨칠 수가 없는 것이다.

고개를 저었다. 앉은뱅이책상 앞에 가부좌를 틀고 앉은 채 고개를 저었다. 그 바람에 손가락에 꽂혀 있던 담뱃재가 책상 위로 툭 떨어졌다. 감정관리를 방만하게 해서는 안 된다. 끝없이 다독거려야 하는 게 불길한 곳으로 치닫는 상상이다. 제때 다독거리지 못하고 더듬다가는 오줌보처럼 탱탱하게 부풀고 급기야 팽창력을 이기지 못하고 찔끔거리거나 바짓가랑이에 싸버리는 우를 범하게 될 것이다. 불길한 상상도 분명히 주물럭거리면 커지는 물건이다.

어제 저녁에는 B를 만나기로 되어 있었다. B는 수업을 마치고 병원에 들렀다가 저녁 시간에 맥향으로 오겠노라고 했다. 약속시간에 맞추어 맥향으로 가다가 걸음을 돌린 것이다. 그러곤 하행선 열차에 몸을 실었다. B의 진찰결과는 궁금했지만 도저히 그 기분을 위장한 채 활짝 편 얼굴로 마주할 자신이 없었다. 나란 인간도 양심은 조금 있어서 미용실에 들러 머리를 왕창 밀어버리면서 맥향에서 하염없이 기다릴 B를 잠깐 생각했었고 측은한 생각이 들기도 했다. 그녀는 불 꺼진 자취방까지 확인하고 휴대폰에 몇 개의 문자 메시지를 남기고 돌아갔을 것이다.

살다 보면 참으로 웃기는 일이 발생한다는 사실을 이제야 깨달았다. 그런 시험에서 떨어지다니, 그건 정말 말도 되지 않는다. 어떤 시험이건 책상에서 볼펜으로 치르는 시험이라면 한 번도 떨어져 본 적이 없었다. 결과를 확인하고 껄껄 웃었다. 집배직, 즉 우체부가 되는 시험에 내가 떨어지다니 그건 정말로 말도 되지 않는다. 하지만 어제 PC방에서 체신부 홈페이지에 확인한 결과 놀랍게도 엄연한 사실이었다. 아무리 삼십대 일의 경쟁이라지만 나의 수험번호가 빠지리라고는 상상을 못했다. 귀족적 쾌락이라고 했던가? 오히려 시험에 붙으면 어쩌나? 정말 시답잖은 우체부가 되는 건 아닌가 하고 쾌락적인 갈등을 느꼈다. 그러다가도 청소부 자리도 불사했던 B가 있는데 집배직이면 어떤가, 일단은 붙어놓고 우편배달부가 되든 우체국장이 되든 결정하자는 속셈으로 치른 시험인데 갈등의 여지도 없이 떨어진 것이다. 결국 엔터키 한 번 눌러보니 찬란했던 귀족적 쾌락이 처참하게도 거지의 고통쯤으로 일그러져 있더란 얘기다. 집배직 시험에 응시한 사실을 아무도 모른다. 물론 B도 모른다. 아무도 모른다는 사실에 위안을 느끼며 책상서랍의 검정색 매직 뚜껑을 열어 그것을 재떨이 삼아 담배를 껐다. 그러고는 매직으로 책상 위에 큼직한 괄호를 그렸다. 나에게도 분명히 괄호는 있다.

말라버린 줄 알았던 매직은 특유의 휘발유 냄새를 풍기며 의외로 진하고 큼직한 괄호를 책상 위에 남겼다. 책상 위에 그려진 괄호가 자신이 지닌 괄호라 생각하며 그곳에 포함될 수 있는 단어들을 떠올렸다. 서른둘, 철학과, 아이엠에프, 실직, 어머니와 농공단지, B의 자궁, 바람, 집배직, 집배직을 생각하다가 그 단어는 아무래도 자신의 괄호 속에 포함시킬 수 없는 단어라고 생각하며 우체부라고 괄호 속에 적어 넣고는 글씨 위에 힘을 주어 가위표를 그렸다. 그때 바람벽에 걸린 괘종시계가 세 시를 알리며 둔탁한 금속성 음을 세 번 남겼다. 그렇다. 이 순간에도 시간은 흐르고 있는 것이다. 시간은 무엇일까? 시간을 생각하자 나의 두뇌는 빠르게 움직이기 시작했다. 결국 나는 시간에 쫓기면서 또 시간을 쫓아 빠르게 움직이고 있었다. 어렵사리 시간은 존재하는 모든 것을 퇴색시킨다는 답을 찾아낸다. 이렇게 흘러가는 순간 순간의 연결로 서른두 해를 살았다. 아니, 읽을 수는 없지만 이미 정해진 시간, 즉 자신에게 주어진 괄호의 끝으로 순간 순간의 연결, 그 째깍거림으로 다가가고 있는 것이 아닐까? 시계를 올려다보며 부숴 버리고 싶은 충동을 억제하느라 잠시 치를 떨었다. 저 시계바늘에 밧줄을 한쪽 끝을 묶고 다른 한 가닥으로 올가미를 만들어 자신의 목에 걸어보는 상상을 한다. 시계바늘이 돌면 밧줄이 자꾸만 감기고 결국은 째깍거리는 시간을 앞질러 괄호의 끝에 다다르게 되는 것이다. 그동안 참 많은 것들이 퇴색되어 왔는데 한순간에 괄호의 끄트머리까지 치달으면 어떤 빛깔이 될까? 시간 앞에는 장사가 따로 없는 것이다. 그렇다. 난들 별수 없는 것이다. 빛깔에 대해서는 아무런 답도 찾아내지 못하고 복잡해진 머리를 흔들며 한숨과 함께 어디로 향하는지 모를 욕설을 뱉어냈다.

씨바, 참 죽겠네.

담배를 빼물었다. 서른둘이, 잘 익은 나이라는 걸 안다. 그러나 잘 익은 나이란 그 나이에 걸맞는 짓거리를 할 적에 쓸 수 있는 말로 국한시킨다. 잘 익은 서른둘. 그 괄호가 지닌 것들은 어떤 것일까 생각하며 괄호를 그렸다. 이번에 괄호를 그린 곳은 책상이 아니라 바람벽이었다. 벽에다 유성매직으로 커다란 괄호를 그린 것이다. 도배지에 낙서를 하면 안 된다는 집안의 기초질서를 망각한 채 오로지 괄호에만 집착하고 있었다. 서른둘의 괄호에 넣을 수 있는 것들을 생각했다. B와의 신혼. 아니 B를 버리고 D와의 신혼. 경제적 안정, 보장받는 직업, 승진, 어린 자식, 집 장만, 뭐 그런 따위를 생각하다 고개를 저었다. 제기랄, 나에게 해당되는 사항은 아무것도 없는 것이다. 현재는 해당사항이 없지만 현재까지 오는 동안은 당연히 그렇게 되리라고 생각했던 사항들이다. 나이는 잘 익었지만 나는 설익었다. 자꾸만 처지는 기분을 억제하지 못하는 오늘 같은 날, 잘 익은 서른둘의 괄호는 여백으로 남겨두어야 할 것이다.

다른 괄호를 그렸다. B를 떠올리며 그린 괄호다. 거기에 들어갈 말들을 생각해 보았다. 서른한 살, 노처녀, 기다림, 언젠가 당할 배신, 미술학원 강사, 소박한 꿈, 낙태 경험까지 생각하다가 기어이 B의 배꼽 아래 지녀야 할 생산능력의 안위가 궁금해졌다. 물론 평생 함께 살겠다는 생각은 없지만 병원에서 어떤 진단 결과가 나왔을까 궁금해졌다. 결과가 나쁘다면 B가 과연 이겨낼 수 있을 것인가? 나의 생각은 상당히 오랫동안 B에게서 서성이고 있었다. 얼마나 더 기다림이란 이름의 동아줄을 잡고 팽팽히 버틸 것인가? 시간에 의해서 그 기다리겠다는 의지마저도 분명히 퇴색될 것이지만 알 수가 없다. 그게 언제일는지. B에 관한 한 모든 게 물음표로 끝나는 말뿐이다.

담배를 물고 벽에 다른 괄호를 그렸다. 어머니의 괄호였다. 그 아래 아버지의 괄호도 그렸다. 그리고 그곳에 포괄시켜야 할 말들을 떠올리다가 괄호를 그리기 시작했다. 천하만물상이라는 철물점의 괄호, 철학과의 괄호, 괄호가 지닌 괄호, 실업의 괄호, 아이엠에프가 던져준 괄호, 그리면 그릴수록 괄호의 의미는 확대되고 또 확대된 괄호가 겹쳐지고 급기야 바람벽 한쪽은 온통 괄호로 가득했다. 잔뜩 그려놓고 보니 괄호들이 날아가고 있었다. 두 개씩 연결된 괄호는 흡사 갈매기의 날개였다. 어머니의 괄호는 아버지의 괄호와 맞물려 날아가고 자신의 괄호는 B의 괄호와 조금 떨어진 곳에서 너울거리고 있었다. B의 얼굴을 그려보았지만 갑자기 그녀의 얼굴이 떠오르지 않았다. 아무리 기억하해도 갑자기 B의 얼굴이 기억에서 뿌옇게 지워지고 없는 것이다. 그렇다. B는 이미 괄호 밖으로 날아갔는지도 모를 일이다. 그렇다면 나도 날아갈 수 있을 것이다. 최소한 나를 가두고 있던 괄호만 없어진다면. 그렇게 생각하는 순간 괄호가 날기 시작했다. 괄호가 날아가는 것이다. 그래! 드디어 날개를 단 것이다. 아니다. 괄호가 날개를 단 것이 아니라 갈매기로 둔갑한 것이다. 너울너울 날긴 하는데 뭔가 허전한 것이다. 그렇다. 그 갈매기의 울음이 없었다.

끼룩끼룩. 끼룩 끼룩?

목청을 돋워 담배연기와 함께 갈매기의 울음을 뱉어 보았다. 울음소리를 들었음인지 벽에 그려진 갈매기들은 더욱 세차게 날갯짓을 하는 것이다.

그래 날아라! 끼룩 끼룩.

날아가는 갈매기마냥 어깨까지 들썩이며 끼룩끼룩 갈매기의 울음소릴 뱉어내며 더 많은 갈매기를 그려 넣었다. 끼룩끼룩. 방 안에는 갈매기의 날갯짓과 울음소리로 가득했고 드디어 나도 갈매기를 따라 비상을 시도하고 있었다.

끼룩끼룩 날으려는 순간, 누군가 나의 발목을 잡은 것이다.

야! 이 자식아, 너 지금 뭐 하는 거야? 대가리 꼬라지는 왜 그 모양이야?

아, 아버지!

메리야스에 잠옷을 걸친 아버지가 형광등이 눈이 부셔서인지 아니면 잠이 덜 깨서인지 눈을 잔뜩 찡그린 채 방 안을 훑어보고 있었다. 나는 날갯짓과 울음소리를 멈추었다.

이 새끼 이거 완전히 돌았구먼, 돌았어! 너 임마 술 처먹었어?

돌다니요? 아버지! 저는 돈 것도 아니고 술에 취한 것도 아닙니다. 괄호에 대해서 철학적인 분석을 하고 있는 겁니다. 시간은 결코 괄호 속에 머물지 않는다. 시간은 존재하는 모든 것을 퇴색시키기 위해 존재한다. 아버지! 이게 철학이라구요, 철학.

눈을 착 내리깔고 철학을 들먹였다.

철학 같은 소리 하구 자빠졌네, 이 자식이! 애비 앞에서 담배를 꼬나물고 있는 놈이 안 돌았다면 어떤 놈이 돌았다는 거야? 담배나 빼 이 자식아. 담뱃값도 못하는 주제에.

너무 무시하지 마시라구요. 괄호가 없어지고 날개를 달면 이깐 담뱃값이 대수겠어요?

입술에 꽂힌 담배를 빼서 아버지의 어깨 너머 철물점 바닥으로 휙, 던지며 소릴 질렀는데 성질만은 여전한 아버지의 손길이 느닷없이 면상을 향해 날아왔다. 눈에 번갯불이 철썩거릴 때, 확인사

살과도 같은 아버지의 일갈이 날아왔다.

　햐! 이 새끼 이거 돌았구만, 완전히 돌았어. 야이, 미친 자식아! 정신 차려라, 정신 차려. 대가리는 꼭 오입하러 내려온 중놈 꼬라지를 해가지구.

　아버지의 목소리를 들으며 나는 내 빡빡머리 아래, 이마빼기에도 갈매기를 그릴 것이라고 생각했다.

# 달마에겐 아내가 있었을까

청뚜〔成都〕 공항을 출발하기 전부터 입 안에 맴돌던 말이 있다.

달마에게 혹시라도 숨겨둔 아내가 있었을까?

곱씹어 보면 감칠맛은 있을지 몰라도 영양가는 지독히도 없는 말이었다.

달마는 서쪽으로 갔고……

아내도 달마가 향했던 서쪽으로 따라갔을까?

비행기에 오르면서도 머리 속에는 그런 부질없는 의문이 들끓고 있었던 모양이다.

잡념.

정확하게 표현하자면 잡념이다. 그 잡스런 의문들은 기어이 말로 직조되고 만 것이다.

나도 모르게 '달마에겐 아내가 있을까?' 라고 혼잣소리로 찔끔 흘려놓고 옆 좌석에 앉은 승객의 눈치를 살핀다. 젠장…… 가끔 이렇게 혼잣소리로 중얼거리는 버릇이 생겼다.

그렇다. 버릇은 이렇게 생기는 것인가 보다. 아내를 보내고 난 다음에 생긴 버릇이다. 아무도 없는 거실이나 화장실의 변기 위에 앉아서, 헛기침일지라도 인기척이라도 내지 않으면 밀려드는 적요를 감당할 수가 없을 때가 있다. 아내의 빈자리가 적요로 채워진 것일까? 너무나 조용하여 가위에 눌릴 때면 혼잣소리를 한다. 아니, 말을 찔끔 흘리는 것이다. 그게 유행가 가사이든 욕설이든, 지껄여놓고 곱씹어보면 계면쩍기 짝이 없는 말의 파편들이다.

밑도 끝도 없는 중얼거림을 들었는지 못 들었는지 옆자리에 앉은, 매부리코의 몽골계 여자는 눈을 감고 있다.

기류에 의해 기체가 약간 요동을 친다.

티베트의 라사Lhasa로 날아가는 중국민항 4402호기의 E열 27번 좌석.

기체 밖으로 눈길을 던지지만 눈에 잡히는 건 겨우, 발 밑에 뭉게뭉게 흘러가는 구름과, 줄기차게 따라오는 비행기의 커다란 날개뿐이다. 저렇게 강한 햇빛이 내리쬐는 기체 밖의 기온이 영하 오십 도가 넘는다니 믿어지지 않는다. 발 아래로 아득히 중국대륙이 펼쳐져 흐른다는 상상과 좌석 전면에 박힌, 시시때때로 변하는 모니터의 항로를 제외한다면 단조롭고 따분하기 그지없는 여행이다.

다시 눈을 감는다.

달마는 면벽 구 년간 무엇을 구했는가?

정확한 방향설정을 하지 못해 이리저리 펄럭이던 나의 상상은 또 달마에게 코드를 맞추고 있다. 모를 일이다. 오늘은 왜 자꾸 달마가 들먹거려지는지. 이런 황당하기 짝이 없는 물음의 답은, 내 안에서 구하든가 아니면 나중에라도 달마를 만나면 직접 물어야 하는 성질의 것이지만, 어떻게 생겨먹었는지 나는 그게 되지 않는 것이다. 생각하면 뇌리를 지배하고 있는 황당무계한 의문이 한둘이 아니다.

아내를 보내고 나서 공황장애에 시달리다가 정신과를 찾았을 때, 내가 의사에게 던진 첫 번째 질문이 무엇이었던가.

'선생님께서는…… 예수라는, 어르신께서 십자가에 못 박혔을 때 가장 먼저 떠올린 말이 무어라고 생각하십니까?'

병원으로 가는 동안 그게 몹시 궁금했던 모양이었다.

처음 보는 의사에게 인사도 생략한 채, 목젖까지 차 오른 궁금증을 여과의 과정 없이 그대로 쏟아놓은 것이다. 의사도 그 질문에 대해서 명쾌한 답은 지니고 있질 못했다. 어쩌면 명쾌한 답을 요구하고 있었던 게 아니라 그냥 내 안에 든 것을 쏟아놓는 것에 만족하고 있었는지도 모르겠다. 뜬금없는 질문에 당황하기보다 나의 정신상태가 중증임을 확신하는, 지극히 의사다운 눈빛을 읽고 보니 예수가 떠올린 말이 전혀 궁금하지 않았다.

　지극히 불안한 정서를 지닌, 내 상상력이 엉뚱한 코드로 접속되기 시작한 것은 아마도 지난 가을이었지 싶다. 그날은 아내의 사십구재 하루 전이었다. 스님의 말대로라면, 죽은 아내가 더 이상 이승의 구천을 떠돌지 않고 사바 세계인가 열반의 세계로 가야 할 날이 바로 다음날이었다. 이제는 정말 보내야 한다는 사실이 서글퍼져, 긴 이별 앞에 죽은 아내와 하룻밤이라도 같이 머물고 싶은 생각에서 가을 석양을 받으며 하루 먼저 절에 올라간 것이다.

　그날 밤 스님들과 함께한 저녁예불을 마치고도 나는 냉큼 법당을 빠져나오지 못했다. 죽은 아내를 위한 천도의식을 마치더라도 아내를 기억 속에서 떨쳐버릴 수가 없을 것 같은 생각이 막연하게 들었다. 산 자는 죽은 자를 영원히 기억해야 하는가. 나에게 있어서 아내의 기억이란 어쩌면 형벌과도 흡사한 것이다.

　기억으로부터의 자유.

　법당에 홀로 앉아 떠올린 화두는 그것이었다.

　기억이 지닌 어떤 영역이 있다면 나는 새가 되어 그 영역을 탈출하며 자유를 찾을 거라는 생각을 했다. 늦도록 법당에 앉아 집요하게 물고 늘어진 화두 끝에 결국 나는 새가 되는 환상을 맛보며 너울너울, 주지스님의 방으로 날아들었다.

　그때가 새벽 두 시쯤이었던가, 그렇다면 네 시간 동안이나 불이 꺼진 법당에 가부좌를 틀고 앉아 새가 되는 환상에 사로잡혀 있었다는 얘기인데, 인간이 지닌 정신세계는 네 시간 만에 뒤집어질 수도 있다는 걸 뒤늦게 깨달았다. 그 밤중에 주지스님을 깨워 내가 날개를 지닌 새로 환생하는 방법이나 아내에게 날개를 달아 내 기억으로부터 날아가게 만드는, 그런 황당한 원력을 요구했던 것이다. 주지스님은 날이 밝으면 일러주겠다고 했던 다음날, 아내의 사십구재에 참석지 못하고 병원으로 실려간 것이다. 그리고 내리 사흘 밤낮을 잠으로 보냈다.

지금은 많이 좋아졌다고 하지만, 가끔 답을 구하기 어려운 물음 속으로 들어가 혼자 미로에 갇히게 된다. 그걸 알면서도 나는 지금 몹시 궁금하다. 달마에게 숨겨둔 아내가 있다면 그 아내도 달마를 따라 서쪽으로 갔을까?


비행기가 다시 요동을 친다.

기류의 변화가 잦은 모양이다.

잠이 든 줄 알았던 매부리코의 여자가 비행기의 흔들림에 목을 빼고 기체 밖을 살핀다. 기내 방송에서 스튜어디스의 멘트가 중국어로 흘러나온다. 아마도 기류 탓이니, 안심하라는 얘기겠지.


아내는 대형 할인점에서 많은 시간을 보냈다.

살아 있을 때는 그랬다는 얘기다.

내가 출근하고 난 낮 시간이면, 집에서 보내는 시간보다 대형 할인점에서 보내는 시간이 더 많았다. 꼭 물건을 사기 위해 그곳에 가는 것이 아닌 듯했다. 가끔 집으로 전화를 하면 받지 않아 휴대폰으로 다시 전화를 걸면 아내는 말했다.

"이마트예요. 그냥 서점에서 책을 보고 있어요. 물건 사러 온 게 아니라니까…… 시원하고 좋잖아요."

남는 시간에 윈도쇼핑을 즐기면서 시원한 그곳에서 독서를 즐기는 지혜를, 아내는 지니고 있다고 생각했다. 물건을 사지 않고 에어컨 바람만 쏘이는 얌체족이었던가. 그런 말에는 지금도 동조할 수가 없다. 가끔씩 필요한 물건은 그곳에서 구매를 한다는 얘기다. 눈으로 보지는 못했지만 아내는 하나의 물건을 사면서 몇 번씩 들었다 놓곤 하는 모양이다. 그렇게 선택한 물건도 집에 와서 바로 장롱서랍에 집어넣는 게 아니라 머리맡에 두고서 자다가도 보고, 생각이 바뀌면 그 다음날 바로 바꾸어 오는 것이다.

여기…… 이 부분이 연두색으로 되었다면 더 예뻐 보이지 않겠어?

자다가 깨어나 앉아 그런 소리를 하는 다음날이면 어김없이 그 지적한 부분이 연두색으로 바뀌는 것이다. 그렇게 애착을 가지고 고르고 골라서 사는 물건들이 아내의 욕구를 충족시키기에는 적합한지 몰라도 내가 보기엔 전혀 쓸모 없는 물건들이었다.

아내가 하나씩 사서 장롱서랍에 채워 넣는 물건은 주로 출산용품이다.

아내는 서점이라고 전화를 받는 그 시간에도 더러는 출산용품 가게를 들락거리고 있었는지도 모르겠다. 하얀 배냇저고리, 앙증스런 양말, 모자, 침흘리개, 햇빛 가리개, 아기 이불, 요람, 물건의 이름마저도 나열하기 어려울 정도의 아기자기한 물건들이 아내의 장롱서랍에 쌓여가지만 정작 그 물건의 주인은 구 년간이나 아내의 뱃속에 잉태되지 못했다.

신혼 초부터 아내는 전업주부였다.

피임 같은 건 해본 적이 없다는 얘기다. 아내에게 대놓고 말한 적은 없지만 나는 아이를 갖는다는 걸 포기했다. 하지만 아내의 집착은 그게 아니었다. 사온 물건들이 맘에 안 든다며 다시 바꾸면 좋겠다고 머리맡에서 물건을 만지작거리고 있으면 나는 버릇처럼 말했다.

너무 초조해하지 마, 십 년이 넘어서도 들어선다고 하잖아?

그런 말을 하면 아내는 바로 아랫입술을 깨물고 고개를 숙이곤 했다. 그러던 아내가 임신을 한 것이다. 그 사실을 아내는 몰랐을 것이다. 생각하면, 아내의 죽음보다 임신 사실을 아내가 몰랐다는 게 더 큰 슬픔이다.

아내의 몸은 고장이 아니었다. 고장이라면 항상 엉뚱한 곳으로 치닫는 상상을 하던 아내의 정신과 도무지 열릴 줄 모르던 입이 고장이었다. 작년 팔월이니까 정확히 구 년 이 개월 만의 잉태였다. 아내를 부검한 의사는 녹색 마스크를 빼면서 나에게 물었다.

혹시 부인이 임신하셨다는 걸 알고 계셨습니까?

나는 너무나 뜨악해서 의사에게 되물었다.

누구 말입니까? 우리 마누라, 아니 죽은 나의 아내가 임신 중이었습니까?

이 개월쯤 되었습니다.

차갑지만 확신에 찬 그 말은 차라리 안 들어도 좋을 소리였다.

설마 여자가 자신의 임신 사실을 몰랐을까? 그렇게 자신의 자궁이 궁금하고 그곳에 귀를 기울이던 여잔데 자신의 몸에서 들려오는 소리를 못 들었을까? 그 점이 믿어지지 않아 아내가 평소에 자주 다녔던 출산용품가게를 찾아간 적이 있다.

그렇다면 상상 임신인 줄 알았을 거예요. 제가 알기로도 몇 번 상상 임신을 경험한 걸로 알고 있는데……

가게 주인이라는 아내 또래의 여자는 말을 잇지 못하고 입술을 깨물었다.

아내는 말수가 적은 편이었다.

그럼에도 불구하고 집에는 온통 아내의 목소리가 박혀 있었다.

내가 집을 처분한 첫 번째 이유가 집 안 어디에서고 들려오는 아내의 목소리 때문이었다. 아내의 목소리는 수시로 들려온다. 위층의 아이들이 쿵쿵, 거리며 뛰어다니면 아내는 말한다. '위층의 아이들은 참 별나죠?' 선명하게 들리는 아내의 목소리에 놀라 돌아보면 아내는 없다. 변기의 물 내리는 걸 깜빡하고 있다가 다시 욕실에 들어가 그 변기를 봤을 때, 어김없이 아내의 목소리가 들려온다. '이러니까 온 집 안에 냄새가 나잖아요' 아내의 목소리는 늘 그런 식으로 따라다녔다. '식사하면서 거 신문 좀 보지 마세요' '베란다 창을 열고 담배를 피우세요' 아내는 집 안 곳곳에 생생한 목소리를 박아두었다.

견디다 못해 집을 팔려고 부동산에 내어놓았다. 집뿐만 아니라 아내의 목소리까지도 함께 내어놓았다. 시세보다 싸게 내놓은 매물의 새 주인은 일주일 만에 나타났다. 나는 집을 넘기면서 아내의 목소리까지 덤으로 얹어 주었다.

집이 팔렸다는 걸 어떻게 알았는지 빚쟁이들이 몰리기 시작했다. 죽은 아내의 빚이었다. 밝혀지는 대로 빚을 청산하고 집을 구입할 적에 받은 융자를 갚고 나니 남는 돈은 없었다. 남은 게 있다면 아내에 대한 의문이었다. 말수가 적어 사람들과 별로 어울리는 걸 본 적이 없는데, 아내는 어떻게 그 많은 돈을 빌릴 수가 있었을까? 빚쟁이가 찾아오면 갚아야 할 액수보다 어떻게 그 사람을 알게 되었는가 하는 문제가 더 궁금해져서 찾아온 사람을 앉혀놓고 한나절씩이나 이런저런 얘기를 나누었다.

아이를 갖기 위해 인공수정에 돈이 든다고 빌려갔다는 설도 있고, 시아버지가 편찮아 수술비로 빌려갔다는 말도 있지만 어느 것 하나 인정할 수가 없었다. 인공수정 같은 건 마음먹어 본 적도 없고 시집오는 날부터 아내의 시아버지는 존재하지 않았기 때문이다. 그들의 말 중에서 인정할 수 있었던 건 아내가 순수하고 착하더라는 인사치레에 불과한 말이었다.

어쨌건, 돌이켜보면 아내는 그 빚을 갚기 위해 무던히 노력을 쏟아 부었다. 이쪽 돈을 빌려서 날짜가 되면 저쪽으로 갚고 저쪽 사채를 빌려 약속한 날이 되면 다른 쪽으로 돌려 갚곤 했으니, 청산을 위해 노력한 게 아니라 빚을 키우느라고 분주했던 것이다.

그렇게 돌려 막는 방법으로는 빚에서 헤어날 수 없다는 걸 아내도 몰랐던 게 아니다. 그 정도로 맹한 여자는 아니니까. 그래서 시작한 게 복권이었을 것이다. 언젠가 화장대 옆 쓰레기통에서 찢어진 복권을 한 줌씩이나 발견하고 아내에게 물었다.

웬 복권이야? 돈이 왜 필요한 거야? 내가 좀 줄까?

그 말에 아내는 발그레하게 상기된 얼굴로 웃으면서 대꾸했다.

당첨되면 당신 차 바꿔 줄려구요.

선녀표였다. 천사의 무늬가 선명한 얼굴빛과 목소리를 지닌 아

내에게 어떻게 숨겨진 채무가 있다고, 독촉에 시달리는 빚이 있다
고 상상이나 했겠는가.

복권이 당첨될 확률은 지극히 묽다. 아내도 그런 확률쯤이야 진
작에 계산하고 있었을 것이다. 그래서 확률이 높은 쪽으로 눈을
돌린 것이다. 나의 휴대폰으로 돈을 구하는 문자메시지를 보낸다
는 것은 돈을 손에 거머쥘 확률이 복권에 비한다면 몇 배 되는지,
숫자에 아둔한 내 머리로는 계산이 불가능하지만 아내는 그것마
저도 계산에 넣었는지 모르겠다.

-부인의 목 값으로 삼천만 원 준비할 것-

첫 번째로 날아온 메시지다.

그때 나는 창고에서 출하에 누락된 품목들을 체크하고 있던 중
이었다. 당연히 사무실이나 나를 잘 아는 누가 장난을 치는 줄 알
았다.

뭐야? 어떤 개 아들녀석이 이 따위 장난을 하는 거야? 바빠 죽
겠는데…….

누구에게인지 모를 욕지거리를 내뱉으며 메시지를 지워 버렸
다. 그리고 하던 일을 계속하고 있었지만 수량체크가 제대로 되지
않는 것이었다. '목 값'이라는 말이 자꾸 걸렸기 때문이다. 재고
장부를 신경질적으로 덮고 사무실로 돌아와 집으로 전화를 했다.
삼천만 원짜리 목 값을 지닌 여자는 전화를 받지 않았다. 휴대폰

으로 다시 전화를 했다. 휴대폰은 꺼져 있었다. 번호를 잘못 눌렀나 싶어 다시 걸었지만 마찬가지였다.

혹시 택시라도 잘못 탔다가 정말 납치된 것이 아닐까?

그럴 리가 없다. 납치범들이야 사전에 범죄대상을 물색하면서 집안 사정을 다 알 터인데, 나 같은 서민이 그 대상으로 선정될 리가 만무하지. 범행대상이 한 번이라도 되어 봤으면 싶구먼. 있어 보여서 나쁠 것도 없지!

말이 씨가 된다고, 그렇게 마음을 다잡기가 무섭게 두 번째 메시지가 날아왔다.

-경찰서 신고 순간 여자 죽는다-

하! 이거 장난이 아니네. 메시지를 확인하고 장난이 아님을 확신하는 순간, 섬뜩했다.

그 이후부터 날아오는 메시지를 확인하며 나는 맑은 정신을 지니기 힘들었다.

다시 날아온 메시지는 다섯 시 정각에 다시 연락하겠으니 돈을 준비하라는 것이고, 다섯 시 오 분에 날아든 메시지는 일곱 시 정각까지 H역 2층 여자 화장실 쓰레기통에 쇼핑백에 담은 돈을 넣어두라는 것이었다. 그러면 아내를 여덟 시에 풀어주겠다는 것이었다.

모든 지령은 깔끔하게 문자 메시지로 전달되었다.

거역하지 못할 지령을 받으면서도 혹시나 싶어 짬짬이 집 전화와 아내의 휴대폰을 두드렸다. 전화는 여전히 꺼져 있고, 불길하기 짝이 없던 시간이었다. 같이 사무실에 있던 추 대리가 초동 수사의 허점을 주워섬기며 경찰서에 신고를 했다.

추 대리가 경찰서에 신고하는 것을 보면서 만약 아내가 잘못되면 추 대리를 가만두지 않겠다고 마음먹었다. 그러면서 어디에서 삼천만 원을 구할까, 궁리를 하느라 나의 머리는 바쁘게 돌아가던 오후였다. 그 당시 시간만 넉넉하다면 삼천만 원을 구하는 방법은 그리 어려운 것도 아니었다. 시간만 넉넉하다면 들어가던 적금을 해약하고 모자라는 얼마는 적당한 곳에서 둘러대서 갖다바치고, 아내를 돌려 받으면 좋으련만 젠장맞을, 시간이 촉박했던 것이었다. 돈을 구했으면 나는 분명, 경찰서가 아닌 역의 여자 화장실로 갔을 터이지만 돈을 구하지 못한 관계로 순찰차를 타고 경찰서로 갔다.

차를 타고 가면서 강력계 형사의 손을 붙들고 아내를 다치지 않게 해달라고 당부를 했었고 또 그게 미덥잖아 기도를 했다. 아내가 무사하고 범인이 빨리 잡히게 해달라고 하느님에게 기도를 드렸다. 형사들은 염려 말라며 위로했지만 크게 위로가 되지 못했고 하느님은 내 기도를 금세 들어주었다.

범인은 다섯 시 반을 넘기지 못하고 잡혔다.

하느님께 기도 드린 대로 아내는 무사했다. 물론 범인은 아내였기 때문이다. 경찰서에서 벌인 휴대폰 위치 추적결과 범인이 있는 곳은 바로 우리 집이었고, 형사들은 범인을 잡은 것이 아니라 집에서 데려온 것이다. 아내는 집 전화의 수화기를 내려놓은 채, 휴대폰으로 문자를 날리고는 휴대폰을 끄고 또 필요한 시간에 문자를 날리고 휴대폰을 꺼버린 것이다.

경찰서에서 조서를 꾸미는 동안, 아내는 울먹이며 말했다.

아기를 갖고 싶은데 들어서지도 않고, 저이가 혹시 나를 싫어하는 게 아닌가 시험해 보고 싶었어요.

아내에겐 아이가 들어서지 않는 것이 권력이고 무기였다. 그 무기를 불법으로 사용하여 남편으로부터 자신을 향한 사랑을 확인하고 싶었다고 울먹이는 데는 할 말이 없었다. 사랑을 확인시켜 주는 방법밖에는.

아내의 울먹임은 너무나 크게 벌어진 현실 앞에서 온전한 정신을 가누지 못하는 나를 끌어다가 조서를 꾸미는 경찰 앞에 세우기에 충분했다. 경찰에게 아내의 장난이었을 거라고 했다. 그게 아내가 사랑을 확인하는 방법이고 내가 확인시켜 주는 방법이 아니던가. 시험 삼아 그럴 수 있는데 저 멍청한 추 대리가 경찰서에 신고를 하는 바람에 문제가 이렇게 커졌다고 했다.

납치 자작극으로 처벌의 대상이었으나 아내의 순진하고 무구하게 생긴 외모가 크게 한몫을 했고 집에서 전화를 했다는 점이 참 작되어 '혐의 없음'으로 분류되어 훈방조치가 된 것이다. 참말이지, 민주경찰의 현명한 판단이었다. 아니, 아내가 무사하기를 빌었던 기도 덕분이었을 것이다.

아내는 훈방으로 풀려났고 추 대리만 형사의 말마따나 별것도 아닌 것을 가지고 신고나 해대는 '등신쪼다'가 된 오후였다.


구름을 뚫고 올라온 비행고도가 얼마나 될까?

햇살이 너무나 강렬해 비행기의 은빛 날개에 반사되는 빛만으로도 눈이 부실 지경이다.

차광 가리개를 내리면서 기체 밖으로 던져놓았던 눈길을 거두었다.

아내를 너무 오랫동안 생각해서 그렇게 보이는 건가. 아내만큼이나 미끈한 몸매를 지닌 스튜어디스. 그래, 그 스튜어디스가 매부리코 여자의 어깨를 가볍게 흔든다. 그리고 기내식으로 뭘 먹을 거냐고 중국어로 묻는다. 여자는 잠결에서라도 준비하고 있었다는 듯이 거침없이 빵과 콜라를 주문했다. 나는 비행기를 타기 전, 청뚜의 국내선 청사에서 늦은 아침으로 만두를 먹었기에 별 생각은 없었지만 같은 걸로 달라고 여자를 가리키며 '쌤'이라고 짤막하게 말했다.

몸매만큼이나 미끈하고 재빠른 눈치를 지닌 스튜어디스는 금방 알아듣고 빵과 콜라 한 잔을 내 자리 앞에 선반식탁에 얹어주었다. 버터를 바르지 않은 채, 빵을 반으로 분질러 입으로 가져가면서 티베트에서 아직도 성행하고 있는 조장鳥葬을 떠올렸다.

티베트의 사람들은 승려가 죽으면 화장을 하지만 일반 중생이 죽으면 조장을 한다. 죽은 사람을 메고 높은 산 위에 올라가 바위 위에 눕혀놓고 망자의 영혼을 하늘로 보내는 의식을 치르고는 시신의 살점을 잘게 썰어 독수리가 쪼아먹기 쉽도록 바위 위에 펼쳐 놓는다. 그렇게 의식을 치르는 동안 굶주린 독수리 떼가 주변의 바위 위에 앉아 조용히 기다린다. 며칠 후 사람들은 독수리가 알뜰히 쪼아먹은 시신의 유골을 수습하여 주변 바위 위에 유골의 성을 쌓는 것이다. 조장을 하는 사람들은 독수리가 알뜰히 쪼아먹을수록 망자가 극락왕생했다고 믿는 것이다.

내가 왜 갑자기 조장을 떠올렸을까, 되짚어보니 매부리코의 여자가 빵을 펼쳐놓고 엄지와 검지를 이용해 새의 부리처럼 만들어 빵을 쪼아 입으로 가져가고 있었다. 길고 날카로운 여자의 손톱을 보고는 시신의 살점을 쪼아대는 독수리의 부리를 연상했던 모양이다.

언젠가 아내와 침대에 비스듬히 누워 TV의 무슨 다큐멘터리를 본 적이 있다. 그 프로에서 티베트의 조장을 다루고 있었는데 한

참 TV에 정신을 팔고 있던 아내가 말했다.

저런 곳에서 죽었으면 참 좋겠다.

뭐야? 독수리 밥이 되고 싶다는 얘기야?

아니, 저 경치 좀 봐요. 바위틈에 꽃하구…… 하늘빛…… 얼마나 아름다운 나라예요?

내가 화면으로 눈을 던졌을 땐 이미 앵글 각도가 바뀌어 있었다. 아내가 본 건, 모자이크로 화면처리가 된 그 사람들의 조장의 식이 아니라 티베트의 하늘과 프로의 배경으로 비치는 바위산의 절경이었다.

반 잔의 적색와인이 콜라 옆에 얹혀졌다.

올려다보니 몽골계의 스튜어디스가 승객에게 와인을 따라 주고 있었다.

내가 와인을 주문했었던가.

기억이 없다.

아내의 유골함을 열었다.

지난 늦여름에 화장하여 납골당에 안치했던 것이다. 사흘 전, 납골당 앞 풀밭에 앉아 아내의 뼛가루를 두 개의 커피 병에 나누어 담고 테이프로 밀봉했다. 커피이거나 미숫가루로 보이기 쉬운 그 병은 지금 내 머리 위, 비행기 수납장에 실려 있는 배낭에 들어 있다. 쉽게 말하면, 나는 지금 죽은 아내와 동행하여 티베트로 향하고 있는 것이다.

　아내는 해바라기였다.
　내 눈에 아내는 꽃봉오리가 무거워 늘 숙이고 있는 해바라기처럼 보였던 것이다. 사소한 문제들을 안고 가지만 가만히 짚어보면 나름대로 참신한 꽃봉오리를 아내는 피우고 있었다. 그날이었다. 해바라기의 꽃대가 꺾이도록 찬물을 끼얹은 사건이 발생한 것이 아내가 납치 자작극을 벌이던 바로 그날이었다.
　지금부터 그를 두고 찬물이라 부르겠다. 내 생에 결정적으로 찬물을 끼얹은 그를 두고 찬물이라 부르는데 누가 뭐라고 하겠는가.
　찬물의 전화를 받은 건, 경찰서에서 나와 추 대리를 먼저 보내고 아내와 시내로 나갔을 때였다. 경찰서에서처럼 말뿐이 아니라 사랑한다는 것을 행동으로 보여주어야 했기에 지갑의 얇음을 은근히 걱정하며 일식집으로 들어갔다. 아내는 일식을 꽤나 좋아했다. 아내가 좋아하는 그 집의 특선요리를 시켜놓았는데 채, 음식이 나오기 전에 찬물의 전화를 받은 것이다.
　찬물이네, 이 자식은 하여튼, 도움이 안 돼요.
　전화 폴더를 열기 전에 발신자 번호를 확인하고는 아내가 들으라는 듯이 내뱉은 소리다. 찬물이라는 말에 아내의 미간이 살짝 찌푸려졌다. 그도 그럴 것이 찬물을 만나는 날이면 하루도 맑은 정신으로 들어간 날이 없었으니까.

아내의 눈치를 보며 전화를 받아들자 거침없는 찬물의 목소리가 쏟아졌다.

어이, 이 과장! 여기 죽은 개가 접시 위에 앉아 당신을 부르는데, 언제까지 올 수 있어?

말투로는 정말이지, 시건방의 극치였다. 몸보탕 집에 있으니 빨리 오라는 이야기인데, 개고기만큼이나 혐오스런 명령 투의 반말이 마주 앉은 아내에게 다 들릴 지경이었다. 어떻게 생겨먹은 인간이 상대방에 대한 배려는 고사하고라도 하다못해 상대의 시간이 어떤지, 누구하고 있는지를 한 번이라도 파악하는 법이 없었다.

그냥 변소에 앉아 개를 부르는 식이구먼.

속으로는 그렇게 투덜거렸지만 찬물의 부름을 받자 마음이 바빠지기 시작했다.

외주 물량으로 먹고사는 하청업체의 관리과장이라는 직책은 정해진 업무가 따로 없는 법이다. 공무에서 자재관리, 구매에서부터 외주물량 수주, 거기에 따르는 접견까지 닥치는 대로 해야 하는 자리다. 그게 회사경영에 이익을 주는 일이라면 물불 가릴 형편이 아니었다. 찬물은 청부회사의 외주담당 대리였고 나는 하청업체의 관리과장이었다. 더구나 찬물의 회사는 노사분규로 인하여 언제 파업에 들어갈지도 모르는 상황이었다. 찬물의 회사가 파업에 들어간다면 하청업체는 초주검이 되는 것이다. 납품이나 결재가 얼음장 밑으로 들어가는 것은 말할 바도 없고 조업을 중단해야 하는 사태에 이르게 되는 것이다.

기분은 뒤틀렸지만, 그건 어디까지나 나의 개인 기분이고 하청업체 관리과장의 기분은 절대 그렇지가 않아야 하는 것이다. 그가 어디 있는지를 파악하고 가겠노라고 대답할 수밖에 없는 입장이었다. 더구나 접대용으로 쓰는 법인카드를 내가 쥐고 있었지 않은가.

아내와 마주한 자리에 특선메뉴의 이름에 걸맞은 음식이 나왔지만 그 맛을 음미할 짬이 없었다. 아무리 비싼 음식이라 할지라도 느긋하고 맛깔스럽게 먹여야지 그렇지 않으면 자장면보다 못한 법이거늘, 아내의 눈에 뜨이도록 서둘렀던가. 아내가 오히려 미안해하고 있었다.

바쁘심 먼저 가요. 내가 천천히 먹으면서 본전 뽑고 갈게요.

그 말을 듣고 '일찍 들어갈게'라는 인사치례에 불과한 말과 함께 아내를 일식집에 남겨두고 찬물이 기다리는 보신탕 집으로 내달았다.

가만히 짚어보면, 그날 등신쪼다가 된 것은 비단 추 대리만이 아니었다.

몸보탕 집에서 하청업체 관리과장을 기다리는 이는 찬물 혼자가 아니었다. 어디에서 만났는지 동창이라는 친구가 마주 앉아 있었고 이미 찬물과 친구는 조금의 취기가 있었다. 결국 찬물이 해야 할 친구 접대에 대신 계산하러 온 것이었고 술추렴을 들어주러 온 꼴이 되었다. 낮에 만난 형사의 말처럼 등신쪼다가 따로 없었다. 돌아가는 꼬락서니로 미루어 나도 지극히 명예롭지 못한 그 꼬리표를 달게 될 것 같은 예감이었다.

예감은 언제나 적중하는 것인 모양이다.

우리가 파업하면 애들은 다 죽어.

술이 취했는지, 나를 등신쪼다로 몰아가는 결정적인 찬물의 말이었다. 손가락은 정확히 나를 가리키고 모가지는 돌려 제 옆에 앉은 친구를 보며 했던 말이었다. 나보다 대여섯 살이 적어 보이는 그 친구가 '애들'이라는 호칭이 면구스러웠던지 깍듯한 호칭으로, 조금은 과장되게 '과장님 한잔하시죠, 과장님' 하면서 잔을 내밀었고 나는 잔을 받으며 웃어 주었다.

청부회사와 하청업체 간의 직위 서열은 따질 수가 없는 노릇이지만 그 친구가 나보다 대여섯 살 적어 보인다면 찬물도 나보다 대여섯이 적은 게 당연하다. 하지만 그건 생태적인 숫자에 불과할 뿐이고 그 자리는 하청업체 관리과장보다야 찬물이 좌상이 될 수밖에 없는 자리다. 그 점을 명심해야 깔끔한 접대가 되는 것이고 깔끔한 접대가 되어야 납품물량에서 불량으로 회수되는 수량이 줄어드는 것이다.

일식집에 홀로 남겨둔, 마음이 상했을 아내가 짠했지만 마음대로 자리를 털 형편이 아니었다. 짬이 나면 다음날쯤에는 아내를 데리고 영화관이라도 가야겠다고 마음을 먹었을 뿐, 아내에게 전화를 해볼 짬도 없었다.

찬물이 결정적으로 찬물로 불리게 된 것은 그 보신탕 집의 술자리를 파하고 이 차로 찾은 가요주점에서다. 보신탕 집에서는 세 명이 먹은 술값을 계산했지만 가요주점은 여섯 명의 술값이 든다. 세 명의 여자가 들어왔기 때문이다. 나의 관심사는 술값보다 어떻게 하면 저 찬물의 기분을 상하지 않게, 뻑적지근하게 놀다가 들여보내느냐에 두고 있었다.

이미 전주가 있어 술자리의 분위기는 쉽게 무르익었다.

한참을 '퍼' 마시고 '처' 부르던 중이었다. 돌아가는 분위기로 미루어 머지않아 '계곡주' 나 '폭포주' 가 은밀히 진행될 차례를 기다리고 있다고 짐작해도 좋을 시기에 찬물이 내가 들고 있던 마이크를 빼앗아 들었다.

접대의 성격을 띤 고스톱이나 노래방에서는 절대로 너무 잘 쳐도, 너무 잘 불러도, 안 되는 것이다. 그 정도는 누구나 파악하고 있다. 하여, 나도 노래를 적당히 불렀는데, 마이크를 빼앗은 찬물이 좌중의 분위기에 찬물을 끼얹으며 또 지랄을 부린 것이다.

우리가 파업하면 애들 완전히 죽어.

참, 영양가 없는 소리다. 술이 취했기로서니, 그런 자리에서 그 말이 왜 필요한지 모르겠다. 저렇게 분위기 파악을 못하고 쓸데없는 소리를 내뱉는 데 맞는 주사약은 왜 개발을 안 하는지 모르겠다는 생각을 하며 분위기를 살리고자 맥주 잔을 치켜들었다.

자아, 술맛 떨어지는 소리 그만 하고, 건배!

건배 제의를 외치며 잔을 치켜드는 순간,

건배 제의에는 상당히 위배되는 파열음이 픽, 하고 내 뒤통수에서 났는데 내가 그 소리를 들었는지 못 들었는지 모르겠다.

깨어보니 병원이었고 뒤통수에 열두 바늘과 일곱 바늘을 꿰매는, 여덟팔자 아니, 사람인자 모양의 상처를 입은 것이다. 찬물이 맥주병의 주둥이를 쥐고 건배 제의하는 놈의 뒤통수를 날린 것이다. 다행히 두개골에는 이상이 없었지만 혹시나 두피 밑에 박혀 있을지 모를 맥주병의 파편을 찾는다며 응급실의 시원찮은 의사가 얼마나 헤집어서 피를 얼마나 흘렸는지 현기증으로 머리를 가누기가 힘들 지경이었다.


뒤통수에 인두로 지진 듯이 선명하게 사람인자 모양의 흉터가 새겨짐으로써 인간에 대한 환멸을 느끼게 되는지 알 수 없지만 그 때부터 나는 인간이 싫어지기 시작했다.

뒤통수에 사람인자를 새겨 넣은 다음날 찬물의 전화를 받았다.

　병원으로 오지 않고 병실로 전화를 해서 나를 찾았다.

　찬물은 수화기에 대고 찬물만큼이나 차갑게 말했다.

　등신쪼다같이 일 처리를 그렇게밖에 못하냐고, 인사 고과에 점수가 확 깎이게 생겼다고.

　처음엔 무슨 소린지 몰라 뜨악했다.

　자초지종을 파악해 보니 다친 뒤통수보다 더 아픈 부위는 가슴이었다. 아내가 병원으로 와서 진료비와 수술비를 의료보험으로 처리한 게 화근이었다. 뒤통수가 찢어진 상처인데 혼자 다쳤다며 의료보험으로 처리를 했으니 눈치로 먹고사는 건강보험공단의 담당자 입장에서 보면 뒤통수를 맞아도 크게 맞은 기분이었을 것이다. 분명 가해자가 있을 법한 상해인데 의료보험으로 처리를 했으니 건강보험공단에서야 당연히 가해자를 찾아 구상을 위한 채권 확보를 서둘게 되어 있는 이치였다.

　건강보험공단의 채권 담당자가 어떻게 알고 찬물에게 연락을 했던 모양이다.

　전화야 찬물이 받았겠지만 병원으로 찾아온 사람은 찬물이 아니라 나에게 월급을 주던 사장이었다. 찬물이 길길이 날뛰는 건 보지 않아도 뻔한 사실이고, 길길이 날뛰다가, 힘없고 만만한 하청업체의 사장에게 전화를 했던 모양이다.

　몸살 기운으로 하여, 출근을 하지 않았던 줄 알았던 관리과장이란 작자가 청부회사의 담당대리에게 맥주병으로 맞아서 병원에 누워 있으니 하청업체 사장으로서 느꼈던 비애도 만만찮았으리라.

하지만 그건 인간적인 비애일 뿐이고 그런 사소한 사건을 전화위복의 계기로 삼는 순발력이 없어서야 어찌 하청업체를 꾸려가겠는가.

외주의 물량이 줄어드는 것보다야 얼마나 간단하고, 손쉬운 일이던가. 사장이 직접 건강보험공단에 가서 자신이 때렸노라고, 구상에 응하겠다는 각서를 써주고 일은 일단락되었다.

뒤통수에 사람인자의 문양이 새겨지더라도 퇴원만 하면 모든 게 일단락될 줄로만 알았지만, 천만의 말씀. 뒤통수에 붕대조각을 훈장처럼 달고 퇴원을 하고 보니 그게 아니었다.

문제는 납품에서 생긴 것이다.

내가 들고 들어가는 납품물량이나 서류는 결재가 되지 않고 뭔가 트집이 잡히는 것이었다. 찬물이란 녀석이 사사건건 걸고넘어지는데 방도가 없었다. 몇 번인가 납품시도를 하다가 수가 틀려서 자재를 담당하는 추 대리를 들여보냈는데, 얼씨구, 결재를 기가 막히게 잘 받아오는 것이었다. 처음에는 우연이겠거니 했지만 그런 기대는 보기 좋게 빗나갔다. 내가 들어가면 브레이크가 걸리고 추 대리를 들여보내면 통과가 되는 것이다.

환장할 일이었다.

환장이란 말로 수식될 결재가 지속된다면 하청업체 관리과장으로서는 볼장을 다 본 셈이 되는데, 그렇게 밀릴 수는 없는 노릇이었다.

기회를 봐서 찬물을 술자리로 불러냈다.

술이 저지른 실수이니 사소한 감정은 삭이고 앞으로 잘해 보자는 취지에서 어렵게 만든 술자리인데, 환장하게도 그날의 술은 더 큰 실수를 저질러 찬물과의 관계는 돌이킬 수 없는 파국으로 치닫게 되었다.

이 차로 찾은 호프집이었다. 찬물의 말을 빌리자면 내가 '재수없게 생겨먹은 놈'이고, 그 재수 없게 생겨먹은 놈은 저녁내, 가까스로 붙들고 있던 분노와 비애의 둑이 터져 맥주병으로 찬물의 뒤통수를 날린 것이었다. 내가 입은 상처만큼, 정확하게 열아홉 바늘을 꿰매는 상처를 안겨주고 싶었지만 예행연습도 없었을뿐더러, 신은 나에게 그런 정확성을 선사하지 못한 탓에 스물네 바늘이나 꿰매도록 오버 피칭을 한 것이다. 염병할……

다음날로 재수 없게 생겨먹은 놈은 하청업체 관리과장의 직책을 접어야 했다. 그리고 한 달 후 이동통신의 단말기 대리점 사장이 되었다.

아내의 우울증이 깊어진 것은 내가 관리과장을 그만둔 직후였다.

회사생활을 접고 마음을 가누지 못해 매일 새벽, 등산을 했다.

물론 이동통신 대리점도 산행을 하며 만난 보석당의 김 사장이 소개한 것이다.

새벽 산행을 마치고 오면 아내는 주방 구석에 쪼그리고 앉아 벽을 보고 있는 것이었다.

가끔은 손톱을 물어뜯고 있었지만, 달마의 면벽을 흉내내는 줄로 알았다. 저러다가 달마처럼 홀연히 떠날 것 같은 불안감에 사로잡혀 한참을 내려다보아도 아내는 모르고 앉아 있었다. 헛기침으로 기척을 내거나 이름을 부르면 그때서야 정신을 차리고 부시시 일어나 머리를 만지는 것도 잊은 채 주방 일을 하는 것이었다.

주방 일을 하는 아내의 등뒤에 대고 소리쳤다.

당신 달마가 되고 싶은 거야? 도가 통하고 싶은 거냐구?

그런 소리에는 늘 대답이 없었다.

아내의 입술은 그렇게 굳어갔다. 관리과장을 그만두었을 때도 단 한마디도 묻지 않았다.

왜 회사를 그만두었냐고, 앞으로 뭐 할 거냐고?

그런 말은 수십 번씩 물어주는 게 아내가 지닌 입의 역할이 아니던가.

실직 생활을 정리하고 뭔가 그럴듯한 일을 하면 아내의 입이 열릴 줄 알았다. 하지만 단말기 대리점을 인수받고도 아내의 입은 열리지 않았다.

의사들은 우울증이라고 했지만 나는 실어증이라고 우기고 싶었다. 우울증이든 실어증이든 그게 그렇게 무서운 병인 줄은 몰랐다.

단말기 대리점을 인수받은 지 꼭 일주일 만에 아내라는 지탱하기 버거운 꽃봉오리를 지니고 있던 해바라기의 꽃대는 풀썩 꺾여졌다. 베란다의 동백나무에 치던 진딧물 약을 마신 것이다. 유서 한 장 남기지 않은 아내는 그저 모가지가 꺾인 해바라기로 보름을 더 살았다. 그리고 더 조용히 시들어갔다. 뱃속에 이 개월로 접어드는 해바라기의 씨앗이 여물고 있는 것도 모르고.

아내가 병원에 누워 있던 보름 동안 나는 매일 새벽 산행을 했다. 등산로 초입에서 아내가 사다 모으던 출산용품을 하나씩 꺼내다 태웠다. 연기로 변하는 그 물건들을 보면서 아내와 함께했던 기억들과 함께 꾸었던 꿈이 아름다웠다고 생각했을 뿐, 결코 눈물 같은 건 흘리지 않았다.


참 이상하다. 오늘은 왜 자꾸 달마가 들먹거려지는가.

이러다가 내 입에 새로운 주문이 하나 생기겠다.

만약 달마에게 숨겨둔 아내가 있다면 멋모르고 달마를 따라나선 나의 아내가 얼마나 핍박을 받을 것인가. 분명히 말하건대, 달마에겐 아내가 없어야 한다.

오후쯤에는 티베트의 캉바라 산 꽃밭에 아내를 뿌릴 것이다. 아내를 뿌리면서 아내가 좋아하던 노래를 불러주는 것도 괜찮겠다.

꽃밭에 앉아서 꽃잎을 보면…….

노래가 끝나면 더 높은 산으로 올라가 바위 위에 조용히 누워 독수리를 기다릴 것이다.

아내와 함께했던 기억들을 쪼아댈 그 독수리를.

돌아갈 비행기표는 예약도 해두지 않았고 배낭 속에는 아내의 뼛가루와 색깔만 비슷한 다량의 수면제가 들어 있다. 돌아갈 길도 없을뿐더러 돌아가고 싶은 마음도 없다. 이 길의 끝은 분명 조장 鳥葬을 기다리는 독수리의 부리에 닿아 있는 것이다. 세상에 와서 뿌려놓은 나의 발자국마저도 다 걷어가고 싶은 이 시점에 간절한 게 있다면 낯모르는 곳에서 어디쯤에서 아내와 깊게, 아주 깊게 하룻밤 자고 싶은 것인데, 내 입에선 얼토당토않게 달마의 아내가 튀어나온다.

달마에겐 아내가 있었을까?

말을 흘려놓고 계면쩍어 눈을 감는다.

중얼거림을 들었는지 매부리코의 여자가 힐끔 나를 넘겨다보는 듯한데, 어디선가 아내의 목소리가 선명하게 들린다.

"거 봐요. 함께 가니까 참 좋잖아요."

퍼뜩, 눈을 뜨고 돌아다보지만 아내는 어디에도 없다.

# **2974**

## 1. 아침

2974는 아직 지나치지 않았다.

국도 변의 터널공사 현장을 지나 아슬아슬한 고갯마루를 오르면서도 운전대를 잡은 나는 맞은편에서 오는 차량을 살피기에 게을리 하지 않았다. 고갯마루에 주유소가 있다. 주유소 지붕이 보일 때쯤부터 맞은편에서 오는 차량의 번호판을 읽을 수가 없었다. 붉은 아침해는 바로 주유소 입간판 위에 걸려 있었다. 차량번호는 고사하고 마주치는 차량의 운전자가 남자인지 여자인지조차 구별할 수가 없는 것이다. 모든 게 잔뜩 게으름을 부린 늦가을 아침 햇빛 탓이다. 2974의 번호판을 단 차는 아직 보이지 않는다. 역광을 가리기 위해 햇빛가리개를 젖히고 시선에 힘을 주면서 최대한 내리깔고 차선을 더듬으면서도 그 차가 지나치는지 신경을 곤두세우고 있었다.

읍의 경계가 되는 고갯마루의 주유소를 지나쳐 동쪽으로 난 곧은 길을 십 분가량 달려 드문드문 시가지가 형성되는 전문대학 입구까지 가는 동안 분명히 천막을 덮어씌운 그 소형화물차가 마주쳐 지나갈 것이다.

아침부터 눈이 피곤해 온다. 오늘도 햇살을 안고 출근하고 또 햇빛에 눈부셔 하며 퇴근을 할 것이다. 이런 가을이나 봄날에는 출근길과 퇴근길의 햇빛이 보통 성가신 게 아니다, 운전대를 잡은 나에게는.

야, 임마! 우리는 지금 동쪽으로 출근하는 것이다. 그치?

마주 오는 차들을 더듬으면서 뒷자리에 앉은 녀석에게 말을 걸었다. 헌데 녀석의 되물음은 퉁명했다.

동쪽으로 출근하는 게 뭐가 어때서요?

공부를 열심히 하란 말이다. 암마. 공부를 열심히 하면 서쪽으로 출근해도 되잖어?

아빠! 그게 왜 그런데요?

일 학년짜리 녀석이다. 아이의 질문을 받고 보니 대답이 궁해졌다. 마주칠 2974가 어디쯤 오는지 훑다가 무료해서 던진 말인데 녀석은 기어이 걸고넘어지는 것이다.

음…… 그게 왜 그러냐면, 너 달마가 동쪽으로 간 까닭이 무언지 아니?

달마? 느닷없이 달마가 불쑥 튀어나왔는지 모르겠지만 솔깃해
진 녀석은 아예 뒷좌석에서 엉덩이를 떼고 엉거주춤 일어나 앞좌
석을 넘어다보았다.

모루겠는데요. 달마가 뭐 때문에 동쪽으로 갔어요? 근데 달마
형아가 누군데요?

뽀뽀 한 번 하면 가르쳐 주지.

녀석은 그게 뭐가 어렵냐는 투로 운전을 하고 있는 옆얼굴에 입
술을 갖다 댔다.

짜식, 입술은 맛있어가지고. 달마는 아빠의 삼 년 후배인데 달
마대사라고 하지? 대사가 뭐냐? 대학교 사 학년이란 말이 아이
가? 얼마나 공부를 못했으면 그 나이에 이제 대학 사 학년이겠냐?
뭐 때문에 달마가 동쪽으로 갔느냐면, 그게 또 그 뭐냐? 그래! 공
부를 못했기 때문이지. 달마도 마찬가지겠지만 아빠도 공부를 잘
했으면 서쪽으로 출근했을 거 아냐? 생각을 해봐. 서울은 저쪽이
잖어? 청와대도 그렇고 국회의사당이 서울에 있지? 공부를 잘했
으면 대통령이나 국회의원 시험에 턱 붙어서 그쪽으로 출근했을
거 아냐? 아빠 말이 맞지? 맞지?

맞지? 라고 걸고넘어지지 못하게 못을 박아두었건만 녀석은 뭐
가 이상했는지 고개를 갸웃하고는 한마디를 덧붙였다.

그럼 저쪽에 오는 차들은 모두 공부를 잘한 차들인가요?

야 임마, 차가 공불 잘한 게 아니라 차에 탄 사람들이 공부를 잘 했겠지.

그렇지만 나는 그런 거 싫어요. 태권도 사범이 될 거야.

짜식이, 며칠 전에는 제임스본드가 된다고 했잖어?

생각하니 아이와의 대화가 헤어나지 못할 골짜기를 헤매고 있었다. 아이와 말장난을 하는 사이 2974가 마주쳐 지나갔다. 비록 번호판은 보질 못했지만 높게 천막을 씌우고 지나친 차는 2974가 분명하다. 출근시간에 이 자리에서 삼 년이 넘게 마주친 차량인데 비록 역광으로 인해 제대로 보지 못했지만 감으로 때려잡아도 2974가 분명하다. 오늘도 여자가 운전한 게 아니고 밀짚모자를 쓴 사십대 남자가 운전대를 잡고 있었고 이십대 후반의 여자는 여느 때처럼 야구모자를 쓰고 조수석에 앉아 있었다.

저렇게 눌러쓴 밀짚모자가 운전에 꽤나 걸거적거리지 않을까?

2974를 마주칠 때마다 조금씩 궁금증을 키워가고 있다. 부부로 봐주기엔 나이의 간격이 너무 넓어 보이고 부녀간으로 간주하기엔 나이차가 너무 좁아 보이는 그들의 관계는 무엇일까? 올 봄까지는 늘 여자 혼자서 운전을 하며 나와 반대쪽인 서쪽으로 출근을 했지만 서너 달 전부터 운전대를 밀짚모자에게 넘겨준 것이다. 올 봄에 남자가 다니던 직장에 명퇴를 하고 여자가 하던 일에 뛰어든 것이다? 나는 쓸데없는 일에 왜 이렇게 신경을 쓰는 거지? 반문하며 자꾸만 펄럭이는 궁금증을 다독이고 있었다.

차량 번호판 때문일까?

2974, 그것 때문에 애착이 가는 것인가? 2974는 벌써 십 년도 넘었지만 내가 공단동에 살 적에 쓰던 전화번호였다. 그리고 이쪽으로 이사 오면서 전화번호가 바뀌었다. 아니다. 처음엔 국번만 바뀌었는데 이틀 뒤에는 번호까지 바뀌었다. 생각하면 열 받는 일이지만 분명히 하루 동안 사용하던 전화번호를 전화국에서 저희들 마음대로 바꿔버린 것이다. 나는 하루 동안 우리 집의 전화번호가 바뀌었다는 사실을 모르고 있었다. 이사를 하고 이틀 뒤 무슨 일 때문인가 집으로 전화를 했는데 생판 모르는 할머니가 전화를 받는 것이었다.

아이쿠! 전화 잘못 걸렸습니다. 죄송합니다. 그렇게 말해 놓고 후딱 전화를 끊었다. 버튼을 잘못 눌렀거니 대수롭잖게 생각하고 다시 버튼을 천천히, 정확하게 또박또박 눌렀다. 헌데, 수화기 저쪽의 목소리는 조금 전 그 할머니의 목소리였다.

할머니, 누구신지 모르겠지만 그 집 주인 아주머니 좀 바꿔 주세요.

이사 온 옆집을 기웃거리던 무료함에 지치고 담 너머 사람살이에 호기심 많은 이웃의 할머니가 얼굴을 익히기 위해 들렀을 수도 있겠거니 짐작하고 아내를 찾았다. 그러나 그 짐작은 넘겨짚어도 한참 넘겨짚은 거였다.

  내가 이 집 쥔인데 댁은 뉘기신겨?

  뭐 이런 경우가 다 있어? 분명히 전화번호를 맞게 눌렀을 성싶은데 어떻게 된 일인가? 혹시 아내가 갑자기 한 삼사십 년 왕창 늙어버린 게 아닌가? 정말 그런 일이 생긴다면 어떡한다? 뜨악한 심정으로 정중히 수화기 저쪽을 확인했다.

  거기가 혹시 모모 씨네 집이 아닌가요?

  여그는 조춘발이 집이여! 벨 사람 다 보겠구만.

  아무리 생각해도 내 이름 뒤에 내 목청으로 씨라는, 참으로 딱한 호칭을 붙이기는 그때가 처음이었고 조춘발이라는 조선의 냄새가 풀풀 나는 이름을 접하기도 처음이었다. 조춘발이라…… 혹시 내 이름마저도 갑자기, 아주 촌스럽게 바뀌어 버린 게 아닌가? 아니면 아내가 아침 일찍 조춘발이라는 작자에게 집을 팔아버리고 어디론가 날아버린 게 아닐까? 나는 선 채로 잠시 숨을 가다듬는 짬이 필요했다. 확인결과 수화기 저쪽은 우리 집이 아니었다. 전화번호는 분명히 맞는데 우리 집이 아닌 것이다. 참말로 희한하네……. 궁시렁거리고 생각하니 참말로 희한하게 황당했다. 나는 114로 전화를 했다. 너무 황당해서 전화번호 안내가 113인지 114인지 헷갈릴 정도였다.

  저기요, 우리 집 전화번호가 몇 번인지…… 아니, 대신동의 모모 씨 전화번호가 어떻게 되는지…….

그날은 내 이름 뒤에 내 모가지로 씨라는 호칭을 여러 번 붙이게 되는 참으로 웃기는 날이었다. 수화기 저쪽에서 전자목소리로 상냥하게 일러준 안내에 의하면 집의 전화번호는 2974에서 2994로 바뀌어버린 것이다. 번호가 바뀌어버린 집으로 전화를 했다. 조춘발이에게 집을 팔아버리고 떠난 줄 알았던 아내가 전화를 받았으나 아내마저도 전화번호가 바뀐 사실을 모르고 있었다. 기가 막혀 전화를 끊었다. 언놈 마음대로 바꿔? 죽을려고 작정했구만, 전활 끊으면서 그렇게 내질렀던가.

그러고는 곧바로 전화국을 두드렸다. 묻고 또 물어 이미 사용하던 전화번호를 제 입맛대로 바꿔버린 그 언놈을 찾았다. 그리고 한참 항의성 짙은 목소리를 높이는데 남의 말을 중간에서 가로채고 한다는 소리가 글쎄, 그렇잖아도 아슬아슬하게 간당거리던 내 인내의 한계를 무자비하게 꺾어버린 것이다. 죽어도 그런 부분은 내가 못 참는 짐승인데.

아, 그러니까, 그 번호는 예약된 번호였는데 착오로 잠시 이용한 거고, 아무 번호나 쓰면 되는 거지, 뭐 그리 난린교? 개뿔도 좋지도 않은 번호 가지고.

이런, 뭐라구? 당신 뭐라구 했어? 당신 누구야? 이름이 뭐야? 꼼짝 말고 거기 있으라구, 내 지금 그리로 갈 테니까.

이미 통신 언어의 예절이라는 너절브레한 절차 따위는 잊은 지 오래였다. 죽어봐야 저승 맛을 알지, 가만히 있는 호랑이 불알을 발로 차? 어-흥, 이 씨불놈이…… 끓어넘쳐 자신도 모르게 입술을 비집고 나오는 욕설의 포효, 그 짐승의 소리를 뱉어내며 곧장 전화국으로 날아갔다.

당신 말이야! 내 명함 찍은 거하고 거래명세서, 물품주문서, 인쇄비 몽땅 물어내고 그동안 영업 못하는 거 손해 배상 해야 돼! 무슨 말인지 알어?

네 고객님, 어쩌구 저쩌구, 목소리만 가지고 갖은 상냥을 다 떨던 전화국 여직원들의 시선이 일제히 나에게 모아졌다. 그녀들의 목소리와는 너무나도 대조적인 목소리가 창구 너머로 날아든 그날 오후, 종내는 국장이라는 키가 작고 머리가 벗겨지고 적당히 늙은 아저씨가 직접 창구 밖으로 나오게 만들었다. 결국 나를 화나게 만든 그 언놈을 호되게 나무라고 '고객님께서 너그럽게 이해해 달라'는 간곡한 사과를 받아내고 물러났지만 그때 열 받은 그 고객은 지금까지도 그때 일을 생각하면 울화통이 터지는 게 사실이다.

그놈의 2974 때문에 열 받은 사건은 또 있었다. 공단동으로 처음 이사를 가서 2974번호를 받고 얼마 되지 않아 수신자를 잘못 짚은 전화가 수시로 날아드는 것이었다.

거기가 원대로 맞지예? 원대롭니까? 맞춤집이지요? 원대로 아닝교? 그러면 거기는 어딘교? 봉투에 그 번호가 적있잖아요? 양복점이 아니란 말잉교? 전화가 왜 이래요? 이상하다?

우리가 쓰는 2974는 그전에 원대로라는 맞춤집에서 쓰던 것이었다. 그때만 해도 바지 따로, 와이셔츠 따로, 주문자의 원대로 맞춰주던 집이 인기가 있던 그런 시절이었다. 잘못 걸려온 전화 받기에 지친 나의 원대로 잘못 걸린 전화가 그칠 때도 되었건만 시도 때도 없이 벨은 울리는 것이었다. 사람들은 아니, 그 원대로의 고객들은 정말 염치도 없는 것이다. 새벽에 맞춤집에 전화를 해서 무얼 하겠단 말인가? 일전에 맞춘 바지가 새벽에 발기된 상태에서 입어보니 잘 맞지가 않다? 그래서 원대로 고쳐달라? 생각해 보니 그런 요구쯤이야 고객의 입장에서 충분히 할 수가 있고 또 원대로 주인은 고객의 원대로 바지를 고쳐주든가 아니면 발기가 되지 않는 약이라도 주어서 그 바지를 입는 동안만이라도 고객의 아랫도리가 불편하지 않게 만들어주면 되겠지만 그건 어디까지나 원대로의 업무이고 나는 새벽에도 밤중에도 끊임없이 울리는 전화로 인해 불면증과 더불어 그 뭣이냐, 발기부전까지 시달릴 정도였다.

그러던 어느 날 새벽에 또 한 통의 전화가 날아왔다. 아마 새벽 두 시쯤이었을 것이다.

거기 원대로 맞지예?

아닙니다!

잠결에 그렇게 뱉어놓고 전화를 끊었건만 단 오 초도 지나지 않아 벨이 또 울리는 것이었다. 에이…… 씨 짜증 섞인 목소리를 토해 내며 전화를 받았다.

어? 거기 원대로 아닝교?

아닙니다!

그럼 거기는 어뎅교?

아! 정말 죽겠네…… 씨바, 여기는 원대로가 아니라 멋대롭니다.

이 양반아! 전화 잘못 걸릴 수도 있는 거지? 땍땍거리기는, 차라리 좆대로라 카시오.

뭐, 뭐라구?

내가 시비를 가릴 틈도 없이 전화는 그렇게 끊겼지만 달콤했던 나의 잠은 이미 확 달아난 상태였다. 부글부글 끓어오르는 걸 삭이지 못하고 불을 켜고 앉았다.

그러고는 담배를 꼬나물고 114로 전화를 걸어 원대로의 전화번호를 확인했다. 나를 원대로 내버려두질 못하고 괴롭히던 그 지긋지긋한 원대로는 국번만 바꾸고 시내로 옮겨 앉아 있었다. 이미 새벽 세 시가 넘었음에도 나는 분을 삭이지 못하고 기어이 원대로에 전화를 걸었다.

이러하고, 또 이러하니, 어떡하면 좋겠수? 나도, 내 원대로 잠 좀 자고 삽시다.

차마 말로는 다 못할 간곡함이 스민 나의 호소를 원하는 대로 들어준 원대로의 남자 주인은 미안타고, 유흥업소 애들이 주 고객이니 그럴 수도 있다고, 언제 한번 들르시면 원하시는 대로 바지를 하나 공짜로 맞춰주겠다고, 아직 옷봉투가 남아 있으니 그 번호는 그대로 찍혀 나간다고, 원대로 때문에 불편하시겠지만, 원대로의 바뀐 번호를 좀 일러주시라고, 제 원대로 씨부렁거렸고 나는 제발 그 봉투를 버리시든가 아니면 매직으로 봉투에 바뀐 전화번호로 고쳐달라고, 나의 원대로 지껄이다 보니 이미 여름날의 창이 훤하게 밝아오고 있었다.

원대로에 가서 공짜 바지를 맞춘 일은 없지만 잘못 걸린 전화에 짜증 내는 일 없이 원대로의 바뀐 번호는 착실히 일러주었고 나의 원대로 주문서나 봉투에 적힌 전화번호를 지웠는지 어쨌는지는 모르지만 잘못 걸리는 횟수도 점차 줄었다.

2974, 숫자를 외우는 데는 잼병이지만 나는 그 번호만은 지금까지도 외고 있다. 뒷자리에 앉은 녀석이 뱃속에 있을 때 이사를 왔으니 벌써 팔 년 전의 번호인데 지금까지 기억을 하고 있는 것이다. 정말 놀랍다. 팔 년이 지난 지금까지도 그 번호를 외우고 있으니 2974로 인한 기억의 골이 깊긴 깊었던 모양이다. 우리가 한

시대를 살아가면서 외우고 가야 할 숫자가 얼마나 많은가, 그 반
면에 빨리 외우고 빨리 기억에서 지워야 할 번호들 또한 얼마나
많은가, 한번 외워볼까? 신호대 앞에 멈춰 서서 나는 중얼거린다.

　주민등록번호는 600126 다시1802911 국어사전 2336페이지
에 호들갑스럽다는 말이 나오고 계좌번호는 2341276004 대입수
능의 수험번호는 02398467번이고 아니 그게 고입수험번호였던
가 군번은 31144105 신라가 삼국통일은 668년 우리 집전화번호
는 2994 내가 들락거리는 카페의 비밀번호는 448888 운전면허
번호는 모르겠고.
　아빠! 오늘 농구공 사주세요.
　농구공 사달라니까.
　알았다. 독도는 동경132도 차대각자번호도 모르겠고 포츠담회
담은 1945년 그녀의 전화번호는 6458 아이의 학번은 1321 지금
맞은편에서 신호를 받고 있는 차는 4484 그 옆의 차는 3047 아내
의 허리 사이즈는 30.5 지금 내가 서있는 곳은 27번 국도의 340
킬로지점 2억5000만 년 만에 우주에 혜성이 생겨나고 나는
14960일째 살고 있고 자장면이 맛있는 중국집은 2302번 순대국
밥집은 8489 아이쿠 숨차 때려치우자.

녹색으로 신호가 바뀌고 성질 급한 뒤 차가 경적을 울릴 때에야 차창을 열고 내가 뱉어놓은 숫자들을 차창 밖으로 날리며 가속기를 밟았다. 2974. 숫자에 너무 집착해 있었던 모양이다. 농구공을 요구하던 녀석은 제 아빠의 입을 통해 흘러나온 숫자에 억눌려 있다가 차가 출발을 하자 살겠다는 듯이 후훅 숨을 길게 내쉬며 고개를 설레설레 흔들었다. 그리고는 검지 손가락을 세워 제 머리통에 빙빙 원을 그리고 있었다. 아빠가 돌았다? 뭐 그런 뜻이겠지.

너, 지금 무슨 짓 했어?

아, 아빠! 아무것도 아니야. 돌았다고 그랬던 거 절대 아니야.

야, 괜히 아침부터 현란한 숫자에 억눌려 있었다. 그치?

차창 밖으로 하나 둘 단풍잎처럼 빠져 날아가는 숫자를 보며 중얼거렸다.

아빠! 나 오늘은 후문에 내려줘요.

왜?

문방구에서 준비물을 사야 되거든요. 그림 일기장, 그리고 농구공 꼭 사주세요.

예! 알겠습니다. 원대로 후문에 내려드리겠습니다. 또 그대의 원대로 농구공도 사 드리겠습니다.

## 2. 저녁

광어 맛이 일품이라고 했다.

주 계장이 일러준 대로 시네마 뒤쪽의 제주횟집 앞을 서성이고 있었다. 곧 누군가의 입으로 들어갈 광어가 아직은 살아서 노니는 수족관 너머 형광등이 훤한 횟집 안에 빼곡히 들어앉은 사람들은 이미 죽은 광어의 깊은 속살을 뒤적여 그 깊은 맛을 음미하고 있었다.

혼자 들어가기가 뭣해서 횟집 앞을 서성이지만 주 계장은 나타나지 않는 것이었다. 아마도 술 약속이라 차를 두고 오느라고 늦는 모양이다.

하여튼, 이 인간은 더럽게 이기적이야.

은근히 배신감을 느끼며 불쑥 뱉어냈다. 이 이기적인 작자는 술을 마실 일이 있으면 꼭 남의 차를 이용한다. 그리고 약속을 하더라도 꼭 제 편한 대로 저희 동네로 오라는 것이다. 같이 술 마시고 돌아갈 놈에 대한 배려는 눈곱만큼도 없다. 적당하게 처마시고 알아서 가라는 식이다.

이 망할 놈의 자식! 내가 군대 동기만 아니어도 네 같은 놈은 상종도 하지 않는다.

번번이 술에 취하면 푸념처럼 늘어놓지만 술이 고플 때는 어김없이 찾게 되는 작자이고 보면 이 작은 지방도시에 군대 동기 한 명이 같이 숨쉬고 있다는 사실이 가끔은 위안이 될 때도 있는 모양이다. 녀석은 나보다는 두 살이나 많지만 되지도 않은 공부에 미련을 버리지 못하고 얼쩡거리다 느지막하게 군대 와서 나이 많은 동기가 되었고 지금은 노동부 산하 무슨 복지공단에 계장이라는 꼬리표를 달고 있다. 나이 많은 동기를 기다리던 그 골목에서 나는 참으로 어울리지 않는 모습을 보았다.

세상 참, 자알 돌아간다. 중이 여관과 다방을 전전하고.

실버장 옆구리를 빠져나와 지하 다방으로 내려서는, 가사장삼을 걸친 중을 보고 궁시렁거렸다. 주 계장은 나타나질 않고 구두코로 뜨락을 툭 툭 차고 있을 때 밤 안개처럼 계단을 빠져나온 늙은 중이 내 앞을 스쳐 이번에는 횟집 안으로 들어가 수족관 앞에 조용히 선다. 그러고는 목탁을 치며 경을 외기 시작했다.

아하, 그거구나, 탁발.

수족관에는 물좋은 광어가 놀고 눈길은 중을 따른다. 목탁 소리에 돌아선 주방장 고개를 꺾고 광어의 속살 깊숙한 곳에 칼을 찔러 넣는다. 찔러 넣은 칼날이 불빛에 번득이고 돌아서는 중의 머리에도 불빛이 반사된다. 목탁을 거두고 빈손으로 나오는 늙은 중을 나는 잠시 외면했다. 자박자박 하얀 고무신이 이번에는 갈비집으로 향하고 외면했던 내 눈길이 다시 그를 따르지만 숯불갈비

집의 둔중한 유리문도 이내 그를 밀어냈다. 나는 성큼성큼 골목을 가로질러 호프집으로 향하는 늙은 중을 막아섰다. 그러고는 네온불빛에 주머니를 뒤져 지폐 한 장을 불쑥 내밀었다.

스님! 오밤중에 탁발하러 다니시면 탁발이 됩니꺼? 제가 시주하지요.

주 계장만 오면 광어를 삼켜야 할 내 목젖에 컬컬한 바람이 스쳤고 돈보다 내 눈길을 먼저 거둔 늙은 중이 말했다. 아니, 그의 입술을 통해 나온 것은 말이 아니라 깊은 가을이었다.

처사님, 주는 걸 행복해하는 것보다 광어를 맛있게 드시지요. 그게 성불입니다.

휘적휘적 골목을 빠져나가는 중의 뒷모습을 보며 담배를 빼물었다.

그런가? 그 참, 더럽게 일리 있는 법문이네.

담배를 한 대 다 피워갈 때쯤 녀석이 나타났다. 여태 기다린 놈은 생각도 않고 고개를 쭈욱 빼고 횟집 안을 넘겨다보더니 시시껄렁한 목소리로 제의를 했다.

아우, 더럽게 복잡네. 야, 우리 저쪽에 가서 오붓하게 한잔 걸치자.

이 집 광어 맛이 주겨준다며? 언놈이 그런 소릴 하고 사람을 여기까지 불렀더라?

볼멘소리에도 불구하고 녀석은 어느새 내 차의 조수석으로 넬름 올라앉았다. 하여튼 그 자식다운 태도였다. 광어를 맛있게 먹는 게 성불이라는 법문이 귀에 맴돌았지만 별수 없었다. 남의 동네에 와서 녀석의 안내에 따를 수밖에는.

녀석의 안내로 찾아간 곳은 승용차로 십 분 남짓 걸리는 문화원 뒷담, 담벼락에 붙은 포장마차 아니, 포장봉고차였다. 화물차 적재함에 좌판을 벌여놓고 꼼장어 구이와 닭똥집, 소주를 팔고 있는 여느 포장마차와 별로 다른 메뉴가 없는 그저 그렇고 그런 곳이었다. 다른 점이 있다면 젊다는 이유만으로 결코 포장마차 주인으로서의 결격사유가 될 수는 없지만 좌판을 벌인 여자가 턱없이 젊다는 것이다. 포장 끝에 앙증스레 매달린 빨갛고 파란, 반짝이 조명으로 얼핏 보아 겨우 스물예닐곱? 잘 봐줘도 서른 안쪽에 불과해 보였다.

저 여자?

턱짓으로 똥집을 썰고 있는 여자를 가리키며 주 계장에게 슬쩍 물었다. 녀석은 여자가 썰고 있는 똥집에서 눈길을 거두지 않고 가만히 고개를 주억거렸다. 차를 타고 오면서 들려준 주 계장의 말에 의하면 저 여자는 자식이 많다는 거였다.

몇이나 되기에?

한 열댓 명쯤 되던가?

녀석의 말에 화들짝 놀랐지만 뒷말을 듣고 금세 수긍할 수가 있었다. '자애원'이라는 작은 암자에서 운영하는 사설 복지시설에서 대모 역할을 하는데 포장마차로 번 돈을 그곳에 쏟아 붓는다며 단돈 십 원을 팔아주더라도 그 포장마차에서 마셔주는 것이 사회에 기여하는 길이라고 했다. 사회 기여도를 위해서 술을 마신다? 전혀 경우 없는 소리는 아니지만 나는 주 계장이란 녀석이 결코 사회에 기여하기 위하여 이 포장집을 찾는 거라는 생각에는 고개를 저었다.

주 계장! 혹시 이걸로 점찍은 거 아냐? 그렇게 보이는데?

탁자 밑으로 감춘 새끼손가락을 슬쩍 펴 보이며 속삭이듯 물었다. 나이가 두 살 많은 관계로 그에 대한 나의 호칭은 수시로 바뀐다. 속으로는 '녀석'이고 술에 취하면 '자식'이고 맨정신으로 마주하면 '주 계장'이다. 비록 반말이지만 그건 그에게가 아니라 그의 나이를 향한 최소한의 예우다.

야! 이 병장, 잘 봤네. 정말 그렇게 보이냐?

망할 자식, 호들갑스럽기는. 나는 속삭이듯 물었음에도 불구하고 녀석은 여자를 불렀다.

보살님, 이 자식이 글쎄, 보살님보고 찍어둔 애인이냐고 묻는데 뭐라고 대답할까요?

좋을 대로 생각하시라고 하세요. 내가 계장님 같은 애인을 두면

영광이죠. 안 그래요?

보살이라고 불리는 여자는 구운 똥집을 쟁반에 담아 내놓으면서 살폿 웃어 보였다. 저 여자? 어디서 봤더라? 분명히 어디서 본 듯한 여자다.

보살님이야 영광인지 몰라도 나는 그 많은 자식을 멕여 살릴 자신이 없어서 그만둘랍니다. 하하하. 꿈 깨라 자식아! 쥔이 있는 몸이셔.

말을 마치면서 녀석은 나의 어깻죽지를 툭 쳤다. 그 바람에 들고 있던 소주잔을 엎질렀다. 휴지를 찢어서 건네주는 저 여자를 어디서 봤더라? 기억을 더듬었다. 어느 절에서 본 사람인가? 아니면 예전에 우리 공장에서 근무한 여자인가? 어디서 봤더라?

야! 이 병장 남자가 여자를 보면 무엇이 제일 궁금한지 아나? 여자의 머리 속에 뭐가 들어 있을까? 그게 제일 궁금하고 그 다음에는 치마 속이 궁금하거든, 근데 여자는 남자를 보면 저 남자가 무슨 생각을 하고 있을까? 그게 제일 궁금하고 그 다음에는 주머니 속이 궁금하거든, 그렇다면 내가 보살님한테 궁금한 것이 전자이지 후자는 아니란 얘기여! 후자를 궁금해했다가는 도사님한테 맞아 죽지! 안 그래요? 보살님.

처음에는 나에게 던진 질문이었지만 대답은 여자가 해야 했다.

저는 처사님의 후자가 궁금한데요. 주머니가 얼마나 두둑해서 오늘 매상을 얼마나 올려주실지 그게 궁금한데 어쩌지요?

여자의 말에 포장마차 안의 세 사람은 깔깔 웃었다.

여느 포장마차와 메뉴에서 별로 다를 바가 없다는 생각은 수정을 필요로 했다. 겨우 세 사람이 들어앉았지만 오가는 호칭이나 이야기의 방향은 분명히 여느 포장마차와는 다른 독특한 메뉴였다. 둘이서 오붓하게 한잔을 하자고 했지만 그 오붓함은 세 명의 몫이었다. 여자는 권하는 술잔을 한 번도 사양한 적이 없다. 주 계장과 나란히 앉고 맞은편에 여자가 서 있지만 여느 포장마차의 분위기와는 달리 합석의 분위기였다. 여자는 불판 위의 꼼장어 구이를 뒤적이면서도 우리의 얘기에 귀를 기울여주었다. 뿐만 아니라, 받은 술잔을 가뿐하게 비우고 안주도 집지 않은 채 잔의 언저리에 묻은 입술자국을 손으로 문지른 다음 잔은 나에게 돌아왔고, 그 뒤에 술병의 꼭지가 따라왔다.

나는 여자의 잔을 받으며 향락이라는 단어를 떠올렸다. '즐거움을 누린다' '쾌락을 향수한다' 는 사전적인 의미를 갖고 있는 향락이라는 단어, 지금은 그 의미가 퇴색되어 단어 앞에 퇴폐가 붙어야 더 잘 어울리지만 그 향락이라는 단어는 이러한 분위기를 의미하는 것이고 내가 들고 있는 소주잔의 투명함만큼이나 맑은 즐거움을 누리는 것이라는 생각을 잠시 했다.

보살님! 식구가 더 늘었다면서요?

주 계장의 말에 여자는 씩 웃으며 대수롭잖게 받아넘겼다.

조금요. 개들 먹여 살릴려면 처사님을 개들 아버지로 뫼시든가, 제가 술을 조금 더 먹으면 되지요.

포장마차 안에는 다시 웃음이 쏟아졌다. 감추려 하지 않고 조용히 웃길 줄 아는 여자, 참 쉽게 정감이 가는 여자였다. 얘기를 듣고 보니 이 좌석에 손님이라곤 우리뿐인 것이 미안할 지경이었다. 그렇다고 술 손님이 왕창 들이닥쳐 우리의 오붓함이 박살나는 것도 내가 원하는 바는 아니다. 몇 순배의 잔이 돌고 다시 잔이 나에게 왔을 때 나는 물었다.

보살님! 제가 보살님을 어디서 봤더라?

여자를 향한 나의 호칭도 이미 바뀌어 있었다. 그때까지 녀석은 나를 두고 군대 동기라고 하여간에 지독한 고문관이었다고, 별로 기분이 상할 일이 없는 험담을 여자에게 해대고 있던 참이었다. 화장기라고는 전혀 없는 저 투명한 얼굴을 어디선가 본 적이 있는데…… 기억을 뒤집어 보고 또 뒤적이다가 결국은 여자에게 물은 것이다. 여자는 뜨악한 눈으로 내 얼굴을 다시 한 번 훑었다.

글쎄요. 이 좁은 도시에 살면서 얼굴 한 번 마주치지 않은 사람이 어디 있겠습니까만 저는 처사님을 뵌 적이 없는 것 같은데…… . 혹시 며칠 전, 취중에 우리 봉고차 앞에서 소피를 보다가 제가 가위를 쥐고 나가자 줄행랑을 치신 분이 아닌가요?

다시 한바탕 웃음이 쏟아졌다. 나는 웃으며 절대 아니라고 손사래를 쳤고 주 계장은 이 녀석은 충분히 그럴 수 있는 놈이라고 너스레를 떨었다. 너무 웃어버려서 딸꾹질이 날 지경이었다. 간신히 목을 가다듬고 말했다. 이미 나는 여자와 오래전부터 알고 있는 사이라고 착각을 할 정도였다. 우스개는 그만큼 쉽게 서먹함을 용해시키는 힘을 지니고 있는 모양이다.

제가 이 동네에 자주 온 적도 없을뿐더러 술에 취해도 아무 데나 소피를 갈기는 작자가 아닙니다. 근데 보살님! 가위는 왜 들고 나가셨어요?

소변 금지라고 써놓고 가위 그림을 그려놓는 것보다 실물을 들고 나가는 게 더 실감나지 않겠어요? 그날따라 꼼장어 구이도 모자라던 날인데 현지 조달해야지요.

그거 구이는 한 쟁반에 얼마나 받는데, 그거 구이가 있는 날은 절 좀 불러주세요 보살님.

너무 웃어버린 주 계장은 거기까지 뱉어놓고 눈물을 글썽이며 헛구역질을 해댔다. 진짜 그만 해야지 못 견디겠다. 더 웃었다가는 오늘 저녁에 먹은 것 모두가 개밥이 되기 십상이다. 도저히 못 견뎌 포장 밖으로 나왔다.

차를 끌고 갈 생각은 잠시 잊은 채 분위기에 편승되어 조금 과했던 모양이다. 자꾸만 토악질이 나오려는 걸 억지로 참으며 포장마차 앞 가로등을 짚고 서서 숨을 골랐다.

어, 스님! 탁발은 많이 하셨습니까?

광어 집 앞에서 보았던 늙은 중이 봉고차 앞에 있던 플라스틱 의자를 끌어다가 놓고 문화원 담벼락에 기대어 앉아 잠시 쉬고 있었다. 탁발을 위해 다리품을 꽤 팔았던 모양이다. 내가 알은체하자 그는 머리만 까닥여 보였다.

또 무슨 소리를 했는지 주 계장의 웃음이 포장 밖으로 흘러나왔다. 나는 그 지나치게 큰 웃음소리가 나는 곳을 향하여 고개를 돌리다가 얼핏 보았다. 2974, 하마터면 눈알이 툭 튀어나올 뻔했다.

2974, 그래 분명히 2974였다. 그렇다면? 출근시간마다 마주치는 화물차가 바로?

취기가 확 달아나는 것을 느끼며 짚어보았다. 그래 여자 아니, 저 보살을 언젠가 본 적이 있다. 바로 거기였다. 오륙 개월 전인가, 아침 출근시간에 전문대 앞의 도로확장공사 구간에서 진동 롤러가 도로를 횡단하다가 접촉사고가 있었다. 사고를 수습하는 동안 양쪽 차선의 차들이 줄지어 밀려 있을 때 2974가 맞은편 맨 앞에 서 있었다. 간단한 사고였지만 사고 수습에는 십 분 정도의 시간이 소요되었다. 여자는 그 사이를 참지 못하고 차에서 내려서 도랑으로 굴러 떨어진 승용차 인양작업을 구경하고 있었고, 맞은편 차에 앉은 나는 늘상 화물차를 끌고 다니는 그 야구모자를 쓴고 다니는 그 여자를 구경했던 것이다.

보살님! 내가 어디서 봤나 했더니.

포장을 들추고 들어서면서 여자에게 거기까지 던져놓고 뜸을 들였다. 여자는 뜨악한 눈길로 올려다보았다. 여자는 어디서 봤는지 궁금해하는 눈치였고 주 계장은 어떻게 아는 사이냐는 눈치였다.

왜 지금은 야구모자를 안 썼죠? 매일 아침 야구모자를 쓰고 2974를 끌고 전문대학 앞을 지나쳐 출근하잖아요?

처사님. 읍내에 사시는 모양이죠?

그래요. 어디서 봤나 했더니, 우리 매일 아침 마주치는 사이잖아요?

매일 아침 마주친다면 모자 쓰고 다니는 꼴만 보았겠군요. 어쩌나 처사님에게도 잘 보이고 싶은데 맨날 세수 못한 꼴만 보였으니.

올 봄까지는 직접 운전하고 다니시더니 기사를 채용하셨더군요. 밀짚모자 아저씨……

그쯤에서 말을 중단할 수밖에 없었다. 내가 좀 아는 척을 하자 주 계장이 눈치를 주며 옆구리를 쿡 찔렀기 때문이다. 이 자식은 하여튼 손이 이렇게 매워? 느닷없이 찔린 옆구리를 감싸쥐자 여자가 웃음 띤 얼굴로 주 계장을 만류했다.

아녀요 괜찮아요. 저 올 봄에 음주운전 걸려서 면허취소 먹었걸

랑요. 그래서 스님께서 대리 운전을 해주신답니다. 포장마차 하는데 출근이 왜 그렇게 일찍이냐구요? 절에 있는 내 아이들 챙기러 가야지요. 물론 절에 가서 세수도 해야 하구요.

아, 밀짚모자! 스님이셨구나. 하루하루 아침마다 키워가던 궁금증을 단 몇 분 만에 해소라는 이름으로 탕진해 버렸다.

스님께서 대리 운전을 하신다? 그거 재밌네, 그럼 그걸 아르바이트로 봐 줘야 하나요?

여자는 그 말에 살짝 웃었다. 취기가 올랐는가 여자의 얼굴도 발갛게 물들어 있었다.

그럼, 포장마차 끝나는 시간에 스님이 또 대리 운전하러 오시겠네요? 차는 여기 있는데 스님은 뭘 타고 오시나?

내가 그렇게 물은 데는 혹, 아까 봉고차 앞 예술회관 담벼락에 앉은 그 탁발 다니던 중이 바로 대리 운전자가 아닐까 하는 생각이 설핏 들었기 때문이다. 아무리 생각해도 밀짚모자를 쓰고 운전하던 모습과 가사장삼을 걸친 모습은 영 딴판이다. 여자는 대답이 없었고 주 계장이라는 자식은 한꺼번에 너무 많은 것을 알려고 하지 말라며 핀잔을 주었다.

저기 포장마차 앞에 스님 한 분이 앉아 계시던데 혹시 그분이 아닌가요?

야, 이 병장! 이 자식, 이거 술이 취했나? 뭘 그렇게 많이 알려고 그래? 임마. 그만 가자, 짜식은 괜히 술이 취해가지고…….

알 수 없는 일이었다. 성질낼 일도 아니건만 녀석이 버럭 소리를 질렀고 급하게 주섬주섬 계산을 하고는 내 팔을 끌고 포장 밖으로 나왔다. 그 바람에 여자에게 인사도 제대로 못하고 나와버린 것이다. 주 계장이 잡아끄는 팔에 이끌려 차도로 내려서면서 포장마차를 돌아보고 인사를 던졌다.

보살님 갑니다. 또 들르겠습니다.

그녀의 대답은 지나가는 차량의 소음에 묻혀 듣지 못했고 우리가 지나가자 그때까지 담벼락에 기대앉아 있던 중이 일어섰다. 나는 알은체하며 한마디 던졌다.

스님! 꼼장어 구이를 맛있게 먹는 것도 분명히 성불이지요?

늙은 중은 악의 없이 싱긋 웃었고 주 계장은 내 팔을 잡아끌면서 돼먹지도 않은 변명을 늘어놓았다.

스님! 미안합니다. 이 친구가 술이 좀 과해가지고……. 성불하십시오.

내가 무슨 술이 취했다고 그래? 임마!

녀석이 잡아끄는 대로 문화원 담 모퉁이를 빠져나오면서 볼멘소리를 하자 그때서야 녀석은 팔을 풀어주며 한마디 덧붙였다.

짜식이, 눈치는 없어가지고.

무슨 눈치?

그 눈치 가지고 세상을 어떻게 살아나가나 몰러. 야 이 자식아! 그 스님하고 저 보살하고 한방을 쓰는 사이야. 왜? 눈길이 그래? 이상하게 볼 것도 없고 욕을 할 것도 없어. 일심동체로 포장마차 하고 탁발해서 그 많은 자식들을 멕여 살리는 거라구, 요새 경기에 언놈이 시주를 그렇게 하겠냐? 그 많은 식구가 먹고살도록.

뒤통수를 맞은 기분이었다. 나도 아마 앞으로 그 포장마차의 단골이 될 것 같은 기분을 아득히 느끼며 녀석의 말에 딴죽를 걸었다.

야, 저 중은 좋겠네! 나이 차이가 얼마나 나는데?

말하는 꼬락서니하고는, 한 스무 살 정도 차이가 날 걸 왜? 부럽냐?

야! 내일 아침에도 아들녀석을 태워 주면서 분명히 저 2974를 마주칠 것이다. 그러면 나는 창문을 열고 소리칠 거다. 합방을 잘하는 것도 성불하는 거라고.

가로등 밑을 지나오며 그렇게 뱉어놓고 성불의 의미를 새기는데 녀석의 매운 손칼이 또 옆구리로 날아들었다. 아이쿠, 신음을 토해 내며 강타당한 옆구리를 움켜쥘 때 손칼보다 더 매운 한마디가 비수처럼 파고들었다.

야, 이 중생아! 지 새끼가 이쁜 줄 알면 남의 새끼도 거둘 줄 아는 게 성불이야.

# 바다로 간 시인

시인은 바다로 떠났다. 시인은 바다로
떠났다. 시인은 바다로 떠났다.

시인은……

수도 없이 찍어대고 있다. 껌뻑이는 커서를 좇아가며 시인은 바다로 떠났다고 자판을 두드리고 있다. 달리 다른 글귀가 떠오르지 않는다. 내가 두드리고 있는 자판은 바다로 떠난 시인이 쓰던 것이다. 물론 자판 끝에 매달린 모니터와 컴퓨터까지도 어젯밤까지는 그가 모나리자에게 보내는 편지라든가 혹은 22세기의 부처님께 고함이라는 내가 알아들을 수 없는 시를 찍어대던 것이다.

시인이 들여다보던 이 모니터, 나에겐 잿빛을 띤 유리상자에 불과해 보이지만 그만이 내통할 수 있는 광활한 시세계로 통하는 길을 만들어 두고 있고 자판에는 시인의 지문이 묻어 있을 것이다. 시인은 깨끗하게 바다로 떠났고 나는 지금까지 쓰던 것보다 훨씬 성능 좋은 컴퓨터가 하나 생겼다. 그 이상도 그 이하도 아니다.

컴퓨터에 필요한 잡동사니들을 승용차에 싣고 와서 스피커와 자판을 연결하고 부팅을 확인하며 부산을 떨던 C가 떼어낸 14인치 모니터까지 사무실 귀퉁이를 차지한 캐비닛 위에 얹고 제가 할 일은 완전히 마쳤다는 투로 손바닥을 탁 탁 털고 등뒤에 섰다. 나는 변함없이 시인은 바다로 떠났다고 집게손가락 두 개를 이용한 독수리 타법으로 자판을 찍어 자음과 모음을 모니터로 옮기고 있었다.

형! 그 자식은 바다로 간 게 아니라니까, 배 타러 간 거라구, 배 타러. 속이 시원하잖어?

그래에, 누가 뭐라 그러냐?

대수롭잖게 대꾸하며 C를 힐끗 돌아보았지만 나는 그가 배 타러 간 것이 아니라 바다로 간 거라고 애써 생각을 굳히고 있었다.

C가 애써 고집하는 '배 타러 간 것'과 그러거나 말거나 내가 자판에 두드리는 '바다로 간 것'의 의미차이가 무엇일까? 관광과 여행의 미묘한 차이 같은 거? 그가 떠난 것이 못내 섭섭해서 여행으로 미화시켜 자신을 달래고자 이런 글귀를 찍어대고 있는 것인가 헤아려 보았지만 꼭 그런 것만은 아니다. 하지만 그가 떠났다는 사실 이외에는 도통 다른 생각을 할 수가 없다. 자판 두드리기를 멈추고 C를 돌아보며 말꼬리를 돌렸다.

야! 너 아침에 문자 메시지 받았냐?

무슨 문자요?

녀석의 대답은 예상대로 퉁명스러웠다. 안다. 나는 안다. C가 나에게 화가 나 있는 것이 아니라 시인이 배 타러 갈 수밖에 없는 시대적 현실에 대해서 부아가 나 있다는 것도 알며 이럴 땐 그저 화제를 다른 방향으로 돌려야 한다는 것까지도 안다.

내가 문자를 넣었는데?

입춘대길 말인교? 형도 차암, 아직도 그런 절기를 따지능교?

좋은 게 좋은 거지……. A가 바다로 간다니까 그런 게 다 생각나데?

바다가 아니라 배 타러 간 거라니까 자꾸 그러네. 형은?

어제, 그러니까 입춘을 하루 앞둔 토요일이었다.

요즘 들어 자꾸만 어른거리는 눈을 핑계 삼아 안경점에라도 다녀와야겠다며 아내에게 사무실을 맡기고는 안경점에 잠시 들렀다가 곧장 B의 서실로 향했다. 토요일 오후면 약속이나 한 듯이 하나 둘, 묵향이 짙은 B의 서실로 모이는 게 우리들이다. 그곳에서 나는 우울한 아니, 어찌 보면 묵향만큼이나 상큼한 소식 하나를 접했다.

A가 바다로, 바다로 간다는 것이었다. 아니, 바다로 가겠노라고 말했다는 것이다.

날씨도 추운데 바다엔 또 뭣 하러?

눈치 없이 내가 물었던가, 내가 그렇게 물은 데는 A가 지닌, 스스로 주체할 수 없는 역마살이 결국은 연구대상이라는 불만이 슬몃 녹아 있었다.

이번엔 바다가 아니라 배 타러 간댑니다. 방값도 떨어졌고, 저번에 도로 연수하다가 접촉사고 낸 거, 형 알죠? 그게 아직까지 해결이 안 된 모양입디다. 하여튼 그 자식 관리비 많이 드는 짐승이라니까.

서실 저쪽 끝, 서대 앞에 서서 진한 묵향을 풍기며 먹을 갈고 있던 B가 지나가는 소리로 일러주었을 때야 나는 사태를 파악했다.

그 자식, 지금 어디 있는데?

교통사고 조사계에 오랜다고 거기 갔겠죠. 받힌 놈도 그래요, 누울 자리를 보고 발을 뻗어야지, 범퍼 하나 떨어진 거가지고 팔자 고칠라고 덤비고 있으니.

시인께서 교통사고 조사계에 가셨다? 참, 더럽게 어울리는 자리에 계시는구만.

내 말을 끝으로 잠시 침묵이 무겁게 흐르고 있었다. 아무런 대책이 없다. 대책이 없음을 모두들 침묵으로 일관하고 있었다. 그 무겁고 우울하고 대책 없는 침묵의 시간을 걷어차는 듯한 목소리로 C가, 참으로 C다운 제의를 했다.

형! 우리 때려치우고 갈항사지나 갑시다. 거기 갔다가 감문의 석불입상도 찾아보구요.

감문 입상불? 감문의 석불은 고려불이라고 했다. 지난 주에도 그곳을 찾다가 허탕을 친 적이 있었다. C가 뽑아온 자료에 의하면 고려불인데 도대체 어느 구석에 처박혔는지, 자료에는 그저 감문 면 소재까지만 적혀 있는 것이었다. 어느 농가의 토담 밑에 서 있을 수도 있고 어느 골짜기 작은 논배미에 방치되어 있을 수도 있는 것이다. 어지간히 다리품을 팔 각오를 해야 석불을 만날 수가 있을 것이다. 또 물어 물어 찾는다 하더라도 고려의 민불이라면 균형미나 석질과 훼손상태에 따라서 우리의 눈맛을 얼마나 충족시켜 줄지도 의문이다. 썩 내키는 일은 아니지만 이렇게 즉흥적이 아니면 우리는 길을 떠날 수가 없는 것이다. 사전에 계획을 세우고 볼거리를 찾으려면 누군가가 느닷없는 이유로 펑크를 내도 내는 것이고 하다못해 날씨가 말려서라도 취소되기가 일쑤였다.

그럴까? 그럼 일단, 자장면부터 하나 시키지.

형, 아직 점심 전입니꺼? 저러니까 형수한테 사랑받지.

근데, 오늘은 찾을 자신 있어? 저번처럼 엉뚱한 곳으로 끌고 다니면 죽는 수가 생겨, 그리고……. 너 혹시, 가릉빈가라고 들어본 적이 있나?

석불을 그리면서 A를 생각하다가 문득 떠올린 거였다.

갑자기 가릉빈가는 왜요?

아, 아니…….

나는 괜한 소릴 뱉었다 싶어 말꼬리를 사렸다. 어쩌면 A는 전생에 가릉빈가가 환생한 게 아닐까? 의구심이 솟구친 거였다. 일명 극락조, 머리는 사람의 형상이고 몸통은 새인 가릉빈가는 아름답고도 슬픈 목소리로 운다고 했다. 그 울음을 들은 사람은 죽도록 아름다워서, 미치도록 슬퍼서, 바다로 뛰어들거나 자신의 목에 칼을 댄다고 했다. 그게 상상 속의 새인데 그 울음을 들어본 사람이 다 죽어버려서 얼마나 아름답고 슬픈지 물어볼 수는 없지만 나는 대뜸 가릉빈가를 떠올렸고 또 그것을 A와 연결하는 고리를 찾았다.

가릉빈가와 A.

공통점이 많다. 시인인 그 자식도 분명 사람의 머리를 지녔다는 것과 틈만 나면 어디론가 날아가 버리는 역마살이 짙은 날개를 지녔다는 것을 비롯해 아름답고도 슬픈 목소리를 갖고 있는 것이 바로 그것이다.

그 자식도 분명히 아름다운 목소리를 지니고 있는 것이다.

그 자식도 분명히 제 특유의 슬픈 목소리를 지니고 있다.

물론 그 목소리는 시로 나온다. 언덕에서 쓴 그의 시에는 신선한 바람이 일고 바다에서 썼다는 시는 짭짤한 바닷내음이 배어있

고 죽음에 대해 쓴 시에는 저승과 내통하는 길을 만들어 두고 있
었다. 참으로 기가 막힌 것은 A가 쓴 시를 읽고 있으면 시에 대해
서 문밖의 사람인 나에게까지도 그런 느낌이 소름이 끼칠 정도로
섬뜩하게 다가온다는 점이다. 그 점으로 하여 내가 A를 좋아하는
가? 아니 그가 쓴 시를 좋아하는가?

가릉빈가의 울음소리, 그것과 버금가는 A의 시어…….

아직은 잔설이 희끗희끗 남은 갈항사지의 산길을 오르면서도,
또 감문의 석불을 찾아 나선 국도에서도 나는 A와 가릉빈가를 겹
쳐서 생각했다. 그리고 그가 바다로 떠나면 주걱턱을 내물고 행
님! 잘 있었덩교? 하고 불쑥 돌아오는 날이 언제일까를 가늠해 보
았다.

얼마나 많은 시간을 기다림으로 보내야 하는지 도무지 기다림
이라는 물건에는 익숙해지지 않는 내가 견디어낼지 지레 걱정이
다.

A가 철새라면 그의 도래지는 분명 이 작은 도시다.

A가 소리 없이 날아가 버리면, 우리가 약속도 없이 모이는 이
서실에는 잔잔한 불안감이 감돈다. 누가 특별히 그가 어디로 갔을
까, 꼬집지 않으면서도 그의 근황을 궁금해하고 모두들 불안해하
는 기색이 보이며 내심 기다린다.

오늘 터미널을 지나오다가 A랑 똑같이 생긴 자식을 봤어! A인

가 싶어 보니까 아니더라구.

좌중에서 누군가 이런 말을 흘리면 모두들 솔깃해한다. 그 자식이 어디에서 서식하고 있는지 궁금해하고 또 기다리고 있다는 뜻이다. 나의 경우는 좀 심한 편이어서, 어느 허름한 여인숙 숙박계 뒷면에 '시들한 세상에 고함' 이라는 시와 흡사한 유서를 써놓고 죽었다는 소식이 들릴 것만 같은 불안감에 시달린다. 이미 그는 죽음의 세계를 관통하고 있었고 저승과의 은밀한 타협이 있었다. 물론, 그의 시에서 풍기는 바로 읽은 것이지만.

아니, 그가 없어서 불안해하지 않은 적도 있었다.

오히려 그가 없음으로 모두들 평화를 만끽한 적도 있었다. 채 일 년도 되지 않는 잠시였지만 중이 되겠다고 행자 노릇을 할 때였다.

이미 스님이 되어 있는 제 친구를 찾아 강원도의 어느 암자에 갔다가 머리를 깎았다는 것이다. 그 사실을 전해 준 누구에게 나는 자신 있게 말했다.

그래? 그 자식은 날 때부터 중이 되게끔 되어 있었던 놈이라구, 제 길을 못 찾아 여적지 헤매고 다닌 거라구! 보라구, 즉흥적으로 머리는 깎았지만 중 노릇은 제대로 할 꺼구먼, 나이든 보살들에게 인기도 좋을 거구, 그 자식이 절을 지으면 신도들이 엄청 몰릴 거야.

직접 보지는 않았지만 나는 농담 반 진담 반으로 장담을 했었고 A가 머리를 깎고 법의를 걸치고 있는 모습을 상상할 때마다 나는 A가 가는 길이 참으로 A에게 어울리는 길이라고 생각하면서 안도의 한숨을 쉬곤 했다. 유리판 위에 위태롭게 굴러다니던 계란이 계란판처럼 생겨먹은 오목한 구멍으로 굴러 들어간, 그런 평화의 모습을 지켜보는 듯한 안도감이었다.

그날도 우리는 석불을 찾지 못했다. 누구도 석불을 찾지 못한 걸 아쉬워하는 투는 보이지 않았다. 어쩌면 애초부터 석불을 찾아 나선 게 아니라 공유할 시간을 찾아 나선 길인지도 몰랐다. 말하자면, 경찰서에 조사를 받으러 간 A가 돌아 나올 동안 짬을 때우러 나선 산보 같은 거.

갈항사지에서 돌아와 어둑살이 내릴 적에 B의 서실로 들어갔지만 우리는 다시 거리로 내몰려야 했다. 이미 서실에는 글씨를 연습하기 위해 대여섯 명의 서생들이 몰려 있었고 그들이 자신이 쓴 글씨를 뜯어보고 다시 심오하게 그려 가는 이상, 서실은 우리들이 노닥거릴 공간이 아닌 것이다.

서실에서 쫓겨난 우리들은 시간을 죽일 공간을 확보해 두지 못했다. 언제 연락이 올지 모르는 A를 기다릴 만한 마땅한 장소가 생각나지 않았다.

야! 나 컴을 바꿔야 하는데 한 바퀴 둘러보자.

컴컴한 3층 계단을 내려서다가 C를 돌아보며 그렇게 시간을 죽이자는 투로 말했다.

시간도 죽일 겸, 컴퓨터의 가격도 알아두고 싶었다. 아내가 쓰는 사무실의 컴퓨터는 초고속인터넷을 설치하기에는 무리였다. 초고속인터넷을 설치해야지만 지역 문학사이트에 들어가서 A의 알아들을 수 없는 시를 읽을 수가 있는 것이다. 아니, 그건 표면적인 이유고 A의 시보다 더 자극적인, 어깨 너머로만 관람하던 섹스코리아 같은 성인사이트에 접속할 수가 있는 것이다. 물론 아내가 자리를 비울 때만 가능한 일이지만.

C와 같이 간다면 가격을 깎지는 못하더라도 바가지는 쓰지 않을 것이다. 사실 코딱지만한 주류도매상에서 워드로 할 일은 겨우 거래사실확인서를 찍어내는 일과 재고량을 체크하는 일뿐이다. 그나마도 아내가 다 주무르는 업무다. 컴퓨터를 바꾸는 것이 엄밀히 따지면 내 속에서 꿈틀대는 사치성을 업그레이드시키는 것이지만 가격이라도 훑어보고 주머니의 허락여부를 결정하자는 속셈이었다.

A가 승복을 입고 나를 찾아온 적이 있었다.

그게 벌써 삼 년 전의 일이다. 다니던 회사를 갓 때려치운 그

때, 산다는 것에 대해서 권태를 느끼고 구멍으로 세상을 들여다보던 시기였다. 그렇다. 구멍. 소주병 위에서 바라보는 동그란 병 아가리, 그 구멍 속에는 시들하지도 않고 갑갑하지 않은 또 다른 세계가 펼쳐지는 것이다. 인간 존재의 유한성, 그리고 일회성, 뭐 그따위 정해진 것들에 거부를 느끼며 육 개월간 술을 마시고 육 개월간은 잠만 자리라고 생각했던 무모한 시기였다. 순전히 구멍을 통해 다른 세상을 탐닉하기 위하여 모으던 병뚜껑이 책상서랍에 가득해질 무렵, 나는 병원으로 실려갔다. 식도 끝에 매달린 소주를 채우던 주머니가 터져버린 것이다.

육 개월도 견디지 못하는 주머니, 언젠가 재시도를 하리라 다짐하며 겨우 일주일 정도 입원을 해 있을 때, 어떻게 소문을 들었는지 그가 불쑥 나타난 것이었다. 승복을 입고 밀짚모자를 쓰고 병실로 들어서는 그를 몰라볼 뻔했다.

형, 아직 죽지 않았네. 형이 뻗으면 내가 천도재를 참신하게 지내 줄려고 했는데…… 거 참, 아깝구먼.

승복 속의 시인이 내 손을 잡으며 한 말이었다.

나는 그의 밀짚모자를 벗기고 한 손으로 삭발한 머리통을 어루만지며 알을 생각했다.

내 손아귀를 벗어나 위태위태하게 굴러다니던 알.

그리고 곧바로 떠올린 단어가 금계포란이었다. 금닭 즉, 봉황이

알을 품고 있는 지세, 풍수지리에서 최고의 명당으로 꼽는다는 금계포란을 떠올리며, 삭발한 시인의 머리통을 끌어안고 병실을 금계포란의 지세로 만들었다.

얼마간의 포옹으로 정을 다진 승복 입은 시인은 부시럭거리며 걸망에서 무언가를 꺼내고 있었다. 잿빛 나는 걸망에서 검은 비닐 봉지를 꺼내고 그 비닐 봉지 안에서 꺼낸 것은 놀랍게도 캔 맥주였다. 슈퍼의 냉장고에서 금세 꺼낸 듯 물기에 젖은 캔 맥주를 불쑥 안겨주는 것이었다.

문병 오시는 스님께서 들고 오시는 물건으로는 참으로 가당합니다.

내가 뱉은 말이었던가? 말은 그렇게 뱉고 있었지만 링거 줄에 묶여 유배당하고 있던 나의 심신은 다시 구멍을 통해 세상을 바라볼 수가 있다는 황홀한 해방감을 느끼고 있었다. 불 꺼진 병실에서 우리는 간호사의 눈을 피해 일곱 개의 캔 맥주를 비웠다. 덕분에 승복을 입은 시인은 간병인의 보조침대에서 잠이 들고, 나는 한 손으로 링거 병을 쳐들고 한 손으로 냉한 배를 끌어안고 우라질을 연발하며 밤새 화장실을 들락거려야 했다.

다음날 승복을 입은 시인은 공손하게 합장을 하고 다시 암자로 돌아갔고 나는 그가 흘려서 병실에 떠다니는 말들을 끌어다가 곱씹고 있었다.

형, 씨발 이제 시가 뭔지를 알 것 같아.

씨발, 죽으면 연락해.

법안法眼이라는 법명으로 강원도의 작은 암자에서 행자생활을 시작한 그때가 시인의 생에 있어서 분명코 오르가슴이었다.

오르가슴은 결코 지속되지 않는다.

나는 그 명제를 인정하며 시인이 승복을 벗고 환속이라는 이름으로 암자를 뛰쳐나올 때까지도 놀라지 않았다. 다만 참으로 대단한 놈이라고 여겨졌을 뿐이다. 솔직히 나도 중이 되고 싶었다. 그렇게 되고 싶은 중의 자리, 자신을 돌아볼 수 있는 구도의 길을 그 자식은 버릴 줄을 아는 놈이다.


A에게서 연락이 온 것은 우리가 사지도 않을 컴퓨터를 기웃거리며 점원으로부터 기능과 가격에 트집을 잡고 있을 때였다.

이건 기능이 떨어지고 저건 가격이 비싸고…….

참으로 지당한 트집이었다. C도 내가 컴퓨터를 사지 않을 거란 것을 알고 있지만 단지 A가 경찰서에서 나올 때까지 어떻게든 시간을 죽이자는 심산으로 더 끈덕지게 점원에게 달라붙고 있을 때였다.

형님! 어덴교?

거리낌 없이 물어오는 휴대폰에 대고 나는 차마 '널 기다리며 시간을 때우고 있는 중'이라고 말하지 못했다.

얌마, 그러는 니는 어데고?

아, 경찰서에 하룻밤 재워달랬더니 씨발눔들이 그냥 가라카네요?

그럼 완전히 끝난 거냐?

월요일 날 다시 오라는데…… 그땐 내가 절대 모옷 가지…….

곧장 달려온 A와 우리는 컴퓨터가게 부근의 신호대 앞에서 합류했다.

컴퓨터는 뭐 할려고?

쓸려고 그러지 임마, 뭐 컴퓨터를 끼고 잘 일이 있냐?

아니, 형 그게 아니라, 내 꺼를 쓰란 얘기여, 나 이제 컴이 필요 없어졌어. 중고 값만큼 술이나 왕창 사주고…… 그게 싫으면 형수님한테 얘기해서 주류창고를 하룻밤만 빌려줘도 좋구요. 오징어 몇마리하구.

그게 뭔 소리여?

시침을 뚝 떼고 물었다.

형! 나 사실 내일 떠날 거야. 거제도에 가서 선술집 같은 데서 알아보면 일자리를 쉽게 구한다카네, 선원, 배 타는 거 말이야. 소개소 알선으로 가면 소개비가 꽤 되는데 그것도 내 몫으로 준다카 더라구.

어렴잖게 A에게서 바다로 가겠다는 이야기를 들었다. 그가 그 선언을 하는 동안 C와 나는 횡단보도 신호를 기다리며 잠시 침묵을 했었다. 그렇게 구체적으로 뱉었는데 더 물어볼 말이 없는 것이었다.

노안老眼이라고 했다.

눈이 늙고 있다? 삼십대 후반에? 낮에 들른 안경점에서 이것저것 시력검사를 하고 안경사가 내린 결론이었다. 요즘 들어 부쩍 심해졌다. 괜히 흐르는 눈물 때문에 책이나 신문을 오 분 이상 보지를 못한다. 글씨가 겹쳐 보이거나 흐릿하게 퍼져버리는 증상도 나타나곤 한다.

달리 방법이 없습니다. 필요 시에는 돋보기를 끼어야지요.

안경사가 대수롭잖게 뱉은 말이었다.

컴퓨터 값을 치르기 위하여 들어선 호프의 전당에서 마주 앉은 A가 바다로 떠난다는 사실보다 내 눈이 노안이라는 사실에 신경이 더 쓰이면서 주책없이 흐르는 눈물을 슬쩍 훔쳤다. 호프집의 컴컴한 조도 탓이리라.

아무래도 안경점이 문을 닫기 전에 잠시 나가서 까만 철테로 맞춘 돋보기를 찾아야 할 것이라고 생각하며 지갑이 든 뒷주머니를 슬쩍 눌러 보았다. 그리고 주머니에 든 액수를 영악하게 계산했다. 안경값과 술값이 될는지…….

사실 오늘 거기에 갈려고 그랬어. 전북 임실, 거기에 걸쭉한 시인 하나가 살고 있잖아? 불쑥 찾아가서 그치가 도대체 무얼 뜯어먹고 사나 보고 싶었어. 그래, 문득 그게 궁금하더라니까.

말꼬리를 돌린 건 나였다.

A의 눈길을 애써 피하며, 천장에서부터 탁자 위에까지 길게 드리워진 청동빛 전등갓을 올려다보며 칼칼한 목소리를 뱉어냈다. 그때까지 우리가 들어앉은 이런 호프집을 차리려면 비용이 얼마나 드는가, 숟가락 쥐는 데는 지장이 없을 것인가 하는, 별 영양가 없는 문제에 열을 올리던 참이었다.

내 말에는 아무도 반응이 없었다. 시인이 먹고사는 문제인 만큼 재깍 반응이 올 줄 알았는데 얼레, 모두들 딴전을 피우고 있었다.

시인은 무얼 먹고사는가? 호프 잔을 기울이던 우리들의 화두는 그것이었다. 그러나 누구도 그 말을 표면적으로 뱉지는 않았다.

시인은 무얼 먹고사는가? 내가 꼬집어 묻는다면 A란 자식은 분명코 딴전을 피우며 대답할 것이다.

컴퓨터 팔아 술 먹고 살지…….

그의 대답까지 넘겨짚고 나서 나는 A가 과연 시인인가? 다시 생각했다. 여태까지 시인이라고 명명했지만 신춘문예는 고사하고 서른이 넘도록 그 흔한 문예지에 발표 한 번 한 적이 없다. 정말

시인인가? 공식적인 등단절차를 거치지는 않았지만 그를 아는 이
는 모두들 그가 시인임을 인정한다. 아무도 그가 시인임을 부인하
는 사람이 없는 것으로 미루어 그는 분명코 시인이다.

그는 부업으로 시를 쓰는 게 아니다.

시를 쓰는 일은 그의 주업이요, 전업이다. 이 시대의 시인들은
교직에 몸담거나 하다못해 면 서기라도 되어 월급이 나오는 구멍
이 있어야 시를 쓴다. 또 어쩌다 한두 편 써서 발표를 하고 데뷔작
이 대표작으로 굳어지는 시인이 부지기수인 세상에 반해 술 마시
는 짬을 제외하고는 온통 시만을 생각하는 그는 분명코 훌륭한 시
인이다. 그는 결코 무늬만 시인이 아니다는 데까지 생각이 미치자
나는 불쑥 말했다.

야, 바다에 가면 짭짤한 바닷내음이 물씬 풍기는 시를 한 보퉁
이 싸들고 올 거냐?

형은? 시 쓰러 바다에 가는 게 아니라니까, 연평도 앞바다에서
석 달간 졸나게 그물 잡아당기는 거지, 아참, 형! 집에 입을 만한
옷가지 있으면 좀 줘요. 작업복이 있어야지.

시만을 생각할 거라는 내 예상은 보기 좋게 빗나갔다.

야, 절에서 내려올 때 승복 가져온 것 없냐? 가사장삼을 걸치고
투망질을 하면 봐줄 만할 건데.

형도 차암, 제발 좀 걸고넘어지지 말아요.

니가 사는 꼴이 노상 그 모양인데.

옷이나 좀 달라니까? 한번 입고 버릴 작업복을 살 순 없잖아…….

좋아, 그런데 옷값은 컴퓨터 값에서 빼는 거다?

허황의 영역을 떠돌던 이야기는 현실로 돌아왔다. 내일 떠날 것이며, 가면 적어도 석 달 이상은 걸린다는 것과 폭풍주의보가 내리면 홍도나 연평도의 방파제 안으로 잠시 피신해서 기다린다는 것이다.

피신?

그의 이야기를 들으면서도 그 부분이 귀에 거슬렸다.

석 달 중에서 사흘만 홍도에 피신한다면 그의 주머니는 다시 빈털터리가 될 것이 뻔하다. 시인이 행자 노릇을 하며 배운 것이 있다면 그건 무소유다. 그 부분에 대해서는 부처님의 가르침을 철저히 받은 듯 땡전 한 푼 없이 다니는 게 몸에 밴 놈이다. 자취방에 컴퓨터와 재떨이를 빼고 나면 그 흔한 손거울 하나 지니지 못하는 철저한 무소유자다.

술값을 치르고 남은 돈으로 안경을 찾지 않고 여비로 쓰라며 주머니를 몽땅 털어 주었다. 그리고 집까지 걸으면서 나는 만끽했다. 무소유의 홀가분함을.

입춘대길立春大吉

A4 용지에 매직으로 쓰고 있었다.

한껏 멋을 부린다고 둥글게 글씨를 굴리고 있는 것을 신기한 듯 보고 있던 초등학교 2학년 딸아이가 아빠 이건 큰대자죠? 하면서 끼어들었다.

아이의 목소리에 봄 기운이 선명했다.

오랜만에 화기애애한 아침이었다. 그래, 분명 봄은 오고 있었다. 그러나 가슴속에는 끈적한 무엇이 들어 있었다. 꺼내 씻었으면 좋을 듯싶은 무엇. 그것은 결코 A가 바다로 떠난다는 사실이 아니라고 마음을 다지고 있었다.

화전을 부친다고 부산을 떠는 아내를 불러 세웠다.

저어기 입지 않는 옷가지를 좀 싸주지. A란 자식이 바다로 가는가 봐.

A 씨가요? 바다엔 또 뭐 하러?

아내의 대답에도 예상대로 또라는 단서가 붙는 거였다.

낚시를 가는가 봐. 며칠 걸리는 모양이네. 거기 입지 않는 오리털 파카하고 헌 바지 몇 개 싸주지, 방수 잘 되는 걸로.

아내가 옷장을 뒤지고 옷을 고르는 동안, 나는 입춘대길이라고 쓰인 A4 용지를 거실문 위의 유리에 붙였다. 그러곤 휴대폰을 쥐고 앉아 문자를 날리고 있었다. 입춘대길. 입춘대길. A가 떠나갈 바다, 그 찬바람 몰아치는 바다 가운데서 처얼썩 부서지는 물소리를 들으며 문자 메시지를 날리고 있었다.

A 그리고 B와 C, D, E, 그리고 아내의 눈치를 슬쩍 봐가며 F의 번호를 누르고 F에게까지 문자를 날렸다. 그리고 더 날릴 곳이 없는가 헤아렸다.

그렇다. 어젯밤 호프의 전당에서 내려올 적에 엘리베이터 안에서 키스를 하던 젊은 남녀, 그들에게도 입춘대길이라는 덕담을 날리고 싶은데 번호를 모른다. 알 턱이 없다. 나는 그 엘리베이터에 같이 타지 않았으니까, 11층에서 내려오는 엘리베이터를 9층에서 세웠다. 문이 열리고 발을 들여놓는 순간, 그곳은 내가 들어설 자리가 아님을 파악하고 화들짝 들어선 발을 빼냈다. 그 엉켜 붙은 광경은 사진으로 붙은 영화포스터가 아니었다.

어이, 이거 봐! 그 사람들 전화번호 알 수 없을까?

옷가방을 챙기는 아내를 돌아보며 소리쳤다.

누구 말이에요?

어제 저녁에 엘리베이터 안에서 키스하던 남녀 말이야.

어디서 그런 걸 봤는데? 또 알아서 뭐 할려고?

입춘대길, 문자 메시지 날릴려고.

싱겁기는……. 얼른 아침이나 자셔요.

시인이 엘리베이터 안에서 벌어진 그 상황을 맞닥뜨렸더라면 무어라고 표현했을까?

〔사각/ 엘리베이터 안에서는/ 불빛과 쇠가/ 교접을 붙는다/ 벌과 나비가 없는/ 2월에도 꽃들은/ 수정을 한다〕

뭐 이런 식으로 그려가겠지 생각하며 혼자 멋쩍게 웃어보았다.

그리고 곧바로 떠올렸다. 그의 시는 맑고 투명하며 절제된 아름다움을 품고 간다. 또 너그러우며 날카로운 비판의식까지도 넓고 깊이 있게 거느리고 간다는 평을.

작년 여름인가, A를 따라 얼토당토않게 밤 열 시가 넘어서 찾아간 산중의 무슨 수련원에 모인 시인들이 입을 모은 합평이었다. 꿈보다 해몽이 좋은데 시는 그렇다 치고 이 자식이 사는 걸로 봐서는 투명하긴 한데 절제된 아름다움은 눈을 씻고 찾아봐도 없는 것이다.


A는 9시 기차로 부산을 향해 떠났다. 거제도까지는 배로 갈 거라고 했다.

C가 그의 자취방으로 찾아가 옷가방만을 전해 주고 컴퓨터를 싣고 곧장 나에게 와 일러준 말이다. A는 아무도 배웅하지 않는 플랫폼을 빠져나가 바다로 떠났을 것이다. 비록 C가 등뒤에 서 있긴 하지만 뭔가 허전했다.

여전히 컴퓨터에는 '시인은 바다로 떠났다. 시인은 바다로 떠났다' 는 글귀가 껌뻑이고 있었다. 책상 귀퉁이에 팔로 턱을 고이고 그 껌뻑이는 글귀를 바라만 보고 있을 때 C는 자판을 제 앞으로 슬며시 당기더니, '잘 가라 씨불눔아!' 라는 욕설을 쳐 넣었다. 나는 C가 띄운 욕설이 될 수 없는 글귀를 보며 줄곧 씨불눔이 그물을 잡아당기는 모습을 상상했다. 그에게 보낸 문자메시지를 그가 바다 중간에서 읽으면 참 좋겠다는 생각을 하며 등뒤에 선 C에게 말을 던졌다.

야, 그 자식한테도 문자를 날렸는데 그 자식이 바다 중간에서 입춘대길 메시지를 읽으면 감회가 어떨까? 걸쭉한 시 한 편이 나오겠지?

형, 웃기는 소리 말아요. 그 자식 휴대폰 진작에 정지먹고 반납했어요.

그래에? 그건 그렇다 치고 너 오늘 뭐 할 거냐?

글쎄요…….

녀석도 A를 떠나보내는 것 이외에는 반토막 이상 남은 이 무료한 공일을 어떻게 때울 건지 생각하지 않은 모양이다.

우리 거기 한번 가보자. 전북 임실, 그곳에 시인이 하나 살고 있지? 그치가 뭘 먹고사는지.

분교장이니까, 월급이 나오잖아요?

얌마! 월급 몽땅 반납하고 아이들 해맑은 웃음소리만 뜯어먹고

사는지 어떻게 알아? 일단 가 보자니까.

컴퓨터를 끄고 내켜하지 않는 C를 이끌고 밖으로 나왔다.

분교를 지키는 시인을 만나는 것보다 A가 떠나간 빈 도시를 잠시 떠나보자는 속셈이었다. A가 떠난 빈 도시? 그 말을 다시 곱씹어 보고는 수정을 요구하는 표현이란 걸 알았다. A가 떠났다고 빈 도시가 되는 건가? 하늘로 고개를 꺾었다. 떠나보내는 마음만큼이나 날씨도 우중충했다.

눈이 오려나? 오늘부터 봄인데…….

누구의 말인지도 모를 그 말을 끝으로 우리는 근 삼십 분간 침묵을 유지한 채 국도를 달렸다. 대신 케니지가 불어대는 색소폰 소리가 차 안을 휘젓고 다녔다. 군데군데 잔설이 남아 빙판진 길을 달리다가 3번 국도로 진입하면서 우리는 그 분교를 찾아가더라도 시인을 만날 수가 없다는 사실을 깨달았다.

아직도 방학이 끝나지 않은 것이다.

그렇다면 어디로 갈까?

진행방향과 진행목적을 순식간에 백지화시킨 우리는 거의 동시에 그 말을 뱉으며 서로의 얼굴만 바라보았다.

한 놈이 떠나니까, 두 놈이 정신이 빠지는구먼!

내가 뱉은 넋두리를 물고 C가 조수석 의자를 뒤로 젖히며 맥 빠진 소리로 제의했다.

형, 눈도 올 것 같은데 아무 데나 세우고 한숨 잡시다. 아무래도 엊저녁에 무리한 것 같어.

유독 술에 약한 C였다. 기지개를 켜는 그를 돌아보며 이죽거렸다.

술 취하면 그냥 자는 버릇을 들여라, 마누라 피곤하게 뎀비지 말고……. 임마!

C는 대답이 없었다. 차를 세운 곳은 작은 면소재지 입구 우시장 앞 공터였다.

여기서 잠들면 아무래도 소 꿈을 꿀 텐데…….

의자를 뒤로 젖히고 누우며 그 말을 뱉는 사이, 긴장감이 일순간 풀어지고 대신 그만한 무게의 피로가 지그시 덮쳐왔다.

긴장을 풀자. 그래, A는 떠났고 나는 피곤하다. 그래 잠이나 자자, 씨펄.

눈을 감고 눈꺼풀 위로 내려앉는 달콤한 피로를 고스란히 받아들이고 있었다. 바로 그 순간, 삘리리, 징그러운 소리로 휴대폰이 울렸고 폴더를 열자 거침없이 시인의 목소리가 귀를 비집고 쏟아졌다. 바다로 떠난 시인은 내게 그런 달콤한 잠을 즐길 여유마저도 박탈하는 것이었다.

형님! 이거 뭐교?

밑도 끝도 없이……. 뭐 말인데?

옷 말입니다. 다른 옷은 다 입겠는데 청치마는 또 뭔교? 형수님 꺼 같은데, 허리는 맞네, 형수님이 싸주신 거라면 이거 우째 해석 해야 하는교?

아내가 옷을 싸면서 내가 입지 않는 청바지인 줄 알고 펴보지도 않고 청치마를 넣은 모양이다. 허리가 맞다는 말로 미루어 녀석은 어디선가 아내의 치마를 입어 본 모양이다.

해석은 무슨 해석? 됐어. 그냥 입어. 졸나게 그물 당기려면 땀이 날 터인데 아랫도리에 바람 잘 들어가라고 넣어준 거겠지, 그냥 입으라구.

그렇게 내질러 놓고 대답도 듣지 않고 전화를 끊었다.

부산역인가? 아니면 부둣가의 허름한 여인숙 앞인가? 하여튼 어디 공중전화였던가 보다. 통화 중에 찰칵거리며 동전 떨어지는 소리가 잔음으로 일고 있었다.

C는 잠이 들어 있고 차창 밖에는 어느새 새록새록 눈이 내리고 있었다. 텅 빈 우시장에도, 차 보닛 위에도 눈이 쌓이고 있었다. A 가 있는 곳에도 지금 눈이 내릴까? 흩날리는 눈발 사이로 아내의 청치마를 입은 시인의 모습이 우스꽝스럽게 떠올랐다가 사라지고 나는 다시 눈을 감는다. 돌아갈 눈길은 아득한데.

# 아버지의 열쇠

## 1. 육탈

이제 한풀 꺾이려나?

아따 올해 더위는 참말로 지독하더구만.

어디를 가나 만만한 게 날씨인 모양이다. 지독히 더웠던 지난 여름을 들먹이며 그들은 대문에 걸린 근조등을 떼고 있었다. 하긴, 날씨를 탓하지 않으면 마땅히 할 말이 없을 것이다. 최소한 남의 초상집에 와서 근조등을 벗기는 동안에는.

그들이 근조등을 벗기는 동안 나는 조합에서 보내준 부의함과 병풍 따위의 장례 물품들을 챙겨서 뜨락으로 내어놓았다. 농협 마크가 새겨진 모자를 쓴 그들은 분명히 장의사가 아니다. 나는 그들이 가져갈 물건들을 챙기면서 생각했다. 이젠 장의사가 입에 풀칠을 하는 데 지장이 있을 거라고.

아버지가 언젠가 그 점에 대해서 불만을 토로한 적이 있다. 인간이나 기업이나 너무 비대해지면 혈관이 막힌다는 말이었다. 농산물 출하에서부터 유류판매업, 장례업에 이르기까지 돈이 되는 한 그들의 업무는 끝없이 불어날 것이다. 물론 조합원의 편의를 도모하기 위함이라지만 이런 시골바닥에 조합원이 아닌 사람이 몇이나 될 것이며 돈이 되지 않는데도 불구하고 단순히 조합원의 편의를 위해서 사업을 개시할지 정말 의문스럽다는 거였다.

헌데, 아버지는 농협에서 슬쩍 끼어든 장례업의 수혜자가 된 것이다. 준비되지 않은 죽음이었다. 아버지는 엉겁결에 죽음을 맞았고 나는 엉겁결에 상주가 되었다. 그 엉겁결로 점철된 일에 준비된 돈이 없어도 전화 한 통화면 석관에서부터 음식에 이르기까지 모든 것이 배달되었다. 편리하긴 하지만 막강한 자본력을 지닌 집단이 장의업까지 점령한 얄팍한 상술에 대해선 나 역시 못마땅하다. 그들이 장의 물품들을 챙기면, 장례기간 동안 농협에서 외상으로 배달해 준 술과 음료 대금을 비롯하여 관과 꽃상여 대금을 정산하여 청구할 것이다.

장의사, 아니 농협의 직원들이 골목 어귀와 대문에 걸린 근조등을 벗겨서 챙기고 부의함과 맥주 박스를 차에 싣고 있을 때 재종조부인 두건할배가 삽짝을 들어섰다. 할배는 여전히 삼베두건을 쓰고 있었다.

어이, 김 주사 수고가 많네? 아따, 내일이 겨우 삼우 날인데 벌써 등을 벗겨 가면 우짜는고? 하여튼 요새는 너무 빨라서 탈이야.

재종조부는 그들에게 알은체를 하며 비아냥거리는 투로 인사를 던졌다.

아이쿠, 임질어른 오시는교?

허, 이 사람 보게나, 말버릇하고는……. 나, 임질이가 아녀.

임질이란 말이 나오는 순간 조마조마했는데 아니나 다를까 두건할배가 발끈했다. 한때는 동네 여자들까지도 그게 무엇을 뜻하는 말인지 모르고 임질어른, 임질양반이라고 불렀지만 결코 임질은 택호가 될 수 없는 말이다. 물론 농협직원도 그 택호가 어디에서 기인된 것인지 미처 익혀두지 못했을 것이다. 젊은 직원이 무안을 당하자, 옆에 있던 늙은 치가 그의 옆구리를 툭, 치며 눈치를 주고는 막아섰다.

허, 이 사람이 그게 무슨 말인지도 모루고……. 그건, 그렇고 어른! 우리도 불만입니다. 요새는 출상만 하면 빨랑 안 챙겨간다고 상주들이 도리어 난리라니깐요. 또 어른들은 너무 일찍 등을 걷는다고, 서운하다고 난리고, 어느 장단에 춤을 춰야 할지, 그나저나 어른! 두건 하나로 또 벼슬하셨습니다.

나이가 많은 치가 밉살스럽지 않게 할배의 두건을 걸고넘어졌다.

왜? 두건이 탐나는감? 벗어 줘? 고인이 된 늘평선생이 내 오촌

이여. 탐낼 것도 없네. 고인과의 촌수 앞으로 배당된 건 이 두건 하나뿐이라구, 하긴 남의 이야기 할 것도 없지. 이 집 상주가 벌써 저 모양으로 돌아다니는 걸.

두건할배의 손가락이 정확히 나를 가리켰다. 맥주 박스를 챙겨주다 말고 아차, 했다. 내가 입고 있던 건 청바지에 붉은색 계통의 파스텔 톤 티셔츠였다. 짐을 챙기느라 두루마기를 잠시 벗어 마루에 걸쳐둔 것이다.

야, 상주야! 봐라. 오늘 같은 날, 두루마기하고 두건은 챙기고 있어야지. 너그 아부지, 늘평선생이 근방 삼 면面에 에지간히 발품을 팔아 놔서 문상객이 언제 닥칠지도 모른다.

두건할배는 농협직원이 들으라는 듯이 나를 타일렀고 나는 순순히 맥주 상자를 내려놓고 두루마기와 두건을 걸치고는 마루로 올라가 상주로서 본연의 자세를 취했다.

두건할배는 삼우제에 쓸 물건들과 먹거리를 한참 동안 조목조목 짚어보고는 내일 삼우제를 마치고 계산하자는 말로 그들을 돌려보내고 나서 은밀한 손짓으로 나를 불렀다. 그러고는 방 안에 있는 형수와 동생이 들으라는 듯이 마루 위로 기침소리와 흡사한 한마디를 던졌다.

아따, 주인이 떠나고 나니, 집 안이 참말로 허하구먼. 허 거참.

두건할배는 뜨락에 있던 아이스박스에서 맥주 두 병을 꺼내들고 수돗가의 감나무 그늘 아래 자리를 잡았다. 그곳에는 아직까지 문상객들이 쓰던 상이 펼쳐져 있었다. 동네 상조계에서 빌려온 상이었다. 이 상과 그릇들도 내일쯤에는 개수를 파악하여 챙겨 보내야 할 것이다. 내가 미처 자리도 잡기 전에 성급한 질문이 날아왔다.

너그 성은 여적지 연락이 없는 게냐?

그 뻔한 물음에 대답을 하지 않았다. 두건할배도 대답을 기다리는 눈치는 아니었다.

허 그거 참, 우째된 일인고 모루겠네, 애비가 죽어도 연락이 안 된다? 허 거참. 그건 그렇고 너, 어제 많이 놀랬쟈?

종이컵에다 흰 거품이 넘치도록 맥주를 따르면서 두건할배가 뜬금없이 물었다. 놀랬다면, 어제가 아니라 사흘 전이었다. 교통사고로 아버지가 응급실에 실려갔다는 소식을 접하면서 놀랜 것이지 어제는 놀랄 일이 뭐가 있었던가. 두건할배가 손수 잔을 채워 재종손주인 나에게 건네주는 잔을 받으며 되물었다.

어제요? 뭘 말입니까?

아니, 다른 게 아니고 너그 어메 산소를 파보니 육탈이 안 되었더라며?

아, 예…….

나는 말끝을 사리며 어제 아침의 일을 선명하게 떠올렸다.

어제 아침. 정말이지 끔찍했다. 아버지의 발인에 맞추어 노루고
개 큰밭 위에 있는 어머니 산소를 이장하기로 되어 있었다. 그곳
은 선산이었지만 아버지가 갈 곳이 결코 아니었고 먼저 터를 잡은
어머니의 산소마저도 이장을 요하는 자리였다. 새벽에 포크레인
과 인부들을 보내놓고 발인을 하기 전에 짬을 내어 노루고개에 들
렀다. 먼저 간 인부들과 포크레인이 봉분을 파헤쳤고 이미 목관
은, 뚜껑이 드러나 있었다. 시간에 맞추어 정확히 도착한 것이다.
상주인 내가 관 뚜껑만 열어주고 곧바로 발인제를 지내러 내려와
야 하는 것이다.

어무이! 이사 갑시다. 어무이! 이사 갑시다. 공원묘지에서 보내
준 장의사가 일러주는 대로 관 속에 누워 있을 어머니의 뼈를 향
해 세 번 외치고는 장의사가 시키는 대로 삽을 천판 사이에 꽂아
뚜껑을 젖혔다. 관은 벌써 십사 년 전에 아버지가 사별하는 아내
에게 마지막으로 선물한 오동나무 목관이었다. 천판이 열리는 순
간 둘러선 모든 시선은 놀랐다. 벌써 십사 년이 지난 관 속의 형태
가 그러리라고는 아무도 상상을 못했던 것이다.

그래? 육탈이 안 되었다면 어느 정도였더냐?

두건할배는 맥주 잔을 들이켜고는 조급하게 대답을 종용하고
있었다

물이 찼습디다.

그래 대충 들었다만 어느 정도더냐?

말로는 못할 정도지요. 꼭 욕조에 빨랫감 담가둔 것 같더구만요.

그랬다. 육탈이 되어 뼈만을 수습할 거라고 칠성판을 들고 왔던 장의사가 옹골찬 한숨을 포옥 내쉴 정도로 대책 없는 상태였다. 비싸고 좋다던, 오동나무 관이 화근이었다. 땅에 묻힌 목질이 퉁퉁 불어, 들어온 물이 빠져나갈 수 없도록 되어 있었고 어머니의 시신은 육탈은커녕, 염포마저도 고스란히 물 속에 잠겨 있었다. 그 흐느적거림이란 또 어떻고.

나는 그 일을 기억하며 설레설레 고개를 저었다.

그 상황에서 맑은 정신을 온전히 지닐 사람이야 있겠는가만, 나 역시 맑은 정신이라곤 서 푼어치도 남아 있질 않았다. 그 난감한 일을 어떻게 수습했는지 모르겠다. 둘러선 누군가가 장의사의 지시에 의해서 고무장갑을 가지러 산을 내려갔고 나 또한 발인제가 급해서 황망히 산을 내려온 것이다.

너 많이 놀랬겠구나. 그래 잘 했다. 잘 했어. 너그 어메를 물 속에 담가두고 무슨 일이 잘 풀리겠냐? 여태까지 너그 집에 가세가 기운 것도 다 그 탓인지 모른다. 사람은 그저 죽으면 곧장 육탈되어야 하고 뼈가 삭아서 흙으로 돌아가야 하는 법이거늘, 너그 어메 살았을 적에 좀 떵떵, 거리고 살았냐? 맘을 크게 가져라, 그 부관참시 할 놈이 이장을 해 가라고 난리를 치며 지랄을 떨 적에는 무슨 일이 될라고 그랬던 모양이다. 그래 생각하거라, 서운한 맘일랑 싹 이자뿌고.

재종조부는 후일을 염려한 듯, 그렇게 혼잣소리처럼 나를 달래며 술잔을 내 앞으로 내밀었다. 부관참시 할 놈이라면, 육촌 형 아니, 우리 황씨 집안에 난데없이 끼어든 추가를 지칭하는 것이다. 그럼요, 그렇게 생각해야지요. 듣기 좋은 목소리로 답하며 잔을 받았지만 내 안에 마구 쑤셔 넣은 감정은 시간이 지날수록 날을 세우고 있었다. 좋은 감정은 다 녹아버리고 뼈만 남은 감정이 내 가슴속 어느 부위에서 서걱거리고 있었다. 이것도 분명히 육탈이라면 육탈일 터였다.

재종조부의 술잔을 받아들고 육탈의 의미를 되새길 때 방 안에서 실로 육탈된 한마디가 비수처럼 창 밖으로 날아왔다.

언니가 우리 집에 들어오고 나서 된 일이 뭐가 있다고 그래?

여동생의 육탈된, 그야말로 뼈만 남은 목소리였다. 엊그제부터 삐걱거리더니 기어이 붙은 모양이다. 형수 또한 지지 않고 참으로 씩씩하게 되받았다.

아이쿠, 참말로 벌어진 입이라고 말 잘하네, 고모가 뭘 안다고 난리야! 내가 이 콩가루 같은 집안에 들어와서 고생한 건 뭐구, 아이구 동네사람 들을까 겁나네! 그래 알고나 갑시다. 내가 와서 되지 않은 일이 뭐야? 그게 도대체 뭐냐구?

　며느리와 시누이의 단순한 갈등이 아니라 중생과 어린양의 한 판 승부다. 형수가 교회에 푹 빠져 있는 걸 못마땅해하던 여동생이었고 시누이가 절간에 기거하는 걸 두고두고 원망하던 형수였다.

　언니는 그걸 몰라서 물어요? 아버지 퇴직금하구 전답을 다 팔아먹은 게 누구야? 누구냐구?

　그건 오빠한테 물어야지, 왜 나를 잡고 난리야. 이거 왜 이래! 나도 그 뜬구름 잡는 사업을 신발 벗고 말린 사람이라구!

　정말 콩가루 집안이 될려나. 툭툭 불거진, 억센 뼈를 지닌 말들이 창 밖으로 날아오고 있었다. 정말이지 돌아가는 꼬락서니로 미루어 우리 집도 갈 만큼 갔다. 나는 될 대로 되라는 심사로 못 들은 척, 종이컵에 맥주를 따르고 있었고 재종조부가 마루로 뛰어오르며 소리를 쳤다.

　이놈의 집구석에 암탉들이, 어디서 배워먹은 버릇이야! 시아비 발 뻗힌 지가 얼마나 된다고 이 난리들이야?

　은연중에 두건할배의 원망의 화살은 형수 쪽으로 날아가고 있었다. 결국 자신이 부처의 손을 들어주고 있는 것이라는 걸 두건할배는 모를 것이다. 방 안에서 누구의 것인지도 모를 울음소리가 서럽게 들려왔다.

　들고 있던 맥주를 들이켜고 고개를 꺾어 감나무 가지 사이로 열리는 하늘을 보았다. 아득하게도 팔월이 기울고 있었다.

## 2. 두건할배

두건할배 아니, 재종조부는 아버지의 당숙이다. 하지만 아버지
보다 여섯 살이나 적은 관계로 조카인 아버지에게 해라, 마라, 고
하대를 쓰지 않는다. 아버지 또한 항렬에 덜미가 잡혀 여섯 살이
나 적은 두건할배께 하대를 하지 않는다. 그렇다고 서로가 존대하
는 것도 아니다. 하대도 아니고 존대도 아닌 어정쩡한 말투가 그
들 사이에 형성되어 있는 것이다. 말투만큼이나 어정쩡하게 촌수
와 항렬 사이로 끼어든 나이차이 탓으로 자칫 두 분의 관계가 서
먹해지기 십상일 거라고 넘겨짚겠지만 사실은 그렇지가 않다. 오
히려, 아버지와 두건할배는 그런 염려를 가진 사람을 비웃기라도
하듯이 다정다감해 보일 정도였다. 백 호가 넘는 시골동네에 삼분
의 이가 황씨라면 당연히 온 동네가 누렇게 보이는 집성촌이다.
그 집성촌에 구태여 아버지가 아니더라도 집안 대소간의 크고 작
은 일들에 대해서 물을 곳이 많겠지만 두건할배는 기어이 조카인
아버지를 찾는다.

늘평선생 집에 계시는가?

두건할배가 뒷짐을 지고 뜨락 아래서 내 왔노라고 기별을 알린
다. 물론 나에게 묻는 말이 아니다. 조카인 늘평선생께 바로 묻는
말인데 하대도 아니고 존대도 아닌 말투다. 그러면 아버지는 방문

을 열면서 말한다. 그 또한 하대도 존대도 아닌 말 본새다.

두건아제 오셨네, 어여 들어와여.

두건할배가 방에 들어와 윗목에 앉으면 아버지의 힐책이 금방 날아간다.

그 두건은 제발 좀 벗어 놓고.

두건으로 하여 무안을 당하면서도 구태여 조카인 아버지를 찾는다. 어떤 문제이든 아버지가 내리는 결단이 가장 현명하다는 판단이거나, 가까운 촌수라 아버지는 언제나 두건할배 편에서 두둔하는 식으로 입장을 헤아려주기 때문일 것이다. 요미걸련이라고 했던가. 개가 사람 앞에서 알짱거리며 꼬리를 흔드는 모양새, 결국 아첨을 잘 하는 사람을 일컫는 말인데 이런 표현을 재종조부인 두건할배에게 붙인다는 것은 대단히 잘못된 일이지만 두건할배는 그랬다. 최소한 아버지 앞에서는 요미걸련에 가까운 모양새를 취했다. 무엇이 아버지로 하여금 그런 힘을 지니게 했는가는 헤아릴 수 없지만, 두건할배가 아버지를 잃었으니 천붕天崩에 다름 아니리라.

두건할배로 불리는 데는 사연이 있다. 집성촌인 우리 동리에 국한된 이야기가 아니더라도 젊은 사람들이 도회로 나가고 늙은이만 와글거리는 시골마을엔 초상이 잦다. 황씨들이 모여 사는 집성촌이라면 당연히 우리 황문의 초상이 잦은 것이다. 황씨 문중에

상이 나면 제일 먼저 두건을 쓰고 제일 늦게 벗는 사람이 바로 두건할배다. 조금 보태서 말하면 일년 중에 서너 달쯤 두건할배 머리에는 두건이 씌어져 있는 것이다. 엉겁결에 당한 상이라면 상주들이 미처 상복을 입기도 전에 할배는 집에 있던 두건을 쓰고 나타나는 것이다. 나름대로 고인에 대한 예우라고 생각할 터이지만 삼우가 끝나는 날 저녁까지는 절대 벗는 일이 없다. 누가 비아냥거리는 투로 두건을 벗으라면 정말이지 턱도 없다.

자네가 죽으면 내가 하루 만에 두건을 벗을 걸세.

그렇게 일축한다. 고인과의 정을 생각하면 어림도 없는 일이라며 고인과의 관계를 단절시킬 생각은 추호도 하지 말라고 으름장을 놓곤 한다.

두건을 쓰면 개가 흘레를 붙는 것도 안 보는 법이거늘, 저 위인은 오입하러 갈 때도 두건을 쓰고 출전할 거라고 뒤에서 쑥덕거리는 사람이 있었고, 또 타성바지 혹자들은 그의 두건을 두고 관조의 위관이라고도 했다. 황새의 이마에 솟아난 깃털, 뭐 그런 뜻인데 우리 황문을 비꼬는 말투라서 널리 통용되지 못했다.

두건할배는 다양한 별명을 지녔다. 워낙에 기이한 인물이라 그의 성격이나 행동에 수반되는 적절한 별명이야 많지만 대표적인 것이 임질이었다. 항렬이 낮은 사람에게는 임질할배였고 촌수가 비교적 멀고 연배가 엇비슷한 사람들께는 임질영감으로 불리었으며 심지어 동네 아낙네들까지 서슴없이 임질양반으로 불렀다. 임질이라는 별명이 택호로 굳어버릴 즈음, 듣기가 민망했던 아버지가 만들어 얹은 별명이 두건할배다. 막내집의 막내로 태어나서 항렬만 높은 걸 비아냥거리는 뉘앙스가 다분히 배어 있는 호칭이지만 두건할배를 두둔하는 입장에서 지어진 것에는 틀림이 없다. 임질은 두건할배가 재종조모와 사별하고 삼 년이 넘어서 감염된 병명이다. 어떤 경로를 통해 임질에 감염되었는지 알 수가 없지만 익명성이 얕은, 면소재지 보건소를 들락거리다 덮어쓴 별명이다. 임질은 성교를 통해서만 감염되는 병인데 두건할배, 오십 대 후반에 제대로 발기나 되었을까? 나이가 많음을 빌미로 성욕조차도 흠으로 잡을 수야 없지만, 임질이라는 할배의 별명을 생각할 때마다 발기에 대한 나의 궁금증이 슬며시 발기되곤 했다.

하여튼, 어감이 매끄러운 두건할배는 임질이라는 지극히 명예롭지 못한 별명을 감쪽같이 덮어씌우기에 충분했다. 두건할배, 그 호칭과 맞바꾼 것이 늘평선생이다. 한평생 초등학교, 그것도 분교만 떠도는 늙은 평교사라는 뜻에서 늙평선생으로 지어 던졌는데 부정도 긍정도 아닌 아버지의 허허 웃음으로 수락했던 모양이고 늙평이 와전되어 늘평선생으로 불리어졌다. 시골동네의 어느 초상집 군불자리에서 그런 얘기가 오갔다면 삽시간에 퍼져 늘평과 두건으로 불릴 수밖에 없는 것이다. 어쨌거나 두건할배께서 이번

에 쓴 두건은 아버지와의 촌수와 돈독한 정을 감안하면 언제 벗겨
질지 모를 일이다.

두건할배는 아버지의 죽음에 있어서 장례집행위원장 역할을 톡
톡히 했다. 물론 장례집행위원장 자리를 자처하고 나선 것도 두건
할배였다. 응급실에서 아버지의 맥이 떨어지고 영안실로 옮겨지
자 나와 누이는 솔직히 어쩔 줄 몰랐다. 그때 두건할배가 나선 것
이다. 그때는 두건할배가 용맹스러워 보이기까지 했다.

너그 아부지는 발을 뻗혔다. 지금부터 일 처리는 내가 하겠다.
우왕좌왕하지 말고 나만 믿고 침착하게, 내가 시키는 대로 하면
되는 것이다. 다시 말하건대, 너그 아부지는 오매불망 그리던 너
그 어메 품으로 갔다. 내가 하는 말에 왈가왈부하지 마라.

슬픔으로 넘어가기 쉬운 우리의 감정을 차단시키고는 앰뷸런스
로 영안실에 있는 아버지를 곧장 집으로 모신 것이다. 영안실은
모든 것이 비싸고 일 처리가 번거롭다는 거였다. 그걸 기점으로
응급실에서부터 공원묘지까지 두건할배가 관여하지 않은 곳이 없
었다. 사고처리는 집안의 조카사위뻘 되는 경찰서의 아무개를 불
러 위임하는 민첩함을 보였고 공원묘지에는 이웃마을 풍수영감을
불러 사전답사까지 하는 꼼꼼함을 보였고, 음식준비는 또 어땠는
가. 전화통을 잡고 빠진 물건과 뺄 음식을 확인하고 부의록과 지
출되는 금액을 꼼꼼히 기록했다. 아버지의 죽음을 가장 슬퍼할 사

람이 바로 두건할배인 듯한데 그는 도무지 슬퍼할 짬이 없어 보였다. 그리고 장례가 끝나고 시누이와 며느리의 갈등으로 인한 싸움까지 뜯어말리는 애프터서비스까지 마다하지 않았다.

방 안의 울음소리가 잦아들자 두건할배는 손을 털고 마루를 내려섰다.

두건할배는 내가 건네주는 잔을 받으며 내 들으라는 소리로 중얼거렸다.

니 형수는 우째 정이 안 가는고 모루겠다. 공부했다는 사람이 사람 보는 눈은 없어가지고 우째 저런 사람을 들였는지……. 하긴, 저그 아부지 장례에도 참석 못하는 작자인 걸 뭐…….

두건할배는 말꼬리를 사리고 있었다. 형의 이야기다. 아버지의 말을 빌리자면 형의 엉덩이에는 바람이 든 방석 한 장이 붙어다닌다고 했다. 그 바람이 잔뜩 든 방석으로 하여 어디에도 정착하질 못한다는 것이다. 하긴, 아버지의 말이 맞는지도 모른다. 그러기에 아버지의 죽음에도 연락이 닿지 않은 것일 게다. 형이 종적을 감춘 지 벌써 석 달이 넘었다. 아버지의 퇴직금과 논밭을 몽땅 털어 넣고도, 형이 경영하고자 했던 석산은 이런저런 핑계로 개발되지 못했다.

공부를 잘하면 뭐 하노! 나는 니가 더 미덥더라.

술잔을 들고 두건할배가 형과 나를 잠깐 비교했던 모양이다. 나는 밉살스럽지 않게 할배의 말을 걸고넘어졌다.

　할배는, 그라면 제가 공부를 못했단 말입니꺼?

　허! 이 사람 보게, 말 잘못 했다가는 재종손한테 맞겠네. 공부를 못했다는 말이 아니고 공부를 덜 했다는 말이지. 왜 꼬운가? 꼬우면 기타 메고 댕기면서 담배 피우지 말고 공부하지. 허, 그거 참.

　앉은 채로 뒤로 흠씬 물러나는 두건할배의 몸짓과 말투는 과장되어 있었다.

　고등학교 다닐 때 담배를 피우다가 두건할배에게 두어 번 걸린 적이 있었다. 그때는 어머니가 돌아가신 직후였다. 아버지는 김천의 어느 골짜기 분교장으로 있으면서 사택을 홀로 쓰고 계셨고 집에 남은 나는 중학을 다니는 여동생과 밥이든 죽이든 되는 대로 끓여먹고 있을 때였다. 아버지의 간곡한 부탁과 은밀한 지시에 의해서 두건할배가 조석으로 들락거리며 우리를 감시하고 챙겨주던 시절이었다. 그때는 시도 때도 없이 펄럭이는 내 감수성을 달래지 못하고 골방에 방치된 채 담배를 피우고 있는데 두건할배가 벌컥, 문을 연 것이다. 문이 열림과 동시에 피우던 담배는 민첩하게 감추었지만 방 안에 가득 찬 연기는 어쩔 수가 없었다. 갓 배운 담배를 얼마나 빨아댔는지 방 안이 온통 너구리를 잡으려고 불을 피운 굴처럼 연기가 자욱했다. 두건할배는 방 안을 좌악 훑어보고는 고맙게도 금세 문을 닫아 주셨다. 그러고는 삽짝으로 나가면서 골방을 향해 일갈했다.

야, 이 녀석아! 뼈 녹는다. 대강 꾸워대라.

따귀를 맞지 않은 것이 얼마나 고맙던지 나는 방 안에서 보이지도 않는 할배께 꾸뻑, 인사를 드렸다.

할배요! 밤길 살펴 가이소!

그 다음에 걸렸을 때도 상황은 비슷했다. 달라진 것이 있다면 할배의 일갈이었다.

야, 이 녀석아! 콧구녕 썩어 문드러질라 대강 꿔대라. 수틀리면 너그 아부지한테 확 일러바칠라.

간이 좀 더 커졌는지 나의 인사도 조금 모양새를 달리했다.

할배요! 남아일언 중천금입니다!

그게 벌써 십 몇 년 전의 얘긴데 할배는 아직까지 기억하고 있었던 모양이다.

할배 한잔 더 하시죠?

맥주병을 들어 권하자 할배는 잔을 들이밀며 너스레를 쳤다.

니가, 술이 급해서 잔을 빨리 돌리는 거 아니냐?

할배 눈치 하나는 빠르신 데요?

아서라! 상주가 술이 너무 취하면 절 하다가 자빠질라.

## 3. 금고

　장례를 마치고 제정신을 수습한 식구들의 관심은 금고로 쏠리고 있었다.

　금고. 그건 말만 거창하게 금고일 뿐이지 사실은 작은 철제캐비닛에 불과하다. 문짝 위에 '증22회 동기회'라고 씌어진 걸로 보아 아버지가 당신의 주머니를 풀어 산 것은 아니다. 아버지의 방, 책장 옆에 궁둥이를 비집고 들어앉은 그것은 아버지가 분교에서 쓰던 것인데 분교가 폐교되면서 그것을 방으로 들여놓고 당신만이 소중하다고 생각되는 물건들을 넣어두는 것이다.

　아버지의 방에는 구태여 그것이 아니더라도 잡다한 물건들로 발 디딜 틈이 없다. 한쪽 벽면을 차지한 책장하며 좁아 터진 방에 놓기는 도저히 어울리지 않을, 분교에서 쓰시던 집무용 책상, 그 책상 위에 텔레비전과 비디오 그리고 미처 책꽂이에 오르지 못한 수십 권의 졸업앨범과 사진첩이 책상 옆에 쌓여 있는데도 불구하고 그것을 구태여 방으로 들였다. 그 안에 들어갈 물건이라면 큼직한 책상서랍에 넣고 잠가도 될 것인데.

　금고 아니, 철캐비닛. 그것을 열어본다면, 겨우 근저당이 설정된 집문서와 두어 마지기 되는 논문서, 그리고 명절 끝에 제자들이 가끔 들고 오는 양주병이나 할아버지에게 물려받은 것이라며 수시로 닦던 용이 새겨진 놋재떨이 그런 게 고작일 터인데, 형수를 비롯하여 식구들은 그곳에 뭐가 들어 있을까 궁금해 안달한다.

눈치로 미루어 형수는 아버지의 퇴직금 중에서 일부를 떼어 비자금으로 보관하지 않을까 기대하지만 그건 솔직히 야무진 상상이다. 형이 사업자금을 빙자해서 훑어간 액수를 계산하면 답은 자명한데 무슨 기대를 하는지 모르겠다. 그곳에서 수억이 든 통장이 나온다면 형수는 대뜸, 장자를 운운하며 챙기려 하겠지만 단언컨대 절대 그런 일이 일어날 수가 없다. 그런 굵직한 상상을 했다가는 실망 또한 클 것이다.

궁금해하기는 여동생도 마찬가지다. 지현이는 어제도, 오늘도, 틈만 나면 은밀하게 물었다.

오빠! 아버지 사고현장에서 열쇠를 본 사람이 없대? 혹 오토바이 열쇠하고 같이 묶여 있지 않을까? 그렇담 파출소에 알아보는 게…….

지현아! 너까지 왜 안달이냐? 열어봤자 별거 없을 거야. 형이 뜯어간 돈이 얼만데, 아부지께 남은 게 뭐가 있겠냐? 아부지 용돈도 근래에는 내가 드린 걸.

오빠는 내가 뭐, 그깟 돈 때문에 그러는 줄 알어?

보다 못해 그렇게 일러주었지만 동생도 내 말을 믿으려 하지 않았다. 하긴, 아버지의 방 책장 귀퉁이에 떡하니 자리잡고 묵직한 자물쇠가 굳게 채워진 그것은, 그것과 관계된 자들의 궁금증을 자극하기에 충분했다.

솔직히 나는 철사 한 가닥이나 머리핀 하나면 그런 벙어리 자물통이야 쉽게 열 수가 있다. 그건 전문적인 금고털이가 아니더라도 아주 기본적인 기술이다. 그쯤이야 벌써 내공을 쌓기 전에 터득한 것이다. 하지만 집에서는 절대로, 특히 식구들이 보는 앞에서 솜씨를 보일 수는 없는 노릇이고, 그것보다 형수가 금고에 잔뜩 기대를 걸고, 캐비닛의 내장이 궁금하여 몸달아하는 것을 나는 분명히 즐기고 있었다.


## 4. 실핏줄의 엉킴 혹은 가계도


교차로가 많으면 지나는 차들이 엉킨다. 핏줄 또한 마찬가지다. 그것도 여러 갈래로 퍼지면 결국은 엉켜서 순환이 제대로 되기 어렵다. 특히나 여러 갈래로 뻗어간 핏줄의 끝자락이 모여 사는 집성촌의 대소간 문제는 늘 그런 취약한 부분을 지니게 마련이다. 진작부터 우리 가계의 실핏줄도 엉켜 있었지만 나는 그 엉킴을 인식하지 못했고 올 봄에서야 그 엉킨 핏줄과 가계도를 찬찬히 짚어보게 되었다.

아마도 그날은 토요일이었을 거다. 일찌감치 퇴근하고 물이 괜찮은 곳을 찾아 사업차 원정을 가려고 방문을 나서던 참이었는데 좀체 그런 일이 없던 아버지가 얼굴이 불콰해진 채 삽짝을 들어섰다. 아니나 다를까 그 뒤에 두건할배가 꼬리를 물고 들어서면서 한마디를 던졌다.

허 거참, 주객전도라카더니만 별 꼬라지를 다 당하네. 이게 무슨 변인고 모루겠다.

그 한마디는 내 호기심을 자극하기에 충분했다. 도대체 무슨 일이냐고 내가 묻기도 전에 두건할배는 내게 눈을 찡긋해 보이고는 아버지가 들으라는 투로 말했다.

야, 너 임마! 후딱 돈 벌어서 산을 하나 사야겠다.

후딱 벌고 싶다고 후딱 벌어지는 게 돈인가. 의아해하면서 다음 말을 기다렸다.

그게 조상으로부터 물려받은 선산이지, 지 앞으로 등기가 되었다고 지 개인 재산이냐? 너그 할부지 말마따나 그때 떼어보냈어야 되는 건데, 허 거참. 우리 황문에 묻어 들어온 추가가 큰 벼슬을 했네, 큰 벼슬을 했어! 너, 후딱 돈 벌어서 산을 하나 사야 된다구! 내 말이 무슨 말인지 알겠재?

두건할배는 알아듣지 못할 소리를 잔뜩 늘어놓고는 알겠재? 라고 물었지만 내가 알아들을 수 있는 말은 고작 허 거참, 이라는 버

릇처럼 쓰는 헛기침 소리 외엔 없었다. 다만 추가라면 육촌 작은
형을 말하는데 거기서 무슨 섭한 소릴 들었을 거라는 감뿐이었다.

도대체 무슨 일입니까?

좀 신경질이 섞인 말투로 아버지께 물었을 때 두건할배가 듬성
듬성 설명을 했다. 큰집 종조모가 종조부 앞으로 등기가 되어 있
는 선산을 육촌 작은형 앞으로 등기를 옮겼다는 것이다. 문제는
거기에 있었다.

육촌 작은형이라면 황씨가 아니라 추씨인 것이다.

벌써 삼십 년 저쪽의 얘기지만 지금의 종조모가 전남편과 사별
하고 종조부에게로 재가하는데 치마꼬리를 잡고 삽짝으로 들어온
자식이 육촌 작은형이고, 죽은 종조모가 황문에서 낳은 핏줄이 이
미 오 년 전에 작고한 육촌 큰형이다. 말이 났으니까 말이지만, 육
촌 큰형은 육촌 작은형보다 겨우 두 달 먼저 태어난 것이다. 피가
다르고 성도 다른 동갑내기의 동생과 초등학교와 중학을 같이 다
녔으니, 어린 나이에 마음고생이 어땠는지 짐작이 간다. 그런 큰
형을 생각하면 절로 숙연해진다. 모정에 굶주리고 계모의 학대로
온전한 정신을 지니지 못하고 가까스로 만들어 놓은 처자를 버리
고 떠돌다가 결국은 오 년 전에 김천 어디에서 변사체로 발견된
것이다.

어쨌거나 선산은 육촌 작은형 앞으로 넘어간 것이다.

추가가 황씨 집안 제사를 모실 일이 있냐, 선산을 넘기는 것이 그렇게 바쁜 일도 아니고, 또 넘겨준다면 당연히 지수 앞으로 해야 된다고 대소간에 말들이 많았던 모양인데 나만 모르고 있었던 것이다. 이미 넘어간 선산을 황문의 종손이고 육촌 큰형의 유일한 혈육인 지수 앞으로 옮겨주기를 종용하는 문제에 대해서 아버지와 대소간의 몇몇 어른들이 나섰다. 아버지는 사촌형수인 종조모께 황씨의 성을 가진 지수에게로 등기를 넘겨주기를 간곡히 부탁했던 모양이다. 그러나 돌아앉은 종조모로 인하여 그 일은 번번이 무산되었고 무산될 때마다 감정의 골은 조금씩 깊어갔던 모양이다.

점진적으로 깊어지던 골은 바닥을 드러내고 집안은 양분화되면서 급기야 선산의 쟁탈전이 벌어졌다. 황씨 집안에 들어와서 배곯지 않고 여태 살아온 것만도 감지덕지할 일이지 선산까지 넘본다고 소송을 불사하겠다는 다수의 황씨 팀과 이미 넘어간 선산을 다시 등기하면 비용만 많이 들 뿐인데 귀찮은 일을 왜 하느냐, 팔아먹고 갈 일이 아니니 걱정 말라는 특정소수의 추씨 팀과의 팽팽한 대립이었다.

내가 그 핏줄의 엉킴을 안 그날은 이미 걷잡을 수 없을 만큼 치열한 공방전이 펼쳐져 있을 때였다. 종조부의 의지와는 상관이 없는 잘못된 증여라며 법정소송을 불사하겠다고 하자, 주인은 따로 있으니 이미 들어선 산소마저도 파 가라는 식의 공방이었다. 사태가 그런 식으로 진전되자 아버지의 손이 육촌 작은형의 따귀로 올라간 모양이다.

그 이장을 요구하는 산소 중에 어머니의 산소까지 포함되어 있다는 말과 이 배은망덕한 놈을 어릴 때 고아원이나 어디 보육시설로 보내자는 것을 교육자인 너그 아부지가 반대해서 데리고 있었다는 두건할배의 원망이 아닌 원망을 들으며 대문을 나섰다.

아무리 생각해도 그날은 사업상 원정을 갈 기분이 아니었다. 아니 기분이 아니더라도 나가면 안 되는 것이다. 그런 기분으로 나갔다가는 하루의 사업을 망치는 것보다 치명적인 상처를 입을 수 있는 것이다.

나는 곧장 큰집으로 달려갔다. 그리고 육촌 작은형에게 도대체 무슨 일이냐고 말을 꺼내 사실을 들추었다. 들추어보니 등기는 어제오늘의 일이 아니라 벌써 삼 년 전에 그에게로 넘겨졌다. 물론 그때는 종조부가 바람을 맞았다 하더라도 숨이 붙어 있었고, 산주에게 바로 증여를 받고 증여세까지 냈으니 법적으로는 하자가 없는 거였다. 법정싸움을 하더라도 선산의 임자는 분명히 육촌 작은형이다. 산 임자야 누구든 간에 나의 관심은 정말로 어머니의 산소를 이장해야 하느냐 하는 문제에 있는 것이다. 그런 얘기야 다음에 해도 좋으련만, 나는 큰집 마루에 걸터앉아 조용히 물었다.

형님! 정말로 우리 어메 산소를 이장해야 되능교?

사람 기분을 이래 상하게 해놓고, 너 같으면 그냥 넘어가겠냐?

형님! 그렇더라도 증조부 때부터 내려오던 선산인데, 자손 된 도리로 좀 봐주면서 넘어가지 그래요? 지수도 있고.

자손? 씨발, 내가 왜 너그 자손이야? 지수를 들먹거리며 택도 없는 소리 까발리지 말고 산소자리나 알아보라구, 갈 데가 없으면 씨발, 파서 태워버리든가.

뭘, 뭘 태운다는 말인가. 파서 태운다는 의미보다 먼저 이미 엉킬 대로 엉켜버린 가계도와 막혀버린 핏줄을 순식간에 읽었다. 무엇을 근거로 내가 형이라고 불러야 하는가. 나는 발끈했다.

알았다. 이 씨발놈아! 우리 어메 산소 파낼 테니 그 자리에 추가 새끼들 많이 갖다 심어라. 이 개자식아!

그렇게 내지르며 내가 자리를 박찼고 그는 뜨는 소에 받힌 것처럼 얼굴이 하얗게 질렸다. 나는 분을 삭이지 못하고 그의 머리에 얹힌 모자를 낚아채 뜨락에 팽개치고는 질근질근 밟아버렸다. 생각하면 그날 큰 사고를 치르지 않은 게 다행이다.


그건 그때의 일이고, 화가 나면 무슨 말인들 못 뱉겠는가만, 육촌 작은형은 집성촌 중간에 끼어 살면서도 아버지의 장례에 보란 듯이 나타나지 않은 것이다. 그건 참말이지, 간이 보통으로 커서는 할 수 있는 일이 아니다. 돌아가는 꼬락서니로 미루어 아직은 숨이 붙었지만 여든이 다 된 종조모의 장례식에는 상상조차 하지 못할, 참으로 희한한 일이 발생할 것 같은 예감이다. 수돗가 감나무 아래서 술이 올라 불콰한 얼굴로 부관참시 할 놈이라고 연발하는 두건할배를 보며 나는 중얼거렸다.

순환되지 못하고 막히면 터지는 게 핏줄이다. 핏줄!

아버지는 봄부터 배은망덕한 그 자식을 어릴 때 어디로 떼 놓지 못한 걸 두고두고 후회하면서도 엉킨 가계도를 제대로 수습하지 못했다. 그러고는 느닷없이 예순다섯의 생을 마감했고 남겨진 두건할배는 수돗가 감나무 아래서 자작으로 술을 비우고 있었다.


## 5. 객사

오토바이 사고였다. 그게 나흘 전의 이야기다.

아버지가 사고를 당하는 그 순간에 나는 대전으로 향하는 무궁화호 열차 안에 있었다. 토요일 오후면 대체로 열차가 적당하게 복잡하고 물이 괜찮은 날이지만 그날은 좀 쉬운 먹잇감이 걸려들었다. 먹이를 찾아 열차의 첫 칸부터 죽 훑던 나의 매발톱 같은 시야에 걸려든 것이 중년사내의 바지 뒷주머니에 꽂힌 장지갑이었다. 사내는 객석의자 등받이에 가슴을 기댄 채 엉덩이를 뒤로 쭉 빼고서 신문을 보고 있었다. 나는 그런 주머니만 보아도 그곳에 들어 있는 액수 정도를 파악할 수가 있다. 지갑만 보아도 그곳에 든 것이 허접쓰레기 같은 명함인지 아니면 쓸데없는 카드인지 아니면 카랑카랑한 새알인지 한눈에 파악할 수가 있다. 그건 오랜 경험을 통하여 얻어지는 것이다. 나의 손에는 접혀진 영화잡지가 쥐어져 있고 동업자인 월매는 나를 지나쳐 객석 끄트머리에 위치를 잡고 있었다. 내가 통로를 지나가려면 사내는 엉덩이를 거두어주어야 한다. 물론 내가 비켜서 지나가면 되겠지만 나는 엉덩이가 걸거적거림을 표시한다. 사내가 엉덩이를 거두어주는 순간 그의 지갑은 손에 쥔 영화잡지 사이에 오롯이 들어와 있을 것이다. 그날은 대전으로 원정을 계획했지만 수월하게도 영동역에서 내려야 할 것 같은 예감에 사로잡혀 있었고 행동개시 몇 초 전이었다. 이미 차내에는 영동역에 내리실 분 준비하라는 방송이 울렸고 객석 뒤쪽에 커다란 가방을 메고 있는 월매와도 눈빛으로 사인이 맞았다. 그런 순간의 전율은 잊을 수가 없다. 가슴이 떨리고 긴장감에서 오는 짜릿함, 어느 시인이 날카로운 첫키스에서 오는 전율이라고 했던가, 나는 그 순간에 오르가슴을 느끼는 것이다. 내가 그 짓을 그만두지 못하는 이유는 거기에 있는 것이다. 새알보다 더 귀한 것이 그 순간의 짜릿함이다. 내가 뒤쪽으로 출발하면 월매가

앞쪽으로 나오는 것이다. 내가 사내에게서 새알을 낚아채고, 새알
은 영화잡지에 잠시 들어왔다가 곧바로 객석통로에서 월매와 살
짝 부딪히면서 월매의 가방으로 고스란히 옮겨지는 것이다. 월매
는 앞문으로 내리고 나는 뒷문으로 내린다. 어떠한 경우가 생겨도
우리는 모르는 사이다. 출발 신호가 내려지는 순간, 휴대폰이 울
린 것이다. 실수였다. 행동을 개시하기 전에는 항상 휴대폰을 껐
었는데 그날따라 물이 좋아 잠시 방심했던 모양이다.

전화벨 소리에 순간적으로 낭패감을 느꼈다. 전화를 받고 나면
적절한 타이밍을 놓치는 것이다. 까딱하다간 대전까지 올라가야
하고 그때의 상황은 또 어떻게 돌변할지 모르는 일이다. 월매에게
대기의 눈빛을 보내고 점잖게 전화를 받았다.

황차수 씨죠? 여기 파출소에 차 순경입니다.

파출소? 순간적으로 뜨끔했고 이내 불길한 예감에 사로잡혔다.
실수했던 부분이 없는데 우리의 꼬리가 어디에서 밟혔을까를 생
각하며 의심이 가는 부분을 순간적으로 주욱 훑었다.

황차수 씨, 저어 놀라지 말고 들으십시오.

파출소에서 전화를 해놓고 놀라지 말고 들으라면 놀래지 않을
인간이 어디에 있겠는가. 하여튼, 귀때기 새파란 초보는 알아줘야
된다니까, 뭐 그런 생각을 하며 뒷말을 기다렸다.

황청기 씨가 부친 되시죠? 부친이 교통사고를 당하셔서 연락한

겁니다.

　그 말을 들으며 나는 안도의 한숨을 내쉬었다. 꼬리가 밟힌 게 아니라 겨우 아버지의 교통사고 소식이었다는 데 대한 안도였다. 나는 순경에게 물었다. 지금 생각해도 그 상황에서는 당찮은 물음이었다.

　제 전화번호를 어떻게 알았어요?

　황차수 씨가 일하는 공장에 전화해서 알았죠. 그게 중요한 게 아니고 아버지의 교통사고라니까요. 여기는 파출소고.

　뭐라구요, 교통사고라구요? 상태는 어떻습니까? 지금 아부지는 어디 계시는데요? 사고가 어떻게 났는데요?

　그렇게 두서없이 물으면서 나는 급해졌다. 아버지가 교통사고라니, 순경이 일러주는 대로 대답을 하며 월매에게 내리자고 눈짓을 하고 영동역에 내려서 곧바로 하행선을 탔다. 자초지종을 파악한 무심한 동업자 월매는 그 따끈한 새알을 놓친 게 못내 서운한 눈치를 보이며 짬이 되면 전화하라고 말해 놓고 제 길로 갔다.

　아버지에겐 오토바이가 있다. 시티100이다. 아버지는 그것을 타고 면소재지 다방과 복덕방에서 친구들을 만나고 두어 마지기 부치는 논에 물꼬를 보러 다니시는 것이다. 어머니가 돌아가시고 분교생활을 하시면서 집에 자주 들락거리기 위해 오토바이를 배웠으니 경력도 만만찮고 또 늘 다니시는 길인데 말바우 굴다리의 급커브를 꺾지 못하고 옹벽에 부딪혔다는 사실이 왠지 석연찮았다.

옛날에 이런 게 있었다면 출퇴근하기에 그저 그만이었을 거라며 수돗가에서 오토바이를 닦던 아버지의 모습이 선연하게 떠올랐다.

응급실에는 두건할배와 지현이가 먼저 와 있었다. 아버지는 파출소의 차 순경에게서 전화로 들었던 것보다는 상태가 훨씬 심각했다. 산소에 의존한 아버지의 호흡은 가지 끝에 간당거리는, 이미 누렇게 변한 버들잎과 흡사했다. 그 누런 버들잎을 바라볼 뿐, 무슨 말을 해야 할지 어디부터 손을 써야 할지 알 수가 없었다. 내가 도착한 그때까지 산소호흡기만 매달았을 뿐 병원 측에서는 아무런 손을 못 쓰고 있었다.

두건할배는 어떻게 연락이 닿았는지 맥이 빠진 모습으로 응급실 앞 간이의자에 앉아 담배만 뻑뻑 피워대고 있다가 응급실을 나서는 내 얼굴을 보고는 고개를 설레설레 흔들었다. 가망이 없다는 소리일 터였다. 나는 두건할배의 얼굴을 외면하고 의자에 앉아 유리문을 통해 침대 모서리를 잡고 울먹이는 지현이를 바라보았다. 절에서 기거하고 있던 지현이는 영동역에서 전화로 대충 일러주었는데 전화를 받고 곧바로 스님의 차로 병원까지 달려왔던 모양이다.

다 큰 기집애가 집에서 홀로 있는 저그 아부지 밥이나 해주다가 곱게 시집이나 갈 일이지 절에 뭐 뜯어먹을 게 있다고…….

혼잣말을 담배연기와 함께 뱉으며 두건할배가 지현이에게 못마땅한 눈길을 주고 있을 때 아버지의 맥이 서서히 떨어지고 있었다.


## 6. 칠 곱하기 칠

자왈, 혹은 누구 가라사대, 라고 붙일 수는 없지만 자고로, 한 울타리 안에 살면 종교가 같아야지 집안의 분위기가 매끄러운 법이다.

종교가 다른 사람이 한집에 산다는 것은 얼핏 보기에는 대수롭잖은 듯하지만 파고들면 심각한 문제들이 도사리고 있는 것이다. 종교가 다름으로 인하여 분쟁이 빈번하게 발생하는 집이 바로 우리 집이라는 사실을 나는 어제서야 깨달았다.

이승을 버리고 또 다른 세상을 찾아 나선 아버지의 여정은 상당히 혼란스러웠을 것이다. 하관하고 나서 찬송가를 부른 다음에 곧바로 목탁을 두드리며 염불소리가 울려퍼졌으니까, 예수님 품으로 갈까 아니면 부처님께 귀의할까. 망자의 여정에 갈등을 겪게 마련이다.

하관한 다음에 묵직한 렌즈가 달린 안경을 낀 형수는 중 삼짜리 조카 대근이와 광중 앞에 꿇어앉아 성경책을 펴놓고 주기도문을 외우고 기도하는 시간을 가지고 나서는 찬송가를 불렀다. 며느리와 하나뿐인 손주가 불러주는 찬송가를 들으며 영생의 세계로 가려는 찰나, 공원묘지 아래서 비구니 스님 세 분이 올라오고 있었다. 지현이가 기거하는 절의 주지와 사미들이었다. 아버지가 가는 마지막 길에 공원묘지까지 전송을 나온 동네사람들로서는 풍성한 볼거리가 될 터이지만 상주인 나는 뭔가 잘못되어 간다는 걸 느꼈다. 그러나 늦었다. 그곳까지 올라오는 스님들을 돌려보낼 수가 없는 노릇이어서 구세주를 찾았다. 구세주인 지현이는 오히려 담담했다. 형수의 눈치는 아랑곳없이 눈을 착 내리깔고 광중 앞으로 스님들을 인도했다. 역시 운동권 출신다운 데가 있었다.

스님들은 방금 찬송가를 불렀다는 사실을 아는지 모르는지 천수경에서부터 팔양경까지 아주 지루한 염불을 했고 형수는 종내 못마땅한 표정이었다. 갈등은 거기서 끝난 게 아니었다. 찬송가와 염불은 동시에 해도 되겠지만 봉분을 짓고 나서 준비된 묘비와 석물을 설치하는 과정에서 미처 챙기지 못한 한 가지 문제점이 돌출되었다. 반석을 앉히고 묘비를 세우려는데 스톱이 걸린 것이다. 스톱을 부르짖은 사람은 형수였다. 지독히도 나쁜 형수의 눈에도 그것은 보였던 모양이다. 학생해주황공청기지묘, 라고 씌어진 비문 위에 절 표시로 쓰이는 만자가 새겨진 것이 화근이었다.

형수가 당차게 나섰다. 비석을 다시 만들어야 한다는 것이다. 이유는 장손인 대근이가 세례까지 받았는데 비석에 어떻게 만자를 쓰냐, 당연히 십자가를 표시해야 한다는 것이다. 형수의 말을 듣고 보니 맞는 말이었다. 그러나 애석하게도 지현이의 의견은 또 반대였다. 아버지 살아생전에 불교에 관심이 많았고 아버지의 책장에도 온통 불교 서적뿐이고 가톨릭과 관련된 것은 눈을 닦고 찾아봐도 없으니 정작 고인을 생각한다면 만자가 새겨진 비석을 그대로 세워야 한다는 것이다. 듣고 보니 그 말에도 일리는 있는 것이다. 팽팽한 두 논쟁 앞에서 나는 실로 난감해질 수밖에 없는 일이다. 아버지가 벌떡 일어나 어느 묘비를 세우라고 주문하지 않는 이상 시비를 가리기 힘든 상황이다. 인부들은 반석만 앉혀놓고는 석물에서 손을 떼고 결정이 내려지기를 기다리고 있었다. 묘비는 물론 두건할배가 임의대로 주문한 것이다. 두건할배의 입장이 실로 갑갑해지는 순간이었다. 그러나 두건할배는 전혀 갑갑해 보이지 않았다. 공원묘지 저만큼 잔디밭에서 문상객과 술잔을 나누던 두건할배는 불콰한 얼굴로 아무렇지도 않게 휘적휘적 오더니 형수에게 말했다.

종손부가 언제부터 교회에 나갔나? 나는 몰랐는 걸.

꽤 되었습니다. 제가 집산 걸요.

허, 그래? 교인들은 상을 당하면 교우들이 많이 오던데 여그는 우째 코빼기도 안 비치노? 거참 이상타!

그게 다 빚이죠, 뭐.

형수는 안경을 고쳐 쓰면서 그렇게 낭창낭창 말했다. 그 말을 빌미로 두건할배의 목소리가 살짝 높아졌다.

야는, 무슨 말을 그래 하노? 시애비 상 당했을 때 빚 안 지면 어떤 데서 빚진단 말이고? 고마 우기지 말고 비를 세워라! 나중에 대근이가 커서 좋은 석물로 바꿀 적에 너그들 맘대로 하고, 내 너그 아부지 살았을 때 들은 말이 있어서 그랬다.

두건할배는 그 말만 남기고 술자리로 휭하니 가버렸고 묘지 인부들은 그 말을 기화로 비를 세웠다. 헌데 대립은 그것으로 끝난 게 아니었다. 장례를 마치고 와서 지현이가 사십구재를 거론하자 또 형수의 브레이크가 걸린 것이다.

사십구재? 그걸 왜 하는데요?

언니는 무슨 말을 그렇게 해요? 그럼 아버지가 돌아가셨는데 사십구재를 모시지 않고 삼 일 만에 탈상하고 끝내요? 자식 된 도리로 어떻게 그럴 수가 있어요? 옛날에는 삼 년 탈상했다고 하잖아요.

자식 된 도리로 하는 거는 좋은데, 다른 데서 해야죠. 절에서 중들이 괜히 돈 우려 먹을려고 그런 거 만든 거예요. 우리 교회에서는 돈 들이지 않고도 매주 기도를 해 줘요.

언니는 그저 돈 돈, 하는데 그 돈 얘기 좀 그만 해요. 그러면 정말 돈이 안 따른다구요. 그리구 교회서 하는 건 기도일 뿐이고, 사람이 죽으면 극락왕생하는 데 사십구 일이 걸리니까 사십구재로 극락의 문을 열어주는 거예요.

그걸 뭘로 증명하는데? 칠 곱하기 칠이라서 사십구재가 아니구?

그 비아냥거림에 절에서 공양 간 관리와 더불어 신도관리를 비롯해 절 살림을 살아주는 젊은 보살, 지현이의 대답은 옹골찼다.

언니도 가봐요. 가보면 알게 된다구요.


감나무 아래서 마주 앉은 두건할배의 잔을 채우면서 물었다.

할배요! 아부지한테 무슨 말을 듣긴 들었능교?

그게 무슨 소리고?

어제 묘지에서 비를 세울 적에 형수한테 말했잖습니까, 아버지한테 무슨 말을 들었다구요.

으응 그거, 글쎄다. 무슨 말인가 듣긴 들었는데 무슨 말인지 이자뿟다, 궁금하면 너그 아부지한테 물어보거라.

두건할배의 대답에 나는 내 손으로 내 이마를 쳤다.

## 7. 사업

　저녁이 되어도 형은 연락이 없다. 혹, 형은 아버지가 세상을 버렸다는 사실을 아직까지 모르고 있는 게 아닐까 의심이 갔다. 그런 의심을 품다가 고개를 저었다. 아니다. 핏줄이 당겨서라도 형수에게 연락을 취했을 것이다. 연락을 못 받았다손 치더라도 꿈자리가 어수선해서라도 한 번쯤은 전화를 넣을 터인데 종무소식인 것이다.

　눈치로 미루어 형수는, 형이 어디쯤 잠적하고 있는지 아는 듯하다. 그렇지 않고서야 형수가 저렇게 태평할 수가 없는 노릇이다. 혹시 형수가 의도적으로 연락을 취하지 않았을 수도 있는 것이다. 어차피 참석을 못할 바에는 맘이라도 편안하라는 의도가 아니었을까? 어제는 대근이에게 슬쩍 물었다. 너그 아빠가 어디에 숨었는지 아느냐고. 그 불쌍한 자식은 그 말에 고개를 들지도 못하고 흔들었다.

　나는 도무지 형을 이해할 수가 없다. 무슨 사업을 어떻게 했기에 아버지의 장례식에까지 참석지 못할 정도로 말렸단 말인가. 자고로 사업이란 엎어질 자리부터 훑어보라고 했는데 형의 사업구상도에는 엎어질 자리 같은 건 애초부터 없었던 모양이다.

　반추컨대, 아버지는 늘 형을 두고 바람에 걸터앉아 뜬구름을 잡으려는 격이라고 했다. 아버지의 표현도 무리는 아니었다. 형의 이야기를 들어보면, 형이 구상하는 사업은 삼 년 안에 무조건 백만장자가 될 수밖에 없는, 기가 막히는 아이템인데 애석하게도 삼 년을 넘기지 못하고 번번이 그만두었다. 그리고 다시 시작하는 사업은, 자금을 어떻게 충당했는지는 모르지만 규모 면에 있어서 조금씩 커지는 것이었다. 건강식품 지역 총판에서 유명메이커 신발 직판장을 거쳐 마지막으로 벌였던 게 규석이 나온다는 석산을 개발한다는 건데 아버지의 퇴직금을 몽땅 쏟아 붓고도 석산은 돌아가질 못했고 형은 잠적을 해버린 것이다. 투자의 지분을 반반씩 나눠 가진다던 동업자는 버젓이 활보하고 다니는데 형만이 잠적한 이유를 모르겠다.

투자는 수익을 목적으로 한다. 그 지극히 평범하고 당연한 이치를 배울 만큼 배웠다는 형이 몰랐을 리 만무다. 그렇다면 업종선택에 문제가 있었다거나 동업자 선정을 잘못 한 것이다. 그런 기본적인 것을 챙기기에 게을리 했다면 형은 사업에 관한 한 배워도 한참을 배워야 한다.

나도 사업을 한다. 물론 전업은 아니지만 그런 기본적인 것을 챙기기에 게을리 하지 않는다. 나는 면소재지 농공단지에 있는 성형공장에서 플라스틱 사출기를 밟는 일을 하고 있다. 그 일이 분명히 나의 직업이고 전업이지만 바로바로 수익이 창출되는 사업체와 믿을 만한 동업자는 따로 있다. 동업자에 대한 얘기가 나왔으니 말이지만 월매와 나는 동업자로서는 그야말로 환상의 콤비다. 투자와 분배과정 또한 얼마나 깔끔한가. 가능하다면 형에게 사업은 이런 거다, 하고 내 사업체를 샘플로 보여주고 싶을 정도다. 오롯이 손에 잡히는 이윤과 깔끔한 분배의 과정 그리고 혼신을 다하는 동업자를.

우리의 사업체는 좀 특별해서 동업자지만 그날그날 자기 몫의 투자를 한다. 역에서 만나면 제각각 표를 끊는다. 대개가 천안쯤이나 하행선일 경우 부산역이다. 하행선을 타는 일은 좀체 드물다. 종착역이 가까워지면 차 안이 한산해지기 때문이다. 표는 천안까지 끊지만 대개 대전쯤에서 일이 끝난다. 그때까지 일을 끝내지 못하면 미련 없이 내린다. 그리고 대전에서 좀 괜찮은 백화점이나 북적대는 시장통으로 향한다. 신용카드가 우리의 사업에 타격을 주지만 변하고 있는 세상을 원망하지 않는다. 그곳에서도 수익을 올리지 못하면 우리는 다시 하행선 열차를 타고 내려온다. 하행선에서도 마땅한 소득이 없으면 그냥 내린다. 그때까지 우리는 단 한마디의 말도 하지 않는 철저한 타인이다. 그런 날은 눈인사만 하고 헤어진다. 경비만 날리고 공치는 날도 있다. 투자를 한다고 무조건 수익으로 연결되지는 않는다는 걸 말하고 싶은 거다. 하지만 그렇게 공치는 날은 극히 드물다. 보통, 대전에 도착하기 전에 새집을 턴다. 운이 좋은 날은 상행선에서 새알을 구하고 하행선 단 한 구간 만에 또 다른 새집을 털고 영동쯤에서 내린다. 두 개의 새집이 월매의 가방에 들었지만 우리는 철저히 모르는 사이고, 일정한 간격을 유지한 채 다른 교통편을 이용하여 내려온다. 구미쯤에서 동업자와의 분배는 이루어진다. 허름한 백숙집이나 선팅이 완벽한 월매의 승용차 안에서 깔끔하게 분배를 하는 것이다. 분배는 삼과 칠로 이루어진다. 동업자가 새알을 빼돌린다거나 분배에 불만을 토로하는 일은 없다. 정확하다. 새집을 턴 자가 칠을 가진다. 대개는 새집을 내가 털지만 상대가 여자일 경우는 월매가 작업을 한다. 여자들은 새알을 보호하려는 의도가 아니더라도 바짝 붙어선 이성에 몸을 사리고 의식하는 경우가 많은 까닭이다. 어디서건 작업을 마치면 새알을 자기가 지니지 않는다. 그건 참으로 위험한 일이다. 외로운 사업가는 작업을 마치고 덜미가 잡히는 일이 종종 있다. 새알을 몸에 지니고 있었기 때문이다. 상황이 나빠지면 그건 새알이 아니라 차라리 폭탄인 것이다. 하여, 사업에는 적당한 반려자가 필요한 것이다. 동업자만 믿어서도 안 된다. 사업이란 항상 얼음판 같은 거다. 언제 꺼질지 모르는. 사업에는 다소의 운도 따라야 한다. 나는 컨디션이 별로인 날이나 심지어 아침에 까마귀만 보아도 그날은 출전하지 않는다. 나는 최대한 손이 없는 날을 고르는 데 게을리 하지 않는다. 그만큼 신중을 기한다는 얘기다. 사업운이란 따르는 게 아니라 따르도록 만드는 것인지도 모른다.

어쨌거나, 형은 사업이란 것을 잘못 알고 있다. 사업이란 그만큼 신중을 기해야 하는 것이고 동업자를 정확히 읽어내는 통찰력을 지녀야 한다는 것이다. 그렇지 않고는 아버지의 장례에 참석조차 못하는 불효자가 되는 것이다. 나는 비록 플라스틱 성형공장에서 일하는 공원에 불과하지만 열심히 일한 덕에 신임을 받아 머지않아 반장이 될 것이다. 형에게 있어서 반장이라면 좀 우습게 보일지도 모르겠지만 그것도 보통 어려운 게 아니다. 공장 일을 내 일처럼 한다는 평이 자자하도록 노력해야 하는 것이다. 그리고 한 달에 겨우 서너 번 출전하는 사업마저 꼼꼼히 구상하고 챙긴다. 어떤 일이든 열심히 해야 한다는 걸, 형에게 말하고 싶은 거다. 형의 사업이 실패로 끝난 것은 자신은 인식하지 못하지만 어느 부분에선가 게을리 한 것이 있을 것이다. 남만큼 해서는 결코 남보다 앞설 수 없다는 지극히 당연한 진리를 형이 깨달았으면 좋겠다. 그리고 내일 삼우제에는 어떻게든, 연락을 받고 채권자를 따돌리고 아버지의 산소에 잠시라도 다녀갔으면 좋겠다. 어머니 산소를 이장하였으니, 두건할배 말마따나 후딱, 발복하여 형의 사업이 제대로 풀렸으면 좋겠다.

## 8. 월매

　도사는 도사를 알아본다. 아무리 도사라지만 또 다른 도사를 찾
는 건 쉽지 않다. 하지만 나 같은 도사는 장차 도사가 될 가능성을
지닌 인재를 보는 눈은 지니는 것이다. 입에 딱 맞는 동업자를 구
하기가 쉽지 않을 터인데 나의 경우는 사업운이 따랐는지 동업자
를 쉽게 구했다. 내가 동업자인 월매를 처음 본 것은 재작년 여름
이었다. 그날 나는 대구의 지하철 안에서 어느 처녀가 메고 있는
핸드백을 노리고 있었다. 물론 나의 눈은 펼쳐든 신문에 박혀 있
지만 예리한 감각을 지닌 더듬이의 끝은 처녀가 지닌 새알에 머물
고 있었다.

　처녀는 아마도 작은 회사의 경리사원이었고 미처 은행에 넣지
못한 새알을 핸드백에 보관 중이었을 것이다. 중앙통에서부터 눈
독을 들이다가 동대구에 거의 다다라서 기회를 잡았다. 처녀가 지
닌 핸드폰이 울리는 것이었다. 전동차는 역 구내로 들어서며 급작
스레 속도를 줄이고 처녀는 관성의 법칙에 의해 보기 좋을 만큼
비틀거리다가, 아니다. 그런 경우는 아름답다고 표현해도 무방하
다. 그렇다. 처녀는 아름답게 휘청거리다가 한쪽 손으로 천장에
매달린 전동차의 손잡이를 잡았다. 핸드백을 멘 오른쪽 손은 전화
를 귀에 대고 있었으니 새알은 자연스럽게 처녀의 옆구리 부근의

허공에 대롱대롱 매달리는 것이다. 퇴근시간이라 차는 숨쉬기 딱 좋을 만큼 복잡했다. 내가 동대구역에 내리기 위해 출구 쪽으로 나가며 비틀거리는 척 처녀의 옆구리를 툭, 치는 순간 새알은 내가 말아쥐고 있던 신문 사이로 들어오게 될 것이다. 처녀가 새알이 없어졌다는 걸 알게 되는 것은 아마도 내가 동대구역 구내를 빠져나가 택시를 타고 있을 때쯤 될 것이다.

허공에서 대롱거리는 새알, 전문가 중에서도 일인자라고 자부하는 내가 그런 기회를 놓친다면 잠자리까지 뒤숭숭할 것이다. 그 절호의 순간을 포착하고 갈고 있던 매발톱을 치켜드는 순간, 나는 허망함을 느껴야 했다. 이게 뭔가? 급변한 사태를 헤아리는 데는 잠시 시간이 필요했다. 내가 노리고 있던 새알을 또 다른 매가 채간 것이다.

내가 눈독 들이던 새알을 차고 간 매가 바로 월매다. 나는 먹이를 빼앗긴 동물적 본능으로 그녀를 따르며 주위에 그녀의 동업자가 있나부터 살폈다. 그녀는 잡지 속에 감춘 새알을 전철 문을 나서면서 자신의 쇼핑백으로 슬쩍 옮기는 것이었다. 그렇다면 동업자는 없는 것이다. 차라리 잘 된 일이다. 그것을 내가 다시 낚아채면 되는 것이다. 혹 실수로 연결되더라도 발 저린 부분이 있으니 발악을 하거나 신고를 한다고, 터무니없는 깡을 죽이지 못할 것이다. 속으로 쾌재를 부르며 그녀의 뒤를 따랐다. 쇼핑백에 든 새알을 내 손으로 옮기는 데는 그렇게 오랜 시간을 요하지 않았다. 자동개찰구 앞에 사람들이 밀리는 사이, 그녀의 쇼핑백에 든 새알은 나의 신문지 사이로 오롯이 옮겨 앉아 있었다. 꽉 조이는 청바지에 나이키 운동화, 펑퍼짐한 블라우스를 걸친 그녀는 새알이 없어진 사실을 모르고 총총걸음으로 역 앞 육교를 내려서고 있었다. 새알이 없어진 걸 모른다! 그렇다면 그녀는 아직 땡감이다. 그 떫고 비린 감도 분명히 언젠가는 붉게 익을 것이다. 나는 적당한 거리를 두고 뒤를 따랐다. 그녀가 육교를 다 내려섰을 때 그녀를 불러 세웠다. 바로 앞에는 여관이 죽 늘어선 한적한 곳이었다. 나는 두 계단 위에서 내려다보며 최대한 유들거리는 투로 말했다.

낭자의 솜씨가 꽤, 쓸 만하던데?

그 유들거림에 당황한 여자는 내 얼굴과 자신이 들고 있는 백을 번갈아 보며 얼굴이 붉으락푸르락 변했다. 나는 신문지에 든 새알을 흔들어 보였다. 여자의 얼굴이 순식간에 바뀌면서 욕설이 날아왔다.

야, 이 도둑놈의 새끼야! 빨랑 내놔!

야, 이 도둑년아! 갈라먹어야지, 혼자 처먹으면 배탈 나지!

도사는 도사를 알아본다. 여자의 굳었던 표정이 순식간에 풀어졌다. 빨랑 내놓으라고 내밀고 있는 그녀의 손목을 잡고 바로 앞에 있는 여관의 현관으로 밀어 넣었다. 타협의 여지가 있음을 눈치쳤는지 별다른 앙탈 없이 순순히 따라 들어왔다.

월매나 줄껴? 여자는 옷을 추스르고는 숨을 고르면서 분배를 요구하고 나섰다. 얼마나 줄 거냐는 얘기다.

월매나 줄까? 너는 도대체 월매짜리니? 나도 그녀의 말투로 되물었다.

여자는 피식 웃었다. 나도 따라 웃으면서 그날 수확한 새알, 전부를 그녀에게 내밀었다. 동업을 신청하는 마당에 그 정도의 투자는 감수해야 하는 것이다. 그리고 그녀의 손을 잡고 말했다.

너는 이제부터 나의 월매여. 그리고 앞으로는 삼칠제다.

그러고는 손바닥을 펴서 높이 쳐들었다. 여자는 무슨 뜻인지 냉큼 알아차리고 자신의 손바닥을 펴서 힘껏 부딪혔다. 그날 우리는 바로 시내로 나갔다. 오랜만에, 참으로 오랜만에 가슴을 풀어놓고 마셨다.

다음날부터 우리는 띄엄띄엄 연락을 취했다. 연락이 닿는다고 바로 일에 착수하지는 않는다. 상대의 컨디션과 기분까지 헤아리고 손재수가 없는 날인가를 분명히 확인한다. 하지만 동업자를 구하기 전에는 한 달에 겨우 한두 번 출전하던 것이 월매를 만나고부터 한 달에 두세 번으로 늘어난 것에는 틀림이 없다. 같이하는 일은 그만큼 수월해졌다는 말이다. 매발톱을 갈고 있을 때 월매가 알짱거리며 바람만 잘 잡아줘도 반일이다.

월매는 고상현이라는 아주 고상한 본명을 갖고 있었고 또 주업인지 부업인지 모르지만 신용카드 가맹점에 영업사원으로 일하고 있으며 유치원에 다니는 딸도 갖고 있었다. 자세한 것은 묻지 않아서 모르지만 그 나이에 유치원에 다니는 딸을 홀로 키우고 있다면 그녀의 과거도 파란만장했으리라.

가만히 보면, 월매도 새알을 낚는 사업가의 기질을 타고났다. 과거가 파란만장하다고, 목구녕에 풀칠하기 힘들다고 아무나 할 수 있는 사업이 아니다. 월매가 순간을 포착하고 매발톱을 갈고 있을 때면 목덜미가 발그레하게 홍조를 띠는 것이다. 월매도 그 순간만큼은 털의 빛깔이 달라지는 발정난 새이다. 전율의 순간을 은밀하게 탐닉하고 있는 월매의 목덜미를 지켜보는 재미도 보통이 아니다.

나는 가끔씩 분배의 과정에서 딸의 몫으로 조금씩 할애해 주는 인간성을 보이기도 한다. 물론 일이 수월하고 수확이 괜찮은 날에 한해서다. 그러면 월매는 마주 앉은 내 눈을 그윽하게 바라보다가 참으로 인간적인 면을 얘기한다.

형! 가만히 보니 그거 많이 굵은 거 같어!

그런 날은 호프집에서 간단하게 한잔을 마치고 월매가 내 손목을 끌고 어디론가 간다. 그러고는 몸을 열어준다. 그런 구석까지 챙겨주는 걸 보면 참으로 인간적인 여자라는 생각이 든다. 하지만 돌아와서 짚어보면 오랫동안 굶주린 건 아무래도 월매인 듯싶다.

동업을 떠나서 미래에 아내가 될 여자를 떠올리면 자꾸만 월매의 얼굴이 겹쳐지는 것이다. 어제도 그랬다. 아버지의 산소에 월매가 오지 않은 것이 못내 서운했고 혹시 나타나지 않을까, 산 아래로 마중을 가 있는 눈길을 거둬들이기에 나는 바빴다. 어쨌거나 아직은 동업자이고 우리는 환상의 콤비다.


## 9. 아버지의 열쇠


지구상에 생존해 있는, 할머니들을 죄다 모아놓고 아들이 둘 이상이 되면 좋은 점을 들라면, 당연히 그 첫 번째 대답은 내가 죽어 상주가 되어도 둘이니 외롭지 않아 좋을 것이라고 말할 것이다. 아직까지 그런 경우를 당하지 않은 사람은 모르리라. 장례일에는 형이 없어도 그럭저럭 정신없이 넘어갔는데 삼우에는 달랐다. 술잔을 쳐서 아버지의 봉분에 뿌리는데 울컥 옆구리가 시렸다. 아하, 이게 바로 형의 자리구나고 인식하며 잔을 비우고 절을 하려고 엎드렸건만 일어설 수가 없었다. 슬픔의 무게에 짓눌린 것이고 그것은 바로 눈물로 연결되었다. 걷잡을 수도, 삼킬 수도 없는 통곡이었다.

아버지의 맥이 떨어져도 눈물을 보이지 않은 나였다. 그땐 울음보다 형이 없는데 이 일을 어쩌나, 걱정이 앞서 슬퍼할 겨를이 없었던 것이다. 등뒤에 서 있던 지현이가 따라 울었고 형수와 대근이도 그 울음 속으로 합세했다.

지곡! 그만, 지곡하라니까.

두건할배가 내 등을 다독이며 말릴 때까지 소리 내어 울었다. 아버지의 죽음이 슬펐고 형의 부재가 참지 못할 슬픔이었다. 슬픔은 나누면 반이 된다는 알량한 소릴 믿고 형을 기다린 게 아니다. 아버지의 부음을 듣고도 참석을 못했거나 정작 아버지의 죽음을 모르고 있거나 가련하기는 마찬가지인 그 형의 삶이 너무 가련했고, 형이 오는지 마는지 모르고 눈을 감은 아버지의 생이 통곡할 정도로 처량했던 것이다.

저어기…… 삼촌!

조심스런 목소리로 형수가 나를 불러 세운 것은 삼우제를 마치고 공원묘지에서 주차장으로 내려오는 산길이었다. 두건할배는 쉽사리 걸음이 떨어지지 않는지 담배에 불을 붙여서 아버지의 봉분 앞에 한 대 놓아주고 할배도 한 대를 피워물고 느긋하게 앉아 있었고 지현이는 대근이와 보폭을 맞추어 저만치 앞서 갈 때 뒤따라오던 형수가 말문을 터트린 것이다.

나는 걸음을 멈추고 형수의 두터운 안경알을 바라보았다.

저어기 삼촌, 아버님 사고 말인데요……. 상대방이 없이 사고를 당해도 보험이 된다구 하던데……. 알아봐야 되지 않겠어요?

예측했던 대로다. 형수의 관심은 보험금에 있었고 나의 관심은 과연 형수가 형이 어디에 있는지 아느냐는 것이었다. 사고와 보험 문제라면 세세하게 대답하기가 귀찮아졌다. 형수를 외면하고 돌아서서 걸음을 옮기면서 분명한 대답도 아니고 궁시렁거리며 말을 흘렸다.

종합보험은 안 되더라도 책임보험이야 가능하겠죠. 그것도 아버지 오토바이가 보험이 들었을 때 한해서 되는 것인데……. 모르겠습니다. 아부지가 오토바이 보험에 가입했는지 어쩐지.

우리 교회에 다니는 분이 작년에 오토바이 사고로 돌아가셨는데 누가 얘기를 해줘서 석 달인가 넉 달이 지나서야 확인을 해보니 보험이 되는 거여서 거액의 보험금을 타냈다는 거 아니겠어요. 삼촌! 금고를 열어봐야죠? 혹 아버님께서 다른 보험이라도…….

아지매! 우리 그런 얘기는 상복이라도 벗거든 합시다!

언성을 높여 형수의 말문을 막았다.

그렇게 닫은 말문은 차로 한 시간 가까이 달려 집에 내릴 적까지 단 한 번도 열리지 않았고 집에 돌아오자 형수는 곧장 돌아갈 채비를 서두르기 시작했다. 두건할배는 채비를 서두르는 형수를 보고 호통을 쳐서 눌러앉혔다.

종손부가 이 집에 온 손이냐? 삼우 날 주인 안상주가 어딜 간다는 게야! 저녁 답엔 고생한 상두꾼들 불러서 술잔이라도 대접하며 인사를 닦아야지. 허 거참.

할배의 호통에 풀이 죽은 형수는 벗었던 상복을 다시 걸쳤다. 호통을 당하는 제 엄마를 보고는 어 뜨거라, 싶었던지 대근이도 팔뚝에 차고 있다가 빼버린 삼베완장을 잽싸게 다시 찼다.

아버지의 방 책상 서랍과 있을 만한 곳을 다 뒤져도 금고 열쇠는 나오지 않았다.

지현이 말에 따라 파출소에도 전화로 확인을 했다. 그곳에서는 오토바이 수리점으로 알아보라며 전화번호를 일러주었다. 그곳에도 열쇠는 없었다. 캐비닛 열쇠는 고사하고 오토바이 열쇠마저도 없노라 했다.

뭐가 들었기에 이래 야물딱지게 채워놨노? 금은보화가 가득 들은 거 아이가?

벙어리 자물통에 이것저것 열쇠를 마구 쑤셔넣어 보던 두건할배가 나를 돌아보며 지나칠 정도의 큰 소리로 말했다. 두건할배는 자신의 그 한마디가 형수의 궁금증을 얼마나 들쑤시는지 알고도 남을 것이다. 아버지 수중에 땡전 한 푼이 없다는 걸 훤히 알고 있으면서 주방에 있는 사람들 들으라는 듯이 큰 소리로 금은보화를 들먹이는 걸 보면 할배도 어딘가 모르게 짓궂은 데가 있다.

우짜겠노, 내 기술로는 못 열겠다. 언젠가는 열쇠가 나오겠지, 그때 열어보자.

더 큰 소리로, 손을 턴다는 기별을 보내자 냉큼, 형수가 주방을 나서며 산소절단기를 들먹였다.

야가 뭐라카노? 산소용접기 말이가? 아서라. 이 사람 멀쩡한 집에 불낼 일이 있냐? 집에 불이 문제가 아이라, 그 안에 돈이 들었다카마 우째 되겠노?

형수의 낯빛이 바뀌고도 남을 그 말에 내가 끼어들었다.

할배는 무슨 말씀하시는교? 돈이 들었을 리는 만무고, 하여튼 열어보자구요. 돈이 들었다카마 반을 뚝딱 분질러 할배께 드리지요, 까짓거.

알았다. 내. 마 동호네에 가서 구라인다를 빌려오마. 뚝딱 분질러 반을 주는 게 아니라, 다 줘도 내 주머니는 빈털터리지 시푸다.

형수의 낯빛은 아예 할배의 장난감이 돼버렸다. 할배의 한마디 한마디에 형수의 얼굴은 민감하게 반응하고 있었지만 할배는 애써 형수를 외면하고, 그라인드가 있는 동호네를 향하여 삽짝으로 내달았다.

그렇게 삽짝을 나간 두건할배는 두 시간이 지나도록 돌아오지 않았다. 그동안 나는 상조계의 그릇과 상을 파악하여 챙겨보내고 남은 술과 음료 박스를 정리한 다음 농협에 전화를 해서 직원들을 불렀다. 두건할배가 팔십 시시 오토바이를 타고 마당으로 들어선 때는 농협직원들이 남은 물건들을 다 싣고 계산을 마치고 난 다음이었다.

휘기(회계)는 야물딱지게 했는감? 암튼, 요번 일에 애먹었어.

할배는 오토바이에 걸터앉은 채 삽짝을 나서는 농협직원들께 인사를 했다. 할배의 손이나 오토바이에는 그라인드가 실려 있지 않았다. 아마도 동호네 집에 아무도 없었던 모양이다.

할배는 구라인다 빌려오신다카더니만요?

내가 볼멘소리를 던지자 할배는 오토바이 뒤에 실린 검정색 비닐 봉투를 풀면서 뭐에 신이 났는지 능청스레 되받았다.

내가 그랬었나? 허, 이 사람이 정신 보게, 그러길래 사람은 늙으면 죽어야 한다는 거, 아이가? 아참, 야이야! 그건 그렇고 농협에 줄 돈이 모자라지 않더냐?

할배! 걱정 마이소. 한 삼분의 이가 남습디다.

하! 그래? 정승집에 개가 죽으마 문상객이 넘쳐나도 정작 정승이 죽으니 손이 없다는 말이 영판 빈말이 됐네! 봐라, 너그 아무지가 세상을 헛살지는 않은 모양이다. 그건 그렇고 이게 무슨 물건인고 하면.

두건할배는 하던 말을 자르고 검정색 비닐 봉투를 흔들어 보이며 잠시 뜸을 들였다.

비닐 봉투에 든 것은 아버지의 윗도리 점퍼였다. 점퍼주머니엔 아버지의 지갑과 금고열쇠, 그리고 반쯤 피우던 담뱃갑과 라이터, 볼펜이 들어 있었다. 이게 어디서 났는가? 할배의 얼굴을 올려다보았다.

말바우에 고씨 영감이 보관하고 있었다카는 거 아이가? 그 영감탱이가 경운기를 끌고 가다가 너그 아부지 사고 나는 걸 보고 지서에 신고했던 기라. 영감탱이가 이걸 삼거리 담뱃집에 맡겨두었다고 문상 와서 이바구를 했는데 내가 취중에 들은 말이라 잠시 깜빡했다. 오늘 찾으러 가니까 이놈의 영감탱이가 바람난 수캐마냥 어딜 쏘다니는지 당최 찾을 수가 있어야지, 나중에 찾아보니께 글씨, 양지다방 구석에 쭈그리고 있더라구. 그놈의 영감 참……. 체통머리하고는.

두건할배의 말을 귓전에 흘리면서 나는 아버지의 유품을 마루로 들고 갔다. 그러고는 하나씩 펼쳐가며 찬찬히 살폈다. 어느 틈에 식구들이 마루에 빙 둘러섰다. 점퍼는 목덜미 부분에 혈흔이 조금 남아 있었을 뿐 비교적 깨끗한 편이었다. 지갑에는 주민등록증과 면허증, 그리고 몇 장의 지폐와 전화번호가 빼곡히 적힌 작은 수첩이 들어 있었고 그 수첩 표지 안에 어머니의 사진이 꽂혀 있었다. 어머니의 사진은 사십대에 찍은 증명사진이었다. 둘러선 식구들 중에서 지현이는 어머니의 사진을 집어들고 울먹이기 시

작했다. 아버지의 지갑에 어머니의 사진이 들어 있으리라곤 아무
도 상상을 못했다. 다른 사람이 아닌 아버지가, 사별한 아내의 사
진을 지갑에 넣고 다닌다는 건 도무지 아버지와 어울리지 않는 일
처럼 여겨졌다. 아버지에게 이런 속정이 있었던가. 지현이는 어머
니의 사진을 감싸안고 울먹이고 있었지만 나는 속으로 허허 웃으
면서 아버지가 지닌 속정에 놀라고 있었다. 어머니 생전에 따뜻한
말 한마디 하시는 걸 본 적이 없고 어머니를 먼저 보내고 단 한 번
도 어머니를 입에 올리지 않았던 아버지다. 최소한 우리들이 보는
앞에서는 그랬다.

  아버지가 지닌 속정은 감히 내가 상상도 못했지만, 나의 빈약한
상상력만을 탓하지는 못할 일이 벌어졌다. 그건 금고에 대해 잔뜩
궁금증을 부풀렸던 식구들이 주욱 둘러선 가운데 캐비닛을 열고
난 다음이었다. .

  문이 열리자 식구들의 눈길은 일제히 캐비닛 안으로 쏠아졌다.
그곳은 좁아 보일 정도로 잡동사니들이 채워져 있었다. 나는 안에
든 물건을 하나씩 확인하며 꺼내고 있었고 식구들의 시선은 내가
끄집어내는 물건을 따라 움직였다.

  양주병, 놋재떨이, 또 양주병, 문서이지 싶은 서류봉투, 비디오
테이프, 또 비디오 테이프.

  나는 비디오 테이프를 꺼내려다가 뭔가 잘못되어 가고 있다는

걸 알았다. 내가 꺼내고 있는 물건이 무엇인가를 인식하는 순간 숨이 막힘을 느끼며 캐비닛 문을 닫았다. 그리고 등뒤에 늘어선 식구들을 훑어보았다. 지현이, 두건할배, 대근이, 형수, 식구들을 주욱 훑어보고는 숨을 고르며 말했다.

대근이 너, 밖에 나가 있어라. 넌 안 봐도 된다.

삼촌! 무슨 말씀이세요? 대근이가 종손인데 할아버지 유품을 봐야죠.

형수가 끼어들었다. 눈이 지독히도 나쁜 형수는 대근이의 눈을 빌리고 있던 모양이었다. 궁금증이 한껏 부푼 대근이 또한 냉큼 나가지 않고 그대로 서 있었다. 제기랄, 눈이 나쁘면 눈치라도 빨라야지, 저 따위 눈치로 어떻게 세상을 살아가나, 생각하니 더욱 기가 막혔다. 나는 비디오 테이프 하나를 방바닥에 패대기치면서 소리를 질렀다.

형수가 직접 열어보소! 안에 뭐가 들었나?

그렇게 뜨끔하도록 내질러 놓고 휑하니 밖으로 나왔다. 그 낯뜨거운 자리를 피하는 방법이기도 했다. 감나무 아래서 담배를 한 대 피우고 있는데 방 안의 상황이 한없이 궁금했다.

아버지는 저 따위 물건들을 어디서 구한 것일까?

아버지는 저 따위 물건들이 필요했을까?

담배연기를 뱉어내며 나는 고개를 설레설레 흔들었다. 아버지의 금고에서 쏟아진 것은 포르노 테이프와 성 보조기구들이었다. 콘돔과 전라의 모델들이 우글거리는 도색잡지, 괴상한 포즈로 보여주는 성기의 사진을 비롯하여 인터넷의 성인방에 들어가면 볼 수 있는 자위기구들이다. 아버지의 금고에 그런 물건들이 있으리라고는 상상을 못했다. 상상력이 빈약해서가 아니라 아버지의 근엄함과는 너무 거리가 먼 물건들이었기 때문이다.

눈이 나쁜 형수가 그게 무언가를 확인하려면 사진을 코밑에 박아야 할 것이다.

아버님이 정말 이러셔도 되는 건가요? 교육자셨고, 대근이가 저만큼 커서 옛날 같으면 손부를 보실 나이인데, 망측하게도…….

이제서야 감을 잡았는가 보다. 마루로 나오는 형수의 목소리가 들렸다. 누구에게 묻는지 모를 말이었다. 그런데 두건할배가 토를 달았다.

종손부야 봐라. 교육자도 밥 먹고살고 늙은 말도 콩밭을 돌아본다. 욕될 일도 아니고 흉 될 일도 아니다. 굳이 할 말은 없다만, 저 지경이 되기까지 너그 시애비 장가들여 준다는 생각은 못해 봤냐?

후딱 담배를 끄고 마루로 올랐다. 그 물건들은 이미 아무렇게나 흩어져서 방바닥을 점령하고 있었다. 망측해서 죽을 맛인 형수와 민망함을 헛기침으로 위장하던 두건할배가 마루로 나가고 나는 방 안에 흩어진 아버지의 유품들을 챙겼다. 서류와 문서들은 챙겨서 서랍에 넣고 잡지와 테이프를 마루로 들고 나갔다. 형수가 보는 데서 처리해야 할 유품들이었다.

삼촌! 그 망측한 걸 왜 들고 나와요?

모르는 척하고 있어도 좋을 일을 형수는 호들갑스레, 꼭 걸고넘어지는 것이다.

소갈머리하고는, 왜 저것도 탐이 나냐? 너 가지고 싶은 겨?

두건할배의 못마땅한 말에 뜨끔해진 형수의 얼굴이 붉으락푸르락 거렸다.

그러거나 말거나 형수를 외면한 두건할배는 지극히 당연한 말을 했다.

저녁 답에 탈상할 적에 옷과 함께 태워드리거라. 홀로 있는 너그 아부지 밤이 어땠는지 짐작할 만한 일이 아니가?

낮은 목소리였다. 그러나 어떤 위엄을 지니고 있어 아무도 거역할 수가 없는 것이었다. 두건할배의 말이 지극히 당연하다고 생각할 때쯤, 할배는 자신의 말을 번복했다.

아니다. 그곳에는 너희 어메가 계시니까 필요 없을지도 모르겠다. 그렇다면, 저 유품들은 내가 가져야겠구나! 너그들은 필요 없재?

두건할배는 좌중을 주욱 훑어보며 다짐조로 말했다. 아무도 대답이 없었다.

아버지는 완전히 한량이었나 봐.

테이프를 하나하나 뒤적이며 제목을 훑어보던 지현이가 억눌린 분위기에 숨통을 태우자, 그게 만져도 되는 물건인 양 대근이가 도색잡지를 들고는 저도 모르게 찔끔, 한마디를 흘렸다.

이거, 진짜루 주겨주는 건데.

말 끝나기가 무섭게 제 엄마가 등짝을 후려쳤다. 그 꼴을 보아 넘기던 두건할배는 혀를 차며 한마디를 달았다.

쯧쯧, 호들갑스럽기는……. 무심한 것들! 효자 열이 악처 하나만 못하다는 말이 어디서 나왔는지 알기나 하나? 이 물건들이 너그 아부지 혼잣물건이 아니여! 동네에 혼자 된 영감탱이들 찌들은 맘을 달래주던 보시품이여! 젊은것들은 어디를 가도 볼 수 있는 물건이지만 노인들은 그렇지를 못햐.


## 10. 오케이


방 안에 흩어진 아버지의 유품들을 챙기면서 새로운 사실을 발견했다.

아버지는 새로운 집터를 챙겨놓은 것이다. 공원묘지 계약서. 그것은 이미 형으로 하여 근저당이 설정된 집문서 사이에 끼어 있었다.

식구들은 생각지도 못한 아버지의 유품을 확인하고는 혼비백산 마루로 나가고, 흩어진 물건들을 정리하다가 본 것이다. 나는 그것을 형수에게 알리지 않을 작정으로 비디오 테이프를 챙기던 지현이의 옆구리를 쿡, 찌르고는 그것을 펼쳐 보였다. 지현이가 저어기 놀라는데 나는 검지를 조용히 입에 대었다. 일단은 비밀로 묻어두고 두건할배와 상의해서 처리해야 할 문제인 듯했다. 육촌 형과 산소 문제로 시비가 생기자 아버지는 곧바로 공원묘지를 계약하셨던 모양이다. 일찍이 알았더라면 그 자리에 산소를 들였을 터이지만 이미 늦은 것이다.

나는 마루에 걸터앉아 맑은 구월 하늘에 눈길을 주고 있었다. 아버지가 없어도 하늘은 높아지고 있다는 게 원망스러웠다.

아버지는 예순다섯에서 마침표를 찍었다. 어머니와 사별한 지가 벌써 십사 년이다. 그 세월 동안 아버지의 건장하면서도 적적했을 밤을 헤아렸다. 망측한 일도 아니고 민망한 일 또한 아니다. 유품들은 홀로 새우기 고단했을 아버지의 긴 밤, 요긴하게 허기를 달래주었을 것이고 또 밤이 아버지와 흡사한 동네어른들과 은밀하게 나누던 보시품이었는지도 모른다.

언니는 지금 말이 된다고 생각하우? 아버지 살았을 때 용돈 한 번 드린 적이 없으면서 무슨 장자를 따지고 있는 거야? 이 돈이

어디서 벌어온 돈도 아니구, 돈이 되면 잡힌 집을 풀어야지, 그것
도 어차피 큰오빠가 잡힌 건데.

지현이의 목소리였다. 세상에서 가장 꼴불견이 부모 상 치르고
나서 형제간에 벌이는 재산 싸움인데, 그 돈타령이 바로 방 안에서
일어나고 있었다. 지현이가 형수를 상대로 패악을 부리고 있었다.

부의금으로 들어온 금액이 상상을 초월했다. 갑작스레 당한 일
에 겨우 장례비나 될까 염려했던 것이 장례를 치르고 삼분의 이가
남은 것이다. 형수가 그 남은 부의금에 눈독을 들이자 지현이가
나선 것이다.

고모! 집이야 어차피 오빠 것이 될 테니까 잡혀도 된다지만, 나
도 빚이 많아요. 친정 쪽에 오빠들은 그렇다 치고 아직 장가도 가
지 않은 남동생 돈까지 고모네 오빠가 다 가져다 썼다구요. 다른
건 몰라도 그건 갚아야 될 거 아니에요?

형수의 말도 틀린 말은 아니었다. 형이 그 정도였다면 처가 쪽
의 살림인들 온전했을 리가 만무다.

아버지의 부의금을 놓고 다투는 형수와 지현이의 목소리를 들
으며 나는 몇 해 전에 타계한 어느 시인의 부의금을 떠올렸다. 한
생을 오로지 시만을 생각하다가 타계한 시인에게 얼마간의 부의
금이 들어왔다. 유족들은 평생 처음 만져보는 그 큰돈을 보관할
곳을 찾다가 아궁이에 숨겼는데 그 사실을 모르는 다른 유족이 아

궁이에 불을 지핀 것이다. 아궁이 속에서 재로 사위었을 그 시인
의 부의금과 아버지의 부의금을 비교했다. 시인이 남긴 건 부의금
이 전부였고 아버지가 남긴 것도 부의금이 전부인 것이다. 그러나
남겨진 사람에 따라 부의금에 실리는 무게는 사뭇 다른 것이다.

　지현이는 사십구재를 모실 비용이라도 남겨두라고 했고 형수는
교회에서 알아서 할 것이니 걱정 말라고 못 박았다. 일이 그쯤 되
자 두건할배는 끼일 자리가 아니라고 판단했는지 방을 나섰다.

　너그 아부지 몸값인데 너그들이 알아서 해라. 잘못 끼었다가 개
구리 되겠다. 허 거참.

　눈 뜨고는 못 보겠다는 투로 일갈을 가하고 삽짝을 나서는 두건
할배를 보며 마루에 걸터앉은 채 지현이를 불렀다.

　지현아! 너 아지매 말을 들어라. 사십구재 경비는 내가 벌어서
쓰면 되지 않겠냐? 사형이 무슨 죄가 있다고 알짱 같은 돈을 날리
겠노? 또 사돈댁에서 형수 체면이 뭐가 되겠노. 형수 말을 들어
라.

　작은오빠가 무슨 돈이 있다고? 쥐꼬리만한 월급에?

　걱정 말라니까 이 기집애가……. 부의금을 갖고 아부지 욕되게
하고 있어, 자신이 있으니까 하는 소리 아냐?

　냅다 고함을 쳤다. 보지는 않았지만 형수의 안색이 순식간에 맑
아졌으리라.

저녁 답에 상두꾼들을 불러다 한잔 대접한다는 건 무산되었다. 알고 보니 동네 청년회에서 벌써 한 달 전에 맞추어 놓은 관광버스로 남해안 어디론가 떠났다는 것이었다. 그 소식을 접하자 형수는 고삐 풀린 망아지처럼 갈 채비를 서두르기 시작했다. 역에 전화를 넣어 열차표를 예약하고 역까지 타고 갈 택시를 부르고 짐을 챙기는 부산을 떨 동안 나는 지현이가 챙겨서 뜨락에 내어놓은 아버지의 옷가지와 몇 가지 침구를 리어카에 싣고 삽짝을 나섰다.

삽짝을 나서는 내 뒤통수에 대고 형수가 소리쳤다.

삼촌! 저 네 시 십 분 차로 올라갈 거예요.

알겠구마요. 야물게 더듬어 올라가소.

애써 태연한 척, 뒤도 돌아보지 않고 대답을 하고는 리어카를 끌고 동구 밖으로 향했다.

동구 밖을 빠져나와 들을 가로지르는 천변에서 아버지의 옷을 태웠다.

싣고 온 신문지 불쏘시개 삼아 옷가지에 불을 질러놓고 제방에 비스듬히 누워 담배를 빼물었다. 아직은 뜨거운 햇살이 비치고 있었다.

아버지의 옷은 연기로 변해 하늘로 이어지는 길을 만들었다. 연기가 만들어낸, 하늘로 내통하는 길을 보다가 나는 누운 채 주머니를 더듬어 휴대전화를 꺼냈다. 그리고 버튼을 누른 다음, 꿈결처럼 흘러가는 소리를 뱉어 수화기 속으로 불어넣었다.

월매? 응 나야! 그래 잘 치렀지 뭐, 너 지금 역으로 좀 나가야겠다. 네 시 십 분 차를 타는 사람, 아니, 상행선 그래, 새알. 마흔 둘인데 스트레이트 퍼머머리고 지독히 두꺼운 안경을 꼈어, 그래 아부지의 몸값이야. 삼칠제 같은 소리 하고 있네, 그래. 오케이.

독백과도 흡사한 그 말을 주절거리는 사이 양쪽 눈꼬리에서부터 흘러나온 눈물이 귓밥을 적시고 목덜미를 타고 흘러 내렸다. 나는 눈물을 닦지 않았다. 시간은 아득히 제방 너머로 흐르고 나는 천변에 누워 다른 모습으로 열리는 구월 하늘을 보고 있었다.